No.858

雾失楼台
月迷津渡

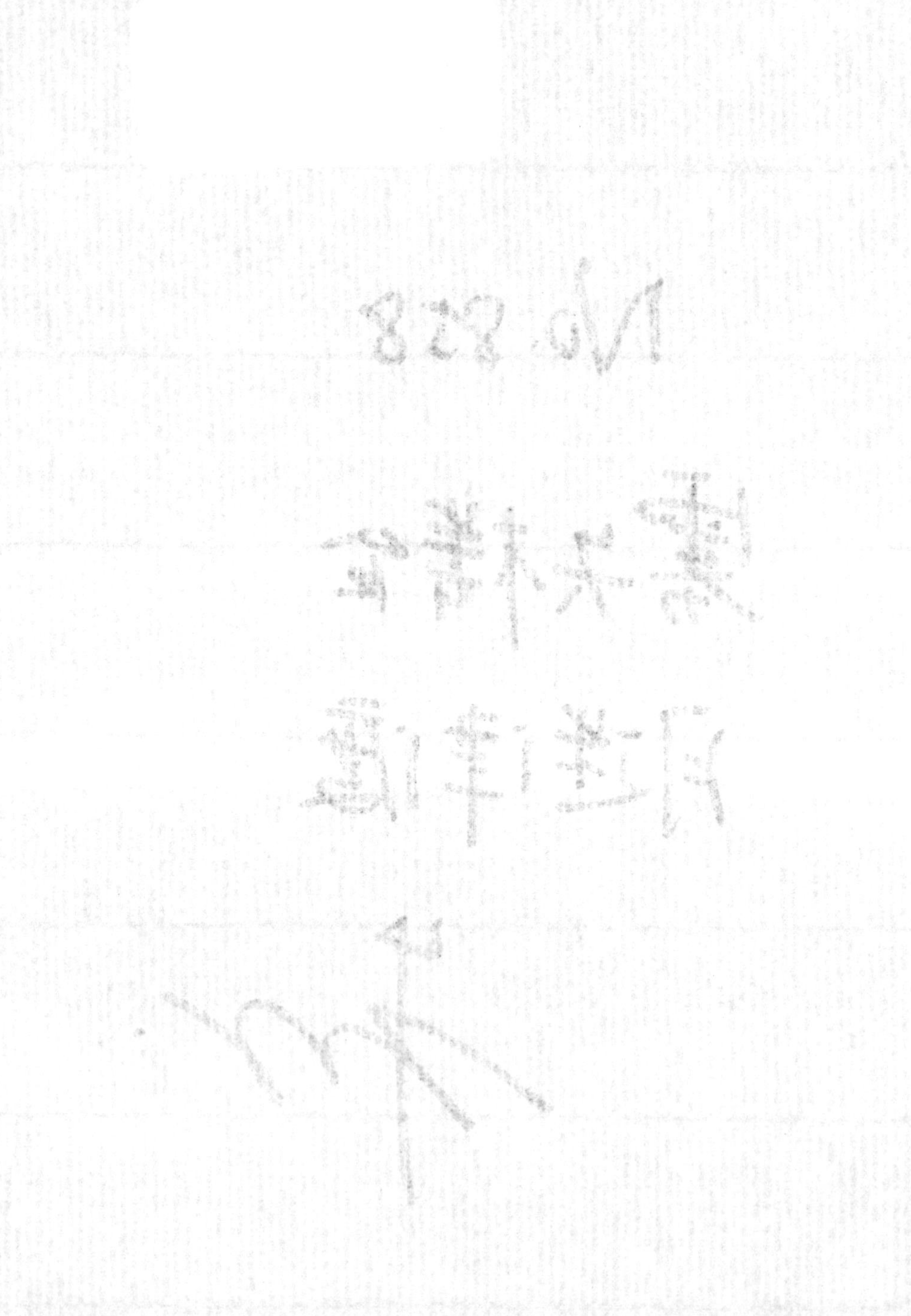

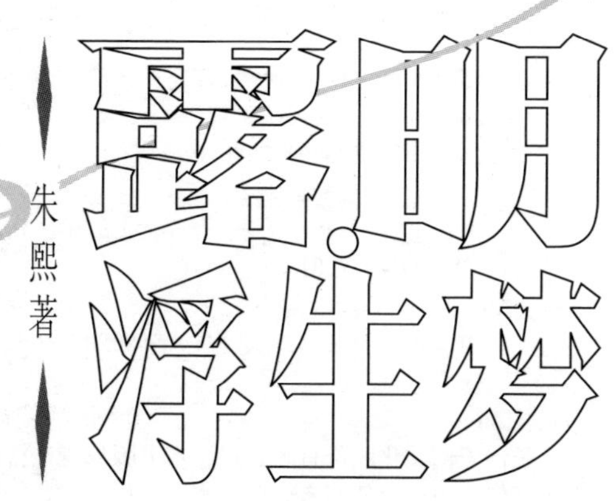

CNS PUBLISHING & MEDIA 中南出版传媒
湖南文艺出版社
HUNAN LITERATURE AND ART PUBLISHING HOUSE

图书在版编目（CIP）数据

露明·浮生梦 / 朱熙著. -- 长沙 : 湖南文艺出版社, 2022.10
ISBN 978-7-5404-9628-9

Ⅰ. ①露… Ⅱ. ①朱… Ⅲ. ①故事－作品集－中国－当代 Ⅳ. ①I247.81

中国版本图书馆CIP数据核字(2020)第060588号

露明·浮生梦

LUMING·FUSHENGMENG

作　　者：朱　熙
出 版 人：陈新文
责任编辑：李　阔
监　　制：邓　理
策划编辑：谌　俊
装帧设计：张娅君
内文设计：罗晓芸
封面绘制：CantoKun
出版发行：湖南文艺出版社
（长沙市雨花区东二环一段508号　邮编：410014）
网　　址：www.hnwy.net
印　　刷：湖南天闻新华印务有限公司
经　　销：新华书店
开　　本：150 mm×210 mm　1/32
字　　数：272千字
印　　张：9
版　　次：2022年10月第1版
印　　次：2022年10月第1次印刷
书　　号：ISBN 978-7-5404-9628-9
定　　价：45.00元

目录
CONTENTS

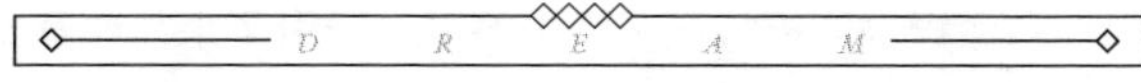

第一梦·自由花

自由花开八千春，是真自由能不死。

——李叔同

一

江城。

江水入川，川流入海之处。

一条租界线隔绝了世间烽火，也蒙蔽了界限内的人们的耳与目。入夜后，这座“孤岛”上依旧华灯起，乐声响，歌舞升平。宽阔江水穿城而过，把江城分为了东西两半，西岸的江畔被称为“江滩”，十里洋场正是都市最繁华的所在。

这是一座由声、光与电交织而成的不夜城。

天色已黑透，璀璨华灯的光亮却比白昼更甚。十里洋场的正中心，派克路二十一号，一座华美的巴洛克风格建筑被灯光映照得晶莹剔透。这是江城最富丽奢华的剧场，凯尔登大戏院。

今夜将有新剧开演，戏院门前车水马龙，各方名流翩然而至。

乌漆锃亮的福特汽车缓缓停下，吸引了来往摩登男女们的目光。

洋车新奇昂贵，但在江城，尤其在江滩这十里洋场，并不稀罕。真正惹人注意的，是车上下来的人。那是个穿着藏青长衫、眉目俊朗的年轻人，二十出头年纪，身上却有种与这繁华都市格格不入的旧式文人气质。

另一边的车门也开了，走出一名身着花呢西装、典型江城时髦打扮的青年。他笑着问：“师兄一去欧洲八年，如今看这江城如何？比起伦敦、巴黎来，也丝毫不差吧？”

穿长衫的年轻人——江寒没应声，仰头打量着面前的奢华宫殿。

凯尔登大戏院外墙上悬挂着即将上演的《自由花》的巨幅广告。

听说，这是一部呼吁女性自由解放的新剧。

广告上主演的名字写着：阮露明。

江寒自幼拜在国学泰斗贺炳炎门下，十五岁赴英学医，遥闻故国受战火侵扰，隔着重洋读了恩师所写的革命诗，决定弃医从文，回国的轮船一早刚刚靠岸。他天性板正沉稳，少时师门管教严格，又留洋多年，对江城的各种流行风尚几乎毫无了解。他对女明星的印象，还停留在过去偶然从书摊画报上所见的模样，一双弯弯的细眉，小鹿般楚楚可怜的眼，菟丝花似的纤弱体态。

可广告上的女子截然不同。

她竟有双极精神的浓眉，双目圆而亮，眼尾微微上挑。彩笔所绘的肖像难免失真，但江寒还是从她的瞳孔中读出了一丝狡黠凶狠的意味。

总觉得在哪里见过。

是哪里呢？

唐兴顺着江寒的目光望去，用力一拍掌心，笑道：“瞧我，忘了给师兄介绍！她是新华刚出的明星，演戏才两年多，在江城就已红透了半边天。别的不提，《自由花》可是一票难求，我费力气求了小叔好久呢！”说着突然忸怩了起来，不好意思地微微别过头去，“我想让师兄见见的，就是阿阮。”

“……”江寒无言以对。

他原是贺老先生晚年最器重的关门弟子，时隔数年回来，诧异地发现恩师这

“门”好像没太关牢。从伦敦启程时，江寒就往江城寄了信，向贺老报告了归国的日期，未料在码头接他的竟是个唇红齿白、油头粉面，只差没把“纨绔子弟”四字刻在脸上的青年。

青年自称他的“师弟”。

“师父在政府的安排下去了内地，临行前吩咐我，如果师兄回国，一定要好好接应。”码头上，唐兴强行拿过江寒的行李，一边把他往福特汽车里推，一边兴高采烈地道，“师兄一路还顺利吗？今天我做东，给师兄接风洗尘吧！正好，有个人想介绍师兄认识呢。”

一口一个“师兄”，很乖巧似的，江寒听着却难受。

去年八月的那场轰炸已经过去许久，各大影戏院陆续恢复营业，电影公司也重新开始拍片。“孤岛”的弹丸之地里，摩登男女们除了肆意娱乐，也没有其他事好做，影戏业一时间高度繁荣。新华电影公司是“孤岛”影坛的三大巨头之一，而唐兴则是新华公司股东、茶烟巨商唐仲钰的侄子，据说唐仲钰看不惯唐兴成天游手好闲，硬把他塞入了贺老门下。

贺老一生清正，原已关好的“门”竟被唐家“钱权并施”地撬开了。

江寒无比震惊。

“孤岛”堕落至此，恩师尽早迁居内地，也好。他暗想。

“说是让我学学规矩，沾点书卷气。但我就不是那块料嘛。”唐兴耸耸肩，“小叔要我勤奋做点事，可我背了几句文绉绉的话，只能写写剧本。反正，看在小叔的面子上，我写得再烂，新华也会拍的。”

唐兴喜爱新鲜事物，剧本写成了，好奇地跑去片场围观拍摄，遇见了阮露明。

一见钟情，随即轰轰烈烈地展开了追求。

唐兴痴痴捧着阮露明这朵高岭之花，阮露明的态度却始终暧昧。唐家算阮露明半个老板，阮露明不好彻底拒绝唐兴，可也一直没有点头同意与他交往。两人的关系进展已成江城一大未解之谜，甚至有小报组织竞猜活动，吸引了不少好事者参与。

“我这辈子非阿阮不可了！”唐兴握拳，语气坚定，“迟早都是一家人，先见见面嘛。”

江寒一对当红女明星毫无兴趣，二不看好唐兴和阮露明的发展。但唐兴好心好意接他，还这么兴冲冲地，他终究不忍心打击“师弟”的热情。江寒轻叹了一口气，刚要开腔，却被戏院门口突然的骚动打断了话头。

“让我见一见阮小姐！求求您了！”

少女噙着满眼泪水，苦苦哀求面前的戏院经理。她十八九岁模样，微蹙的柳叶眉，素净的瓜子脸，嘴角微微向下的薄唇，正是最惹人怜惜的那一类容貌。红肿的双眼，朴素的麻花辫、棉布衣裳，掩不住她天生的秀丽柔美。

经理面露不忍，但还是狠下心道：“阮小姐说了，你自己选的路，你自己走。别再来了。”说完，示意门卫动手驱赶。

少女哭得脱力，本就站不稳，被粗壮的门卫一推搡，直接摔下了台阶。骚动引来许多看客，可众人只是围着、瞧着，没有一个伸出援手。江寒谦谦君子，实在看不下去，正欲上前，却被人抢了先。

唐兴展臂揽住少女，扶她站稳了，温声道：“凤荷姑娘，没事吧？”

少女浑浑噩噩，根本没看清周遭有些什么人。她柔柔地坠在唐兴怀里，仰脸一瞧，蓦地涨红了双颊：“唐公子——”少女抿了抿嘴唇，使劲推开唐兴，抹着泪闷头挤出人群跑远了。

江寒疑惑：“你们认识？”

唐兴不提防，给少女推了个趔趄，狼狈地靠住戏院门口的立柱站定了。

“那本是阿阮身边的丫头，名叫凤荷。”

江城最受欢迎的女明星，爱慕者甚众，除了唐公子之外还多的是达官贵人、富商巨贾追捧——当然，阮露明谁也没答应。本来，男子求爱不成，转向他人，实属自然，可偏偏其中有位阔少，一扭头居然瞧上了凤荷这个“下等人”。在阮露明看来，追求者舍她而取“下等人”，可谓是她的耻辱。尽管凤荷称她是被阔少强迫的，仍免不了被阮露明一气之下解雇的悲惨命运。

而阔少对“下等人”的迷恋，当不得真。

凤荷在阔少身边过了一段锦衣玉食的好日子，很快就被抛弃了。

丢了工作，没了金主，柔弱女子在偌大江城走投无路。

“凤荷姑娘说自己糊涂，做错事，想回到阿阮身边，三番五次来求阿阮原谅。但阿阮心高气傲，怎么可能接受？她再也没肯见过凤荷姑娘。”

说话间，两人已经进了凯尔登大戏院。

对凤荷冷眼相待的经理，一见唐兴，立马换了副热情的笑脸，亲自把他们往后台引。可江寒听了满耳朵乱七八糟的恩怨八卦，根本不想再见阮露明，甚至连今晚的新剧都不愿看了——爱慕虚荣而又刻薄倨傲的女子，仗势欺人，连身边的丫头都不愿善待，何来呼吁女性自由解放的资格？

一朵虚假的自由之花罢了。

他忍不住再次慨叹“孤岛”的堕落。

◇◇◇◇ 二 ◇◇◇◇

当红女明星，主演新剧，自然是享用戏院里最奢华的休息室。唐兴带江寒走到门外时，正撞见一名衣着华贵的中年男子神情沮丧地出来。门大敞着，阮露明背朝门口，一边悠然地哼着歌，一边对镜梳妆，毫不在意谁走了、谁来了。

屋里只有她一个人。

江寒想，多半是刚解雇了凤荷，一时间还没另找到丫头伺候的缘故吧。

唐兴屈指敲了敲门，笑吟吟地唤：“阿阮。”

阮露明从镜子里看见唐兴，停了口中的小曲，招呼了一声“唐公子”，却也没转头，继续专注地对镜描画她那双早已轮廓完美的眉毛。唐兴并不介意她的轻忽怠慢，大步走进去，随口问：“刚才那是良记制糖公司的郑董事长？”

“是吧。”阮露明耸耸肩，“没注意。”

“阿阮可真冷淡。”

“你们不就爱我这么冷淡吗？”

如此轻佻的对话，江寒听得直皱眉头。

一见心爱的女明星，唐公子立刻忘却了刚接到的师兄。而江寒停在门边，忍不住反向外头退了两大步，完全不想靠近。

唐兴走到阮露明身后，双手搭着椅背，略微弯腰，亲热地问："阿阮，我听人说，你画一条眉毛要一个小时呀？"

阮露明搁下眉粉，轻舒纤指，点过面前成排的化妆用具。唐兴觑着她的脸色，连忙伸手抽出其中一柄精致的小刷，殷勤地递到阮露明的掌心里。他似乎是挑对了，阮露明轻轻哼笑一声，用细刷慢慢修饰起了眉尾，"那要看我是为什么而画了。"

"哦？"

"若为拍片和上台演剧，一个小时总要的。若为我自己欢喜，两个小时也不心疼。"

"若是为了见我呢？"

"为你？"阮露明描画眉尾的手停了停，从镜子里望着唐兴，目光不知为何又冷了几分，"只为你，就不画了吧。"

休息室里一时寂静。

唐兴塌了肩膀，傻傻地半张着嘴，仿佛下一秒就将号啕大哭。

江寒尴尬得不行，真想叫他师弟走了。没想到唐公子深吸一口气，顽强地追问："为什么？"

阮露明丢开眉刷，终于转过头来，和唐兴对视片刻，忽而弯唇一笑。

"还用问？老娘画不画眉，不都一样漂亮吗？"

阮露明的长相很妙。面无表情时显得极高傲冷淡，隐隐有种凛然不可侵犯之意。蓦地一笑，又如春暖冰消，山花盛放，极生动可亲。

江寒愣了愣。

那一笑，看着愈发眼熟了。他到底是曾在哪里见过的？

唐兴被阮露明的笑容迷得晕头转向，连说"是是是"。

而江寒回过神来，因阮露明的话语而再度皱眉。

原来女明星不仅虚荣刻薄，还粗俗至极。他想。

唐公子把师兄抛到了九霄云外，倒是阮露明转过身来，察觉到了屋里的第三个人，主动问起："这位是？"

唐兴如梦初醒，赶紧介绍："这是我的师兄江寒，刚从英国回来。"

阮露明"哦"了一声，就那么斜靠着梳妆台，坐着打量江寒："原来也是贺老先生高徒。幸会。"

她不起身，江寒也不走近。两人隔着大半间宽敞的屋子遥遥相望。

江寒说："阮小姐。久仰大名。"

其中讽刺的语气，阮露明本人有没有听出来，江寒不知道，反正一旁天真烂漫的唐公子肯定没听出来。唐兴非但没听出来，还笑嘻嘻地拆他的台："什么'久仰大名'？明明今天刚回国，在门口见了《自由花》的广告才晓得阿阮的名字。"

提起方才在戏院门口的事，江寒不禁又同情起可怜的凤荷姑娘。

阮露明指使别人粗鲁驱赶凤荷，自己却悠然坐在这里梳妆打扮，岂有此理！江寒越想越义愤难平，忍不住道："刚才外面——"

话刚起了个头，就被阮露明打断了："我快上台了，还有些准备要做。唐公子，江先生，回见吧。"

江寒平时习惯君子之交，何曾遭过如此简单粗暴的逐客令？长篇大论噎在喉间，不等他缓转过来，他那被美人一笑冲昏了头脑的纨绔师弟已在殷勤地向阮露明告辞了："好的好的！阿阮，祝你今天演出顺利。"

——等等！

江寒瞪着眼睛，被唐兴拽出了门。

关门的瞬间，或许出于不甘，也或许有几分微妙的别的缘由，神使鬼差地，他又回了回头。只见阮露明转回了镜子前，重新拿起眉刷，正继续细细描画她那不知已描了多久的眉毛。

隐约听得见，她又哼起了歌。歌词好像是"风凄凄"什么的。

◇◇◇◇ 三 ◇◇◇◇

江寒以为，无论是纨绔浮夸的"师弟"，还是刻薄粗俗的女明星，都与他处在不同世界，萍水相逢一次便罢，定不可能有更多交集的——直到一张来自柳公馆的请柬摆在他面前。

去年八月的大轰炸摧毁了不少老牌的摄影场和影戏院，影业一朝复苏，竟有了种今朝有酒今朝醉的疯狂劲头，呈现出异常的兴盛之态。许多人嗅到商机，投身其中，新立门户，大拍商业电影。“孤岛”影坛势力被彻底洗牌，如今的三大巨头分别是事变后幸存的新华、联华，和刚成立不久却来势汹汹的安华。

送来请帖的柳四爷，正是安华的老板。

柳四爷原是北方洛城的帮会人士，来到江城后成立了安华电影公司。他在文化界根基不深，欲寻求文艺领袖的支持，把主意动到了国学泰斗贺老身上。但贺老已在政府安排下秘密内迁山城，轻易联系不上，请帖就这么到了驻留江城的两位弟子手中。

师不在，弟子服其劳。

而师兄不乐意去，就师弟服其劳吧。

江寒与恩师性格肖似，清高古板，极不喜欢与这类流氓土匪出身的大老板打交道。唐公子活泼外向，热爱交际，让他露个面就行了，江寒琢磨着。

“可不行啊，师兄！”唐兴在电话里嚷嚷，“新华想和安华谈合作，柳四爷还有张帖子发给唐家的，可小叔最近一直在粤城，我得做小叔的‘代言人’呢！”

“……”

唐公子兴高采烈地道：“正好，师兄你回江城好些天，我们还没机会再碰面。我准备介绍个人给你认识。”

又介绍?！

自凯尔登大戏院观看《自由花》那夜别后，江寒先是找房子搬家，再是着手写作，应付各方约稿，忙得顾不上和唐兴联系。唐公子倒也不寂寞，照旧过他灯红酒绿、纸醉金迷的生活，今天陪这家小姐欣赏赛马，明天捡到那家太太落在咖啡馆的帕子。一份《江城新报》翻开来，头版是阮露明《自由花》大受欢迎、频频加场重演的消息，背面的《江城小讯》栏目，少爷小姐少奶奶们爱看的家长里短豆腐块，则写满了唐公子的最新动向。

这次又是什么人？……说好的这辈子非“阿阮”不可呢?

“师兄，那就到时候见哦。”唐兴自说自话地约定了，挂断电话。

江寒紧握着传出忙音的听筒，沉默了半晌。

有件事情，他没有告诉唐兴——他回国的路上，其实并不太平。

航船入港前的深夜，曾有匪徒袭击。

江城政局复杂，当局常需借助帮会的力量做一些隐秘的情报工作。据说船内混入了一名进步党派的特工，匪徒的目标就是找出此人。他们借着夜色掩护，乘数艘小舟无声地包围了轮船，绑架了大半乘客，分别拷问。

江寒也被当作可疑分子，给丢进了一艘小舟。

那艘小舟里那个男人，似乎是匪徒的头目。

令他震惊的是，匪徒深夜出海绑人，竟还带着情人。

烛火摇曳，波光粼粼。明明灭灭的光影里，江寒听见女子娇声唤：“四爷。”

次日，便是赴约之日。

七月，江城闷热，天气多变，常有雷阵雨。白天还很晴朗，江寒冒着烈日又去了一趟江边码头，而当他傍晚赶往柳公馆时，天色陡然转阴，响雷轰隆之声不断。他敲开柳公馆的大门，女主人程圆圆亲自来迎：“江先生到啦，快请进。”

柳公馆位于租界繁华地带，是一幢两层的洋楼。地面铺着光可鉴人的大理石砖，江寒随程圆圆往会客厅走，忽闻鞋底传来轻微的异响。他以为自己脚下沾了江岸的沙粒带入柳公馆，顿时尴尬万分。而程圆圆对江寒的局促毫无察觉，边引路边和善地与他寒暄：“我听见外面在打雷，江先生没淋湿吧？”

来柳公馆前，江寒抓紧补了一番功课。

程圆圆原也是新华公司的演员，竟还是唐兴的前女友——唐兴轰轰烈烈追求阮露明之前曾交往过的女友。唐公子对阮露明一见钟情，和程圆圆分手后，程圆圆在新华的地位一落千丈，果断转投新成立的安华，并做了柳四爷的情人。

情人，却不是正牌的女主人。

她平时住在柳四爷租的一处新式里弄中，并不出入柳公馆。只不过因为柳四爷有事耽搁在厂里，临时叫了她来帮忙接待客人。

和阮露明、凤荷相较，程圆圆又是大为不同的另一类女子。暗红色旗袍勾勒出她的曼妙身姿，七分袖口露出纤细手腕和一截凝脂似的小臂。水草般的乌发高高绾成了髻，却在额际散坠下一小绺，发尾魅惑地微微弯起。

风情万种。

但不是那夜小舟上的女子。

非礼勿视。江寒连忙收回目光，不再看她："不要紧的，雨还没下起来。"

程圆圆笑了，将那绺碎发别到耳后："江城的雷雨天气总是这样的。先是干打雷，一会儿就下起大暴雨了。"

除了仍在厂里忙碌的柳四爷，江寒是最晚到的。

会客厅里已有三人。两名着西装、梳油头的年轻男子，一名身穿浅碧色旗袍的少女。男子中的一人坐在背朝门的单张软椅上，正捧书阅读。另一人则揽着少女坐在长沙发上，亲昵地与之说笑，扭头见江寒来了，笑吟吟地招手喊："师兄！"

程圆圆介绍道，两名男子都是柳四爷请来的客人。单人软椅上读书的那位名叫姚方瑞，是四爷为安华新聘的编剧。另一位，自然是江寒多日不见的唐兴。

纨绔师弟花名在外，几天不见突然新交了个女友，并不为奇。可令江寒诧异的是，那长沙发上的少女，竟是在凯尔登门口曾偶遇过的凤荷。

她与当时朴素的模样已大不相同。

旗袍是高档的丝绸料子，颈上、腕上戴着名贵首饰，脸上也施了粉黛。

依偎在男子身边，就像一只被折了翅膀豢养起来的金丝雀。

程圆圆没有介绍凤荷，就像凤荷只是缀在唐兴身边的一件装饰品，而非一位值得引见的客人，一个具有独立意识的"人"。倒是唐兴笑着拍拍少女："我教你的规矩呢？"

凤荷麻木地抬起头，语气平板地问候了一声："江先生。"

说完，又偎回了唐兴怀里，仿佛对唐兴以外的人毫无兴趣。

江寒猛地反应过来——唐兴这次说要介绍的，莫非就是凤荷吗？

怎么回事？！

程圆圆招呼江寒落座，以女主人的姿态引导几人谈起天来。

她和唐兴分手后一度落魄，难得如今面对唐公子时落落大方，对旧东家新华近来投资的影片也能侃侃而谈。又说姚方瑞也是留学生，在美国学过文学，是近来“孤岛”文艺界备受瞩目的才子，和江寒一定有共同话题。江寒连忙摆手道不敢，自己本学医，文艺方面是半路出家，造诣尚浅。江寒谦逊，姚方瑞却清高傲气，全然不搭腔，只顾投入地读他的书。

说话间，暴雨如注而下。

屋外蓦地“轰隆”一声。

——不是绵延已久的闷雷声，而是什么重物砸落而发出的巨响。

连房子都被震得颤动。

会客厅的水晶吊灯闪了几闪，光亮彻底灭去，屋内陷入黑暗。

凤荷低声惊叫，攥紧了唐兴的衣角。程圆圆恰巧起身去拿闲聊间提及的某部剧本，险些摔倒，离得最近的姚方瑞及时扶住了她。两名男子的脸色都不好看，唐兴脱口而出：“空袭？”

他们面面相觑，谁也没有主动出去查看情况的意思。

偌大空间仍旧黑暗。

江寒正要站起，忽听轻而脆的“啪”一声。

有人拨动了电闸的开关。

水晶吊灯恢复了光亮。

“不是空袭。门口的电线杆倒了，漏电而已。”会客厅门口的人淡淡道，“但事情恐怕比空袭还麻烦点——大雨下得遍地积水，触电会死人的。我们暂时出不去了。”

◇◇◇◇ 四 ◇◇◇◇

程圆圆往工厂打了个电话，请人将家里的情况转告四爷。

屋里的人出不去，外面的人也回不来。四爷精心准备的晚宴化为泡影。

江寒注意到，从阮露明走进会客室起，凤荷就怯怯地频频瞥她，似乎想搭话，却又不敢。而唐兴刻意无视了阮露明，对凤荷愈发亲昵，迭声温柔安慰着脸色苍白的少女。

唐公子幼稚的表演，惹人发笑。

江寒已把纨绔师弟拉到一旁问过——某天，他陪某家小姐看赛马，再度偶遇凤荷。凤荷生活实在困难，竟有数日粒米未进了。唐兴于心不忍，带凤荷吃饭，不料凤荷突然哭着跪下了，说她走投无路，愿给唐兴做妾、做丫头，做牛做马，只求唐兴给她一个栖身之处。恰巧阮露明又一次冷酷地退回了唐兴热情洋溢的情书，唐兴被激起了幼稚的意气，冲动地点头答应了凤荷。

当然不是真要凤荷做妾。

只让她假扮他的“金丝雀”，刺一刺阮露明而已。

连江寒都能看穿的戏码，女影星术业有专攻，自然一瞧就破。

阮露明连个正眼都不给唐公子，扬声问候江寒：“江先生，又见面了。”

“阮小姐。”江寒仍看不惯阮露明对凤荷的冷漠，强忍着皱眉的冲动，“你怎么也在这里？”

“四爷看中了姚先生新写的一部剧本，想请我主演。我来和他们聊聊。”

既然如此，方才大家围坐闲谈的时候，怎么不见她人影呢？

阮露明看出江寒的疑虑，耸了耸肩，淡淡道：“昨夜通宵看本子，刚才困得很，借了一间客房补觉。”

别人家的公馆，她倒是泰然自在。

江寒刚冒出这个念头，就见阮露明转向打完电话回来的程圆圆，说：“厨房是在别馆吧？院里积水太危险，别让人送菜来了。”

程圆圆面露难色：“可这主楼只有咖啡和简单的点心，今天的晚餐……”

“随便吃点吧。特殊情况，有什么可挑剔的呢？”

程圆圆点了点头。会客室没有挂钟，她问在座唯一戴了手表的姚方瑞：“姚先生，几点钟了？”

姚先生抬腕一瞧，比了个手势：“快七点。”

“时候不早了，大家也该饿了。阿阮，我们——”

程圆圆正要叫阮露明一起准备饮食，不料，整晚乖乖沉默着的凤荷突然站了起来：“我，我去吧。我先给大家泡杯咖啡来。”

程圆圆脸色一沉，显然对“金丝雀”反客为主，自作主张的举动深感不悦。

阮露明颔首：“没事。就让她去。”

江寒心中再一次生出强烈的反感——凤荷已不是她的丫头！到底多冷硬、多傲慢的心，才能让她一边驱赶凤荷，剥夺这可怜的女子糊口的差事，一边还如此自然地随口使唤对方?

凤荷做惯了杂活，手脚很麻利，迅速准备好了六杯黑咖啡和几块蛋糕。

在场两个留过洋的男子，两个时髦的女明星，一个生来吃西餐、穿西装的豪门少爷，都喝惯了这酸苦浓黑的饮品，没有人提出要奶或糖。凤荷也没要，等阮露明挑走倒数第二杯咖啡后，极自然地拿起了最后一杯。

屋里一时间静下来，只余杯碟清脆的碰撞声。

谁也想不到，片刻后打破沉默的，不是女主人程圆圆调节气氛的闲谈，不是姚方瑞触景生情吟诵起来的文学名句，也不是唐兴故意气阮露明而对凤荷说的肉麻情话。

是最不该主动出声的“金丝雀”凤荷突然急促的一声喘息。

她蓦地站起，双手用力掐住自己的脖颈，脸色涨得通红。薄唇徒然开合了几下，仿佛想说什么，却只能发出几个破碎的音节。随后，她整个人像兀然被抽空了魂灵般向后瘫倒，最后奋力一挣，胳膊挥过矮几，打得精美的韦支伍德骨瓷杯碟碎裂了一地。

一切发生得太快，前后不过几秒钟时间。

凤荷双眼圆睁，死不瞑目。

先反应过来的是程圆圆。

她与凤荷毫无温度的眼眸对上了视线，失声尖叫。

“啊——”

◇◇◇◇ 五 ◇◇◇◇

被雷、雨和电所困住的公馆，宛如一座矗立于狂波巨浪之中的孤岛。

“皮肤表面有鲜红色尸斑，耳垂呈粉色，嘴唇发紫。”江寒仔细探过凤荷鼻息，又摸了她的脉搏，沉重地摇了摇头，“死因应是氰化物中毒。”

程圆圆用丝帕捂着唇，倒吸了一口凉气：“自杀?！”

“氰化物并不容易入手。”江寒委婉地否定了她的猜测，给遗体盖上了一条薄毯，然后向现场两个熟悉凤荷的人确认，“凤荷姑娘有熟识的大夫或医学生吗?”

自凤荷咽气后，阮露明就没再开口，环臂立于一旁，一副事不关己的样子。此刻她正出着神，视线落在盖过凤荷面部的绣花毯上，好像根本没听见江寒的问话。唐兴则迟疑着道：“没有吧……凤荷姑娘没念过书，在江城好像也没什么人脉。”

事态走向了江寒最不愿见的方向。

“那么，这大概是一场谋杀。”

氰化物的毒性发作，不过瞬息之间。所以——

江寒将目光投向了打碎一地的杯碟。

“凶手，就在我们之中。”

纨绔师弟当即吓破了胆，也顾不上为薄命的红颜而伤感了，连声催促“打电话叫警察”。程圆圆去而复返，苍白着脸道，电话线也被雷劈坏了，无法拨通。

“那怎么办?！”唐兴又惊又惧，说话都哆嗦了，“难道我们要和杀人凶手一起在这房子里过一整夜吗?！”

姚方瑞突然道：“我看，就让江先生来分析分析这件事好了。”

众人诧异地看向他。

“一来，江先生学过医，比我们懂科学。二来，江先生刚回国几天，与凤荷姑娘毫无瓜葛，定没有动机害她。再来，江先生到场最晚，被程小姐请进来后又一直和大家在一起，分发咖啡、点心时也离凤荷姑娘最远，绝无机会下手。”姚方瑞推了推眼镜，说，“怎么样?请江先生指出凶手，我们将凶手看管起来，安然度过这雷雨之夜。等到明早放晴，警察来了，不就没事了?”

几条理由一摆，竟意外地有说服力。

程圆圆连连点头，唐兴也冷静下来，期盼地望着江寒："师兄，你最怀疑谁？"

江寒犹豫了片刻，看向现场唯一沉默着的人。

阮露明不知何时蹲在了矮几旁，正举着一块碎瓷片专注打量，浑然不觉自己成了众人目光的焦点。片刻寂静后，她才抬起头，诧异地指着自己的鼻尖："……我？"

程圆圆急忙道："江先生，你一定是搞错了。凤荷虽曾为阿阮的丫头，但阿阮几乎把她当妹妹看，待她极好，江城影戏界没有人不知道的！何况阿阮还是思想进步的新女性，倡议女子自由解放，带头成立女演员工会，替我们向霸道的男老板、男导演们争取权益，做了许多实事。怎么可能反去害别的女子！"

说来也怪，程圆圆与阮露明曾是"情敌"，可她竟无丝毫怨怼敌意，还第一个跳出来帮阮露明说话。

江寒不禁暗生敬佩之情。

相比之下——

"女子自由解放，当然是好事。"江寒瞥向阮露明，眉头皱得愈发紧了，"可为难女子的，往往也总是女子。"

一边为私人恩怨而解雇了凤荷，一边带头成立工会，争取女演员权益？

江寒心里忍不住又给阮露明贴了个"伪善"的标签。

"你待凤荷姑娘好，也不过是身为'主人'，对'下人'的好吧？可曾真把凤荷姑娘当成一个跟你一样的'人'来尊重？'下人'不识抬举，三番两次抢走你的追求者，竟还敢堂而皇之地随唐公子赴宴——哪怕她先是被强迫，后又衣食无着，你也毫不同情，毫不理解。你又恼又妒，有充分的杀人动机。"

唐兴动容："阿阮，原来你对我如此……你早说啊！早说，我就不会和凤荷姑娘亲近，你也不必做这种傻事……"

阮露明冷冷道："闭嘴。"

闷热的雷雨之夜，唐兴冷得一哆嗦，赶紧乖乖捂住嘴。

"听说江先生在福尔摩斯的故乡深造多年，怎么没染上一星半点的侦探才能？单凭动机就指认凶手，探案游戏可没有这么简单好玩的。”

女演员将双眸微微眯起，江寒捕捉到了其中一闪而过的讥讽眼色。

恩师贺老总怪他过于淡泊沉稳，没有年轻人该有的血气。可面对着阮露明，他竟破天荒地冲动了，脱口而出：“实际下手的可能性，你也有。”

“哦？”阮露明扬眉，“咖啡和点心是圆圆招待我们吃喝的，是凤荷自己拿来分给大家的，我自始至终没插手，谈何下手？餐具都是一个模样，就算我先前谎称小憩，预先往器具上下了毒，又怎么知道究竟谁拿到有毒的一份？”

“提议晚餐从简的是你，让凤荷姑娘去备餐的也是你，如此一来，你就能用方才那般的借口摆脱嫌疑了。氰化物致死量极微小，咖啡的最后两杯是你和凤荷姑娘挑的，你只要抓住那瞬间的机会，就能准确地将毒投入凤荷姑娘的杯中。”

他冲动得几乎忘了屋里还有另外三个人。

江寒直直地望进女子眼底，头脑飞速运转着，思索若对方问他“证据”该如何应答。想不到阮露明定定回望了他良久，忽而“哧”地一笑，竟主动将双手握成拳递到他面前，手腕相贴：“既然如此，天色不早，就不打扰大家休息了。劳烦江先生，把我看管起来吧。”

女子说着，打了个大大的呵欠。

“……”

犯人束手就擒，江寒却没有丝毫的成就感，还莫名憋屈得慌。

◇◇◇◇ 六 ◇◇◇◇

午夜。

柳公馆大厅里的古董洋钟连敲了十二下，却没敲醒安然沉眠的客人们。

毕竟，在绵延整夜的风雨雷电之声中，这钟响根本不够扰人。

与会客厅一廊之隔，柳公馆主楼的小备餐间。

窸窸窣窣的细碎声响也被雷雨吞没。只有当银白的电光一闪而过，往墙壁投上一道细瘦的影子时，这一晚不祥的隐秘才真正暴露。

“我就说柳公馆半夜闹鬼嘛。坚定的唯物主义者江先生，这下你信还是不信？”

墙上的影子猛地定住了。

什么东西“哗啦”打碎在地上，里头盛着的细碎玩意儿迸溅开来，散了一地。

其中一颗滚到了说话之人面前，被那人抬脚踩住。灯开了，屋内大亮，阮露明弯腰捡起脚边那颗印着“良记”商标的方糖。

开灯的是江寒，他身后则是满脸震惊之色的唐兴和姚方瑞。

江寒和阮露明仍衣着齐整，唐兴和姚方瑞均为睡袍打扮，双目惺忪，白日里抹得一丝不乱的油头乱糟糟的，显然刚被人从好梦中硬拽出来。

散落一地的“良记”方糖，无形中将小小的空间划为了对立的两部分。

与众人相对而立的，是脸色煞白的程圆圆。

“江先生的推理天马行空，但有一句话说对了。”阮露明忽地轻叹了一声，“为难女子的，总还是女子。”

时间倒回几个钟头前。

程圆圆怕男人们粗手粗脚，弄伤了阮露明，专门找来一条极软和的丝绸方巾，小心翼翼地亲手给阮露明系上了。

原本说好由江寒把阮露明守在会客室里，但程圆圆提议，楼上的书房更佳。

“要坐一整晚，书房的躺椅软和些。江先生也能随意找些书看看。”

江寒并不在意舒适娱乐，但转念一想，让嫌犯彻夜停留在作案现场确实不合适，便点头同意了。待一切收拾安置妥当，该睡的各自去睡了，偌大书房里只剩江寒和阮露明独处。

书房有一大面彩绘玻璃窗。窗上雨痕密布，绘出龟裂似的纹路。

阮露明被捆着双手，竟仍是一副悠然自得的模样。她背对江寒，面朝窗户，轻声哼着小曲——似乎还是先前凯尔登大戏院初遇那天，她对镜描眉时哼的那首“风凄凄”。

江寒突然回想起，那天《自由花》散场后，他在门口等唐兴开车来时，无意间听到擦肩而过的几位年轻女子的议论。

“要我说啊，凤荷糊涂，阮露明也没多明白！”

“可不是吗？又不接受少爷公子们的追求，又吊着人家，这下可好，被丫头抢了人。”

“她也不想想自己还能光鲜多久？江城的局势说变就变，今天的大明星，明天说不定就……还不趁有人追、有人捧的时候赶紧挑一个嫁了，当个姨太太、少奶奶，日子多安泰。”

“那凤荷也是目光短浅，真以为自己多好的命，能攀着阔少一辈子？不知尽快存些傍身钱，弄得如今人财两空的下场，还回过头来低声下气地求老东家，白给人看笑话。”

后面还有更尖酸刻薄的话，她们走远了，江寒听不下去了。

抬头一瞥，阮露明居然还保持着同一个姿势，盯着窗户哼着歌。

“风凄凄，雪花又纷飞……

“……夜色冷，寒鸦觅巢归……”

哼到此处，她自己停下来，摇摇头，自言自语道：“唉，没有雪花。”

江寒：“……”

他本以为女明星冷静镇定，可原来只是受刺激太深，精神不正常了吗？

阮露明忽然扭过头，主动搭话：“江先生，你有没有听说过，柳公馆半夜闹鬼？”

江寒有十几年的学医经历打底，立场很坚定：“我是唯物主义者。”

阮露明笑了：“你是唯物主义者，和柳公馆闹鬼，矛盾吗？”

——不矛盾吗？江寒觉得女子真的疯了。

直到他们当场逮住了企图趁夜处理罪证的程圆圆。

江寒感觉脸颊隐隐作痛。他想，可能是早上起床没搽雪花膏，又在江边吹了半天风，皮肤太过干燥的缘故吧。

◇◇◇◇ 七 ◇◇◇◇

但某种意义上说，这女明星也确实是疯。

她并非凶手，却不第一时间自辩脱罪，而是平静地接受了丝绸方巾所制的“手铐”——只因为懒得多费唇舌。

“你们都当我是凶手了，空口无凭，我说什么，会有人听吗？”阮露明耸耸肩，“何况真凶显然有意栽赃嫁祸于我，人家都把剧本写好了，这‘角色’我若不接，岂不辜负了凶手一番好意？”

就接了，就顺势演了，就静候真凶自己露出马脚罢了。

“你就不怕真被判罪去坐牢?！”江寒瞪大眼睛。

“不论怕或不怕，只问省了这一出，我有话直说，你信吗？”阮露明反诘。

江寒哑然。

他后知后觉地反应过来，自己也成了阮露明手里的一枚棋子。

既然他一口咬定阮露明是凶手，就不可能包庇对方。阮露明顺水推舟地让他看守她，同时让他成为抓住真凶的见证人。

绣花枕头的纨绔师弟转不过脑子，很糊涂地问：“这，这到底是怎么回事？”

阮露明道：“首先，你们都搞错了大前提。”

“凤荷从来不是我的丫头，不是你们以为的‘下等人’。”她说。

众人皆愕然。

凤荷是从贫苦深山里逃出来的。

她的家乡在江城向南百余里的浙省余山村，家中父母双全，还有一个弟弟。

父母愚昧，重男轻女，一味娇惯儿子，把他养成了懒惰贪婪的性子。凤荷没念过书，自幼做工补贴家用，却从来得不到父母的认可，更得不到好吃懒做的弟弟丝毫的感谢。非但如此，凤荷将满十八岁时，家里还准备把她嫁给同村一个粗鄙丑陋的老财主做填房，换回彩礼来预备弟弟结婚的费用。

凤荷再也无法忍受，在上花轿的前一夜逃了出来。

逃往她臆想中的自由天地。

可外面的世界又是另一种残酷。凤荷一路颠沛流离，不知不觉流浪到江城近郊，险些被骗进风尘之地。

是恰巧到附近拍片的阮露明救下了她。

“我并不需要人伺候。我问过凤荷，是想回家，还是想去哪里，我都可以帮助她。”

凤荷哀求阮露明，给她一个机会，让她留在自由的江城。所谓“丫头”，只是人们见女明星身边突然多了个衣着简朴的少女，便按所谓“常识”随意给她安的身份而已。

“追求自由本没有错，错的是她并不知道什么才是真正的自由。”阮露明叹了口气，道，“所以，她迷失了。”

阮露明的意思是，既然人们错当凤荷是她的“丫头”，也未尝不可将错就错。凤荷先借着这个身份在江城安顿下来，然后想念书，或想做工，都好。不料凤荷被江城的浮华迷了心，跟在阮露明身后，进进出出所见的人物非富即贵，眼里逐渐只剩“上等人”的生活。

上学，做事，累个半死，只能做个寻常市民，普普通通过一生。她不愿。

恰巧此时，在阮露明那里碰了一头灰的阔少转而接近她，承诺给她穿金戴银的好日子——凤荷没有拒绝。

“等等。”江寒叫了暂停，“你说的这些，和今天的案子有什么关系？”

“江先生，你太任性啦。”阮露明歪了歪头，“你看重作案动机，我顺着你的思路讲，你却又觉得我扯远了。我倒是怎么样都不对了？”

“我只是想让你明白，在场具备作案动机的人，除我之外还有的是。”阮露明道。

江寒被她十足讥讽的语气刺得脸上发热。

“但在此之前，我想先指出你的另一个错误，江先生。”阮露明说，“你认为投毒的动作发生在分发咖啡时，可实情并非如此。凤荷最后端起她的那杯咖啡时，杯中才有了毒。”

唐兴呆呆地张大了嘴：“啊？”

“会客厅门前的地上，散落着一些细小的颗粒物。”阮露明突然哼笑了一声，“江先生说，他以为那是他去过江边后沾在鞋底带进来的沙粒。”

这女子，为何句句话都非要捎带着讽刺我。江寒又窘迫又纳闷。

“方才我们都见到了，那不是沙子，而是糖粒。柳公馆用良记的方糖，良记是百年老字号，以包装精美、压制紧实闻名。要说它从备餐间到会客厅的短短几步路还会掉糖屑，良记的郑董事长肯定第一个发怒。那么，糖粒从何而来？我便想到，或许备餐间里的这一罐方糖，是碾碎后混入了毒物，又重新压制起来的。倘若如此，真凶一定会在我‘束手就擒’后，巡捕赶来勘查现场前，处理掉这罐罪证。”

唐兴边听边点头，至此一愣，举手提问：“可我们喝的是黑咖啡啊？没有放糖。”

阮露明看向唐兴，眼底忽然浮出一丝淡淡的悲哀：“唐公子，你和凤荷是真也好，假也罢，总归相处了一段时日。居然还不知道，凤荷其实喝不惯咖啡的吗？”

贫苦山村逃出来的凤荷，虽然努力融入江城的时髦西式生活，但很多习惯根深蒂固，始终改不了。比如，她适应不了咖啡这种又苦又涩的饮料。可她又不愿暴露自己的“土气”，拿了咖啡，总要背过人去偷偷加好几块糖，中和了苦味，再若无其事地喝下去。

江寒突然明白过来：“所以凤荷姑娘才主动要求准备咖啡。所以你让她去。”

“嗯。”阮露明耸了耸肩，“我并不是欺负‘丫头’的恶女子，江先生这下总该信了吧？”

江寒尴尬得险些接不上话。

他轻咳了一声，才跟上阮露明的思路：“……凶手是知道凤荷这个习惯的人。”

阮露明颔首：“圆圆还在新华时，与我共用一个休息间。”

所以程圆圆也有机会了解到凤荷的习惯。江寒明白了。

只要准备一罐有毒的方糖——凤荷就会亲手把毒下进自己杯子里。

他突然感到不寒而栗。

而程圆圆提出将看守的地点由楼下会客室改到二楼书房，恐怕也不是真的好心使阮露明待得舒适些，只不过想支开他们，好让夜里行动方便罢了。

可程圆圆动机何在？

“这就关系到姚先生了。”阮露明蓦地提到了姚方瑞。

在场众人之中，姚方瑞是唯一一个看似与凤荷毫无关联的。被阮露明点名，他神情一变，强作镇定："阮小姐这话什么意思？"

"我救下凤荷时，曾问过她的全名。凤荷原姓姚——当然，'姚'不算罕见的姓，不至于让我碰见另一个姓姚的就胡乱联想什么。但凤荷提过，她的故乡余山村，当地大姓是余，她家祖辈逃荒过去，成了村里唯一一户姓姚的人家。而余山村比'七'这个数字的手势，与别处不同。包括江城在内，大部分地方都是这样——"阮露明将右手食指、中指与拇指相扣，顿了顿，又抬起左手，"而余山村，则是这样。"

她弯下左手的中指、无名指，拇指、食指和小指则伸直。

"各位，眼熟吗？"

唐兴眨眨眼："……啊！"他恍然大叫一声，瞪向姚方瑞。

那正是姚方瑞先前比七点钟时所做的手势。

"姚先生，你根本不是什么留学生吧？"

"你就是凤荷那个好吃懒做、贪婪可恶的弟弟。"阮露明一字一顿地说。

一个凤荷，被割裂为两半。

满心憧憬着江城"新世界"的半个她，被浮华的幻影迷了眼、失了心，找不到真正自由的方向所在。

而另外半个她，仍被余山村伸出的一根粗重的锁链紧紧拴着，不管走得多远，都无法彻底挣脱。

姚方瑞被父母惯得眼高手低，见姐姐逃去了大都市，竟又妒又气，愈发看贫困的余山村，看家里安排给自己的平凡土气的未婚妻不顺眼。他自告奋勇地提出抓姐姐回来与老财主成亲，以此为借口，紧随凤荷离开了老家。

起初，凤荷真以为弟弟是来逼自己回乡的，又惊又怕。但姚方瑞提出"和平协议"，只要凤荷定期给他钱，让他能在江城过上体面的好日子，他就不向父母通风报信。

"凤荷被人勒索，我早已有所察觉。但凤荷说，我给她的工钱够付这笔钱，不希望我插手她的'家务事'，我也就不好再多问什么了。凤荷曾偷偷用我的名义托人引荐你给安华写剧本，你又借这个机会傍上了圆圆，是不是？”

姚方瑞脸涨得通红，张口就要反驳。

阮露明一挥手，把他的话堵了回去：“电路断了，灯熄了，你们就以为天是黑了，旁人是瞎了——手牵得紧紧的，真以为谁都没看见？”

程圆圆颤声问：“方瑞，凤荷……凤荷真是你姐姐？”

姚方瑞面如死灰，咬牙沉默了好半晌，才颓然地点点头。

程圆圆从喉咙深处发出一声困兽般的沙哑呜咽。

仿佛有一双无形的手瞬间攫走了她的魂灵——她身子晃了晃，踉跄地扶住了桌角。

唐兴的思路跟不上了，茫然地问：“这怎么又扯上了圆圆？”

阮露明冷声道：“还不明白吗？凤荷一直被姚方瑞勒索，要大量现金填补这个无底洞。给阔少做了情人之后，她不再有自己独立的收入，又不敢典当阔少送的首饰做补贴。而姚方瑞和程圆圆约会，花钱如流水，可他大字不识几个，披着‘才子’皮囊却写不了真的剧本，赚不到稿费，只能缠着凤荷不放。这落到程圆圆眼里——”

就是姚方瑞见异思迁，和“下等人”凤荷打得火热。

江寒忽然想起刚到柳公馆时，自己和唐兴的那段对话——纨绔师弟陈述了他的“金丝雀”计划，颇为自得。江寒很不赞同，以为阮露明但凡有点理智都不会中这无聊的圈套。唐兴笑嘻嘻地说：“被恋爱冲昏了头脑的女子，哪有理智可言呢？”

没想到，纨绔师弟的幼稚之言，竟切中了要害。

一场误会，一桩命案，一朵还未来得及盛放就凋零的自由之花。

一切都是阴差阳错。

让人说不出话来，只能叹息。

◇◇◇◇ 八 ◇◇◇◇

次日清晨，太阳一出，积水很快便干了。

巡捕房的人赶来，押走了程圆圆。剩余几人走出柳公馆才发现，屋外的电线杆原来并非意外倒下的，而是被人事先动了手脚。

站在柳公馆门口，江寒抿唇犹豫了半晌，终于酝酿出一句恳切的“抱歉”。

该听见这句话的人，正仰头望着门前的梧桐树叶发呆。

她好像并没有听清江寒说的是什么，只不过被声音惊扰了而已，转过头来——

“结局本不该这样的。”

阮露明声音很轻，轻得像在叹息。

“唐公子说，凤荷抱着他的腿哭诉，说自己别无选择。但其实，她一直都有的。”

刚到江城时，她不肯选择读书、做工，而是跟在风光的女明星身边，当个享福的“丫头”。

跟阮露明进出摄影场，她也不选择多观摩学习，只顾和捧场的少爷公子、高官富商们攀谈。

凤荷被阔少抛弃后，阮露明虽一时间失望透顶，气得不想再见她，但其实暗中请人安排了一份棉纱厂的工作，希望凤荷自食其力。然而凤荷不愿做“粗活”，跑到戏院门口，在众目睽睽之下哭求阮露明原谅。

每一次，她都有更好的选择。

那些选择背后的道路，或许崎岖漫长，或许大雾弥漫、荆棘遍布，但也或许，就是通往真正自由的出路。

可她视而不见，只顾闷头走着向悬崖去的坦途。

最后，纵身坠下，粉身碎骨。

本不该这样的。本不该这样的。

“……不是你的错。”江寒千言万语哽在喉间，良久只能化作这么单薄无力的一句。

“江先生，你说得其实很对。”阮露明笑了笑，分明叫了“江先生”，可语气又似在自言自语，“为难女子的，也有女子。不先消除女子本身对彼此的恶意，谈不上实现女性整体的自由，谈不上去向社会争取平等解放。我们要做的事，还有太多太多。”

话题沉重，江寒一时间不知该如何接才好。这时，身后传来汽车的喇叭声。

是唐兴把他那辆停在柳公馆后院里泡了整夜雨水的福特汽车开出来了。

“阿阮也一起上车吧！我们先送你回家。”唐兴降下车窗，探出头，热切地道。

兴高采烈的，仍是“这辈子非阿阮不可”的殷勤态度。好像刚隔了一夜就已经忘了，他故意和阮露明置气，实施了一个幼稚的“金丝雀”计划。也正是他的计划，阴差阳错地把凤荷带到了夺命的悬崖边。

江寒突然觉得，他对这纨绔师弟其实也未能看懂。

唐兴的本性不坏，活泼热情，待人慷慨大方，还有些不谙世事的天真。

可再细看，他的天真里似乎又透露出一丝没心没肺的冷血。

“不麻烦了。我住得不远，散步回去就好。”阮露明说着，目光掠过江寒，“被捆了大半夜，身上酸痛得很，正想走走路松松筋骨。”

江寒：“……”

阮露明扬起唇角，又道了声：“江先生，再会。”

语罢，也不等二人回应，便摆摆手，自顾自转往反方向走去了。

擦肩而过的一瞬间，江寒突然反应过来——

他曾在何处见过阮露明。

那夜的小舟里，烛火与波光掩映之间，被捆了手脚丢在船舱里的他竭力抬起头，看不清甲板上两人的面容，只能勉强辨认出他们身形的轮廓。匪徒背对船舱坐着，身边小几上放了几大瓶酒，正仰头痛饮。而身姿姣好的女子倚坐在小几上，朝船舱侧过脸来，恰巧一阵风吹过，天上的阴云散了，银白月辉倾泻而下。

他与女子对上了视线。

女子扬眉勾唇，竟朝他笑了。

没错，那正是阮露明！

可眼前这样一个——这样一个独立而奇异的女子，和小舟上那娇声唤着“柳四爷”的，怎会是同一个人？

江寒猝然扭头，目光追向阮露明愈行愈远的身影。

晨雾弥漫的梧桐道上，她走得很悠闲，似乎真是在“散步”。但那脊背挺直得，又好像她身体里绷着根弦，哪怕最疲惫、最渴望休憩时也不会放松一般。

“师兄在发什么呆呢？”唐兴不解地问，他循着江寒的目光望去，大惊失色，“师兄你该不会也迷上阿阮了吧？！不要啊，师兄弟反目，我们会被师父打断腿的！”

江寒闭了闭眼，收回视线，迟疑着问：“有一首歌，不知你听过没有。”

唐兴还沉浸在师兄弟阋墙的恐怖想象中，伤心欲绝：“什么？”

江寒努力回忆着歌词。

……风凄凄，雪花又纷飞……

……夜色冷，寒鸦觅巢归……

“啊，《寻兄词》。孙瑾导演的电影，《野草新花》的插曲嘛。”唐公子的失落，来得突兀，去得也快，话题一转移，他立刻重新振作了精神，“联华公司七八年前的旧片了，当时师兄已经去英国了吧？怎么会问起这个呢？”

江寒耳畔又回响起阮露明轻声的哼唱。

午夜的响雷暴雨声中，断断续续的。好像歌里寄托着一些别的什么，又好像没有。

“阿阮在哼《寻兄词》？”唐兴先是惊奇，继而哈哈笑起来，“要让那些小报记者知道，可有的热闹了！”

江寒一怔，不明白他的意思。

“‘阿阮’这个名号，是小报给的。她刚出来拍戏时，本来被称作‘阿阮第二’。”唐兴解释道，“后来她大红大紫了，人们渐渐就把‘第二’的后缀给去了。”

有“第二”，自然就有原先的那个“第一”。

《野草新花》的女主角，《寻兄词》的演唱者。

“直到三年前，江城叫起‘阿阮’，指的还是——”

“阮如玉。”他说。

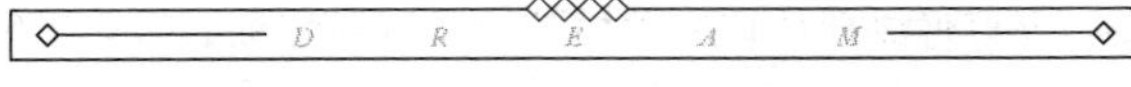

第二梦·迷津

雾失楼台，月迷津渡。

——秦观《踏莎行·郴州旅舍》

一

江寒走出卧房时，发现房东已把当天的晨报放在客厅桌上了。

他回国后，主要给几种严肃的报纸杂志撰写时评，做西方思想理论的翻译宣传，住所便租在了江城报馆聚集的望平街附近。此处环境清幽，近邻多为文艺界人士，房东老夫妇还会定时帮忙取报，甚至给熬夜赶稿的房客提供夜宵，是个能够安心写作的好地方。江寒住了半个多月，十分满意。

——本该如此的。

但平静安宁的生活，毁于一夕之间。

江寒烧水泡了杯咖啡，坐到桌旁，拿过晨报翻阅起来。

不出所料，凤荷案的话题仍在继续。

前不久，他被卷入了一起毒杀案。案发地点在安华电影公司老板柳四爷的府邸，现场有两位当红女明星、一个江城知名纨绔子弟，消息传开，立刻引起了小报记者和江城民众的无限兴趣。事件发生以来，相关报道及衍生故事层出不穷，隔岸观火的联华还有意以此案为原型拍摄一部新影片。

总之，热闹极了。

江寒一不是犯人，二不是受害者，三没有掺和几名男女的爱恨纠缠，根本是个误入迷局的路人。可不知为何，大家都以为案子是他破的，争相给他冠上“孤岛神探”“江城的福尔摩斯”等等乱七八糟的称号。竟还有人慕名找上门来，委托他帮忙查案。一时间，他的风头居然盖过了其他几个事件相关者。

起初，江寒一头雾水。

他耐心反复向每一位来访者解释澄清，甚至登报发表声明。

但没有人相信。

没有人相信，和大神探福尔摩斯做了多年邻居的留洋医学生破不了案。没有人相信，竟是书都没念几本的女明星揭穿了真相。

江寒终于体会到“百口莫辩”是何滋味。

可怎么会这样的？误会究竟从何而来？

江寒边喝咖啡边将报纸翻过一页，突然扫见了阮露明的名字。

他倏地瞪大了眼睛，一口苦涩的咖啡猛呛进喉管里，呛了个面红耳赤，猛咳不止。

那是一篇关于阮露明参演安华新影片的采访稿。记者把话题扯到了凤荷案上，而破案的“主角”竟淡然地将自己定位为恰巧在场的可怜路人，痛诉雷电之夜被困柳公馆有多么害怕无助，而神探“江先生”又有多么聪明英勇。

演技拔群。

江寒：“……”

她故意的！

或许，是算到了舆论不会信是她破的案，才顺水推舟地将浮夸的“神探”名头拱给了他？

又或许——她记着被误指为凶手的仇，事后算账，挟私报复？

江寒震惊地发现，自己思及此，竟不由得“扑哧”笑出了声。他大惊失色，连忙丢开报纸，用力揉揉脸，唤回理性。

他虽已消除了偏见，知道阮露明不是那种刻薄粗俗、虐待下人的恶女子，甚至还有一番新鲜深刻的思考见解，可他没忘记她终究还是——柳四爷的秘密情人。

波涛汹涌的江上，银白月辉之下那瞬息的对视，阮露明扬眉勾唇的笑脸又浮现在眼前。

挥之不去。

江寒蹙着眉头，百思不得其解。

“师兄，起来啦！”屋门忽然被人“哐啷”撞开了，唐兴挥舞着一沓信件冲进来，“有你的信！”

不对劲。

这时间，这地点，这人，哪个要素都很不对劲。

纨绔师弟素来过着昼伏夜出的迷幻生活，在舞厅里浪荡到后半夜，凌晨回家，倒头睡至日上三竿才肯带着一身浓重的起床气醒来。他不应该，也不可能，在早上六七点钟，就把头发梳得齐齐整整的，穿好了浆得笔挺的漂亮西装，双眼亮晶晶地站在自己面前。

江寒眼睛瞧着笑容灿烂的唐公子，耳朵听着弄堂口小贩叫卖豆浆油条的吆喝声，一时间觉得时空错乱。

纨绔师弟的演技，比起女明星来还是差远了。

江寒扫了一眼信件，见都是案件委托信，便没急着拆阅，先质问师弟：“什么事？”

他一问，唐兴的表情就垮了。

“师兄，救命啊——”唐公子两眼泪汪汪，“收留我几天吧！”

江寒这才注意到，纨绔师弟有备而来，身后挎着一大包行李。

唐兴是南方粤城人，父母早逝，从小被叔父唐仲钰收养。唐仲钰生意繁忙，无暇多管束他。唐家的生意扩张到江城，唐仲钰一度定居于此，但三年前返回粤城后一直被战火阻拦在南方，对败家侄儿鞭长莫及。唐公子独自驻留在“孤岛”，无法无天，好不快活。

直到凤荷案传开，远在粤城的唐仲钰听闻，勃然大怒。

“都怪那些小报记者，瞎写的什么！”唐兴气得快哭了，“小叔骂我不务正业，游手好闲，成天只知吃喝玩乐，无可救药。”

骂得好像都没错。江寒忍不住想。

“小叔说，我该赶紧收收心，正经娶妻成家才像话，已选了几家小姐与我相亲。他还、还说，如果不和他选好的女子结婚，就不给我继承家产。”唐兴越倾诉越委屈，愤愤地拍桌，“反对封建包办婚姻！我死也不会屈服！”

说到这里，江寒还有些同情他。

没想到纨绔师弟接着道：“我这辈子非阿阮不可的！”

“……”随便你吧。江寒无言以对，拿过裁纸刀开始拆信。

“师兄，行李先放你这里哟。我今天约了沈司渝聊剧本，可能聊通宵，就不回来睡了。”

“怎么讨人厌的事都凑到一起了。”唐兴撇着嘴嘀咕了一句，临出门前，他对江寒说，“明早给师兄带杨记的蟹粉小笼包当早饭哈。”

◇◇◇◇ 二 ◇◇◇◇

第二天，江寒既没等到杨记的蟹粉小笼包，也没等到唐兴本人回来。

纨绔师弟浪荡爱玩，说是谈工作，谈到舞厅里去的可能性相当高。江寒并未把他许诺的蟹粉小笼包当真，起床后照旧喝着咖啡读房东送来的晨报。

报纸上终于消停了一天，没有再抓着凤荷案和“孤岛神探”发挥。

江寒正以为自己能久违地享受一个平静安宁的早晨，不料屋门又“轰”地炸响。

“不许动！”

几名高眉深目、头缠红巾的租界巡捕闯入。其中两人一左一右挟持住江寒，剩余人径直动手翻箱倒柜，眨眼间便把整洁的屋里翻得乱七八糟，满地狼藉。

江寒错愕万分："你们干什么?!"

他们很快翻出了唐兴的行李包，拉开拉链倒了个底朝天，捡起其中一摞稿纸，高呼："找到了！"

那是唐兴新剧本的原稿。

押住江寒的巡捕冷笑着松开他，示意同伴把包括稿纸在内的唐兴的相关物品全部封箱带走："干什么？唐公子杀了人，这些都是罪证，你说我们干什么？"

这个清晨，岂止不宁静。

沈司渝的尸体，是当天一早在他自己的寓所中被发现的。

他的头盖骨受重击而碎裂，凶器疑为房中的铜雕摆件，第一发现者是沈司渝的女友。据说当时公寓大门上着锁，窗户也都从内闩死，整个房间呈密室状态。于是，屋里的另一个人——醉倒在沈司渝尸体旁的唐兴，被当作嫌疑人抓了起来。

好在，警方高层有人受过贺老恩惠，对贺门弟子网开一面，放了江寒进看守所探视。唐公子满脸宿醉后的憔悴，一向精致齐整的油头已经挠得乱七八糟，西装也皱巴巴的。他激动地拍着铁栏杆："师兄，我没杀人呀！无冤无仇，我杀姓沈的干吗?!"

江寒叹气："我知道。可在警方看来，你并不是真的完全没有动机。"

唐公子和沈导演之间的矛盾不是秘密。

沈司渝是新华电影公司的导演。唐公子写了一部剧本《踏莎》，新华看在股东唐仲钰的面子上，照旧大开绿灯，交给沈司渝执导。沈司渝却对这部古装戏大为不满，提了一堆修改意见。唐兴对自己的写作水平很有自知之明，本觉得专业人士提的意见，应该要听，乖乖改了几轮。没想到沈司渝依然吹毛求疵，最后几乎是故意找碴了，让唐兴横一改竖一改，就是不肯开拍。唐兴终于被激起了公子少爷的脾气，又憋不住事，舞厅里几杯酒下肚，不知把对沈司渝的怨愤倒给了多少人听。

"百乐门的舞女证实，你上周三曾经说过，沈司渝再挑刺你就要打破他的脑袋。"

唐兴瞪大眼睛："随便说说解气也不行啊?！"

江寒又叹了一口气："没出事的话，当然行。"

出了事，当初的酒后胡话便都成了不利于唐兴的证据。

唐兴说："师兄，你帮我找找律师吧。"

江寒沉默。

唐兴明白了："没有律师愿意为我辩护？"他紧攥着铁栏杆，咬牙，"我还是求小叔……"顿了顿，又打了个寒战，自己摇摇头收回之前的话，"不对，不能让小叔知道，千万不能让小叔知道！"

不忍再看师弟哭丧的脸，江寒别开目光，只能说："我会想办法的。"

◇◇◇◇ 三 ◇◇◇◇

江寒走出看守所时，沈司渝之死已传得满城风雨。

唐兴本就是江城小报钟爱的八卦主角，而沈司渝执导过几部票房不错的商业影片，也算江城文艺界的名人。各路记者闻讯，立刻抛开了凤荷案，开始大肆编造两人之间的恩怨纠葛。

报童挥着新鲜出炉的《江城新报》，吆喝着"号外"跑过街口。江寒拦下他，买了一份。

只见唐公子终于走出背面《江城小讯》的家长里短豆腐块，登上了社会版头条——有个姓许的记者，先凭空虚构出了一位女主角，将事件定性为情杀，说唐兴因被沈司渝横刀夺爱而怒下杀手。接着又进一步发表评论，称凤荷尸骨未寒，唐兴就已移情别恋，为其他女子而与人争风吃醋，这些富家子弟实在堕落可耻，冷情薄幸。

言之凿凿。江寒若非认识唐公子本人，差点就要信了。

荒谬至极！

如果说方才答应"想办法"只是出于心软，此刻江寒已是真的恼怒了。

唐兴幼稚贪玩不假，却并非十恶不赦的罪人。要责他，骂他，只能责他确有的短处，骂他真犯了的错。而这些小报记者，只凭一张嘴，一副纸笔，竟信口开河大泼脏水，岂有此理！

按唐兴的说法，案发前夜八点钟，他和沈司渝在霞霏路的咖啡馆见面，因为对某场戏的看法相左而再度争执起来。直到咖啡馆打烊，他们也没能统一意见，于是转移到附近沈司渝的寓所，边喝酒边继续讨论。唐兴对沈司渝满肚子气，酒喝得又快又急，不知不觉就醉了过去。

“但我最后看见沈司渝的时候，他还好端端活着的！”唐兴说。

江寒反复确认了那个时刻。

唐兴肯定地道：“是深夜十点。”他听见钟响，并且看清了洋钟的指针。

记忆在这里中断。

直到次日清晨，沈司渝的女友宋安妮以备用钥匙打开房门，发现了尸体，一声凄厉的尖叫将他惊醒。

江寒揉碎报纸，叫来一辆人力车，前往宋安妮所在的惠心女中。

惠心女中位于三马路，是一所由美国监理会创办的教会学校。

江寒说明来意，被请到了校长室。

校长室里一张面朝门的西式大桌，桌后有把黑色皮质转椅，墙上半面明净敞亮的玻璃窗。盛夏午后的阳光如碎金般倾泻而下，透过玻璃窗可见屋外垂柳翠郁，草碧天青。

屋内的人背对着门，坐在窗下。

江寒礼貌地敲敲门，走进去：“谈校长，你好。”

“……”

“谈校长？”得不到回应，江寒重复了一声。

椅子无声地转过来——他猛地愣在原地。

曾在波涛汹涌的江上，银白月辉之下与他对视过的那双眼睛，定定地望住了他。阮露明双腿交叠，两臂支着皮椅的扶手，施施然坐着，扬眉勾唇，朝江寒微微颔首：“江先生，又见面了。”

这句话，这场景，可真是似曾相识。

江寒睁圆了眼，诧异地脱口而出："你怎么也在这里？"

——你怎么又在这里?!

阮露明从容地站起身，从桌后走出来，没有回答。却是江寒身后的一个声音代替她解释道："阮小姐在我们学校旁听国文和英文课。刚刚下课，到我这里来小坐一会儿。"

三十多岁年纪、一色板正黑制服长裙的女校长姗姗来迟。

"临时有个电话，走开了。不好意思，让江先生久等了。"

阮露明歪了歪头，张口还是江寒熟悉的尖刻挑衅语气："怎么？在江先生眼中，我这人无心向学，和学校是大大的不相称吗？"

自柳公馆一别数日，她的嘴还是如此不饶人。

江寒已经明白了女明星的套路，知道乖乖接过话头只会让自己更加尴尬狼狈，索性左耳进右耳出，直接向谈校长道明来意，请她引自己见见宋安妮。

外界的风风雨雨还未传进女校里，谈校长初闻学生卷入命案的消息，大吃一惊。

"哎呀！"

她拍了拍胸口，定下神，苦笑着道："宋安妮今天没有来学校。宋小姐一向用功，轻易不缺课的。我正担心呢，会不会是生了什么急病，特意打电话到宋公馆去问……"

宋安妮接了电话，只道自己没事，需要请几天假而已。谈校长追问她请假的原因，宋安妮默然片刻，含糊地说，她和父亲起了冲突，正被禁足在家。

原来，是卷入了案件吗？谈校长满脸愁容，愈发担忧了。

江寒说，师弟唐兴被误当作犯人扣押了起来，他需要向宋安妮了解发现尸体时的细节，查明真相，还唐兴清白。

"能否请谈校长帮忙联系宋公馆，让我见宋安妮小姐一面？"

谈校长爱莫能助地摇了摇头。

宋氏家族横跨商政两界，在江城地位极高。她小小一个女校校长，根本摸不着宋公馆的边。

这边，谈校长没办法。那边，纨绔师弟生怕被剥夺继承权，咬牙不肯向唐股东求援。

江寒束手无策。

“哦？沈大导演死了？”一直没作声的阮露明突然玩味地轻哼道，“他还带着《踏莎》的剧本来找过我，想我演女主角呢……死了啊。唐公子是嫌疑人？”

江寒沉声道：“他不是。”

阮露明扬起眉：“我听你刚才说的，房间是密室，屋里除了死透的沈司渝之外只有唐公子。你无凭无据，怎么就相信唐公子确实清白无辜？”

唐兴固然是个无可救药的浪荡纨绔子弟，但——

“他是我的师弟，我自然信他。”江寒顿了顿，“而且，时间会证明一切。”

“江先生，你的‘相信’可不太准啊。”阮露明意味深长地道。

明显是在讽刺江寒曾凭一己偏见的“相信”误指她为凶手之事。

江寒尴尬地涨红了脸。

阮露明似乎被他面红耳赤的局促样子取悦了，笑吟吟地接着道：“既然时间会证明一切，那你就等唐公子的冤屈被时间自然洗清好了。何必多费工夫，如此着急查案？”

江寒回想起《江城新报》上的八个字。

堕落可耻，冷情薄幸。

这八个字，还只是开始。由此发散开去，满天飞的言辞利剑，足以毁灭一个人。

“多拖一天，师弟的名声就多败坏一点。人言可畏。”

人言可畏！

平平无奇的一个词，竟让阮露明那无懈可击的女明星面具出现了一道裂痕。

人言可畏、人言可畏。她低声重复了几遍，突然朗声大笑起来。

江寒被她笑得莫名其妙。

而阮露明擦了擦眼角笑出的一滴泪，正色道：“好吧……看在‘人言可畏’

的分上。”

◇◇◇◇ 四 ◇◇◇◇

谈校长摸不着边，唐公子不借叔父名号攀不上关系的宋公馆，阮露明带着江寒，被人恭恭敬敬地请了进去。

只因宋安妮的父亲、江南路矿公司的宋主席，是阮露明的铁杆影迷。

——这样也行？！

江寒恍惚着走过宋公馆大厅的巨型水晶灯下，如堕五里雾中。

更令他震惊的是，宋公馆的用人得了主席命令，对阮露明知无不言、言无不尽。从进门到二楼露台的短短一段路途间，他们已经知晓了宋安妮被关禁闭的真实原因。

案发当晚，宋公馆举办酒会，宴请粤城造船厂的周董事一家。宋主席有意和周家联姻，加深合作关系，酒会的目的便是让宋安妮和周公子“认识”一下。

起初，宋安妮并不清楚父亲的盘算，只当这是一场平平常常的宴会——身为豪门千金，宋安妮再习惯这类宴会不过了。而当她离席接了个电话再返回时，无意间听到父亲和周氏父子畅想两家联姻后的美好前景，才恍然大悟。宋安妮没有立即爆发反抗，宴席散后甚至还主动陪周公子去了百乐门舞厅，直到天蒙蒙亮才被周家的司机送回宋公馆。

江寒问：“宋小姐大概几点钟接的电话？”

用人回答：“晚上十点半左右。”

江寒若有所思。

用人接着叙述下去。宋安妮在舞厅和周公子独处，相谈甚欢，两家人都以为她对周公子也中意，定会顺从地接受结婚的安排。哪承想，玩了个通宵的宋小姐，筋疲力尽地回到家，却并未洗漱休息。她趁着万籁俱寂的凌晨时分，悄然收拾了行李逃出门去，找沈司渝私奔。

若非沈司渝意外死亡，宋安妮作为第一发现者被带到巡捕房问话，这对年轻男女可能早已逃出了江城。

他们的恋情就这样猝然暴露在了宋主席面前。

宋安妮表现得极为刚烈，紧抱着沈司渝的遗体不撒手，在众目睽睽之下大声向父亲宣布，自己决不接受封建包办婚姻，就算恋人身死，自己的心依然是属于他的。

独生女竟瞒天过海，和内地来的穷酸导演偷偷搞什么自由恋爱。宋主席大发雷霆，亲自将宋安妮绑回了家。

宋家权势通天，随便动用点人脉一查，便查出那穷导演在家乡居然还有老婆！宋主席怒不可遏，给宋安妮下了禁足令，她一天不听话和周公子订婚，就一天别想出家门。

江寒和沈司渝不熟，疑惑地问："内地来的？"

不等宋家的用人解答，阮露明就先笑了起来："江先生听不出来吗？沈司渝，沈司渝，沈大导演是渝城人啊。"

宋安妮正在露台上等着他们。

纨绔师弟天天打扮得花枝招展，一副不漂亮毋宁死的模样，江寒见惯了他，还以为江城的少爷小姐都是如此。可宋安妮截然不同，简朴的单色棉布裙，齐耳短发，面庞素净，不像娇贵的豪门千金，而像个进步的职业女性。

江寒回忆起了谈校长的话。

谈校长说，宋安妮的理想是成为一名护士，造福贫苦人民。为此，她不仅勤恳上课，课余还在医院见习。

宋小姐脸色苍白，双眼红肿，两手置于膝上，把裙边攥出了深深的褶皱。

"我知道他在内地有家室。"她说，"但我不在乎。"

江寒原以为宋安妮是被沈司渝蒙骗了——万万没料到，居然早在追求宋安妮时，沈司渝就已主动坦白了。

沈司渝的妻子生于内地、长于内地，从未离开过老家的小城，是个目不识丁的粗俗妇人。她非但愚昧，心肠还极坏，生性贪婪，婚后竟将父母都带进了沈家扶养，并偷偷变卖夫家财物补贴已娶妻生子、自立门户的几个娘家兄弟，给沈司渝造成了很大的经济负担。沈司渝受的是传统教育，走的是最“规矩”的路，与妻子因媒妁之言而结合，在这段婚姻中痛苦不堪却寻不到解脱之法。

直到某天，他结识了一位来自江城的青年记者。

从青年记者那里，沈司渝学到了一些进步思想，得知世上还有“自由恋爱”这条路，而封建婚姻原来是糟粕，是可以反抗的。他恍然大悟，毅然和旧家庭决裂，和青年记者一起前往江城。

“我们同样热爱文艺，关心民主与科学。我们都反抗封建家长和包办婚姻，追求自由恋爱。我们才是心灵相通的真正伴侣。”宋安妮坚定地道，“和妻子结婚，非他所愿，他们之间根本没有共同语言。那场婚姻是一个巨大的错误，他也是受害者。”

江寒哑然。

“你爱他？”阮露明突然问。

宋安妮抿了抿唇：“是的，我爱他。”

气氛变得沉重。

少女的卧室与露台一窗之隔，阮露明转开视线，目光落在卧室床头的藤篮上。藤篮被细细垫上了几层蕾丝轻纱，其中放着一只做了一半的兔子布偶，兔耳还用粉红缎带扎上了蝴蝶结。

“宋小姐童心未泯。”阮露明夸赞道，“真可爱的手工。”

“谢谢。”宋安妮说。

听起来似乎很平静的语气。

但江寒注意到——开口之前，她眼底分明有惊惶之色一闪而过。

◇◇◇◇ 五 ◇◇◇◇

走出宋公馆大门时，天色已暮。

阮露明忽然提出：“我想去沈司渝家看一看。”

发现尸体后，巡捕铐走了唐兴，近乎直接给他定了罪，并没有仔细勘查现场，连凶器都未收走。沈司渝公寓的客厅还维持着案发时的原样，满地残酒和大片血迹在江城盛夏的酷暑中发酵出一股难以形容的浑浊之气。

江寒有洁癖，一进门就被那气味冲得连连咳嗽。

“江先生，如果我没记错，您可是学医的。”阮露明却镇定自若，还有心情随口讽刺。

她把皮鞋脱在门口，光脚踏进屋里，用一方丝帕垫着手，仔仔细细地到处查看起来。

“没有指纹，凶手非常谨慎。门锁完好无损，也不见可疑的痕迹。”

江寒随后进屋，闻言不解：“可疑的痕迹？”

“刮痕，或胶布的粘痕。”阮露明蹙眉思忖片刻，绕过房屋正中染血的地毯，走向朝街的那个窗，“窗户是插销式的，容易动手脚。但这里是三楼，临着大马路，对面还有通宵营业的酒场……从窗口爬上来而不被人目击，实在不太可能。”

凶手到底是怎么出入现场的呢？阮露明环臂沉吟。

现场种种细节，江寒早就已独自来确认过了。他也卡在此处，对“密室”的手法百思不得其解，无法继续向下推理。

回过神来，突然发现，他竟莫名其妙地和女明星共同查起了案。

凤荷案时，他误会过阮露明，误会解开，他道了歉。可这就意味着对方值得信任了吗？阮露明周身还迷雾重重——她和柳四爷的关系非同寻常，洛城帮会参与租界当局情报工作、秘密镇压进步党派的活动也不知她牵涉了几分。

那夜江上，真的是你吗？江寒想问，不知为何，又始终不敢问。

他看不透她。

看不透，该怎么信？

可凤荷案却又证明了，至少在探案一事上，没有人比这女明星更值得信赖。

“我考虑过暗杀的可能。”犹豫了半晌，江寒开始叙述自己的想法。

他们所处的这座“孤岛”，看似被租界线隔绝了外界烽火，一派繁华太平之象，但其实水面下恐怖的激流从未停止过涌动。

尤其从这年初开始，“孤岛”内接二连三地发生针对文化界进步人士的暗杀事件。其中最残忍骇人的一件，便是严肃刊物《文化坛》主编离奇失踪，数日后清早，其头颅被悬挂在了闹市口的电线杆上。

“这类暗杀通常有两个目的，一是铲除进步意见领袖，二是震慑——杀一儆百。并且，如《文化坛》主编案，他们必定是有计划地在杀人，手法极为残暴血腥。”

但从沈司渝案的各方面来看，都与这些特征相矛盾。

“看这现场，凶手冲动作案的可能性更高。沈司渝被一击毙命，凶手没有带走并张扬‘展示’尸体，反而悄然布置了一个密室，目的显然是脱罪而非震慑。”

阮露明点点头，待江寒说完，讽笑道：“你还少提了一条。人死如灯灭，沈导演已经听不见我们的对话了，江先生不必客气。”

她放下凶器——一尊沉重的黄铜招财羊摆件，叠起丝帕擦了擦手。

“你其实还想说，沈司渝软弱没担当，向来只敢拍些才子佳人的古装故事。他接拍唐兴的剧本，是以为纨绔少爷只会写无关现实的风花雪月，却没料到唐公子读了他师兄几篇严肃的杂文，受到启发，往剧本里藏了点抗战意图的隐喻。沈导演一看可吓坏了，根本不敢照拍，翻来覆去地要求唐公子修改。这样一个软蛋，不配被称作进步意见领袖，不可能成为恐怖暗杀的目标，对不对？”

“……”江寒默认了。

阮露明问：“现在你怀疑谁？”

江寒迟疑片刻，决定直言：“宋安妮。”

“为什么？我们都看见了，宋安妮和沈司渝的感情相当好。沈司渝死了，她是最难过的人。她没有动机。”

“可就像阮小姐曾说的，不能单凭动机就指认凶手。”江寒望向光洁如新的门锁，“不谈动机，就谈作案手法。密室杀人，第一发现者往往最可怀疑。更何况，她手里还拿着沈司渝公寓的备用钥匙。”

“但别忘了，她手里除了备用钥匙，还有一样东西。”

——无懈可击的不在场证明。

阮露明环起手臂，似笑非笑地道。

她不知何时联系了柳四爷，请神通广大的四爷替他们弄来了验尸报告。

沈司渝的死亡时间推测为晚上九点到十一点。

如果唐兴醉倒前的记忆确实可靠，作案时间便可进一步精确到十点至十一点之间。

这一个小时里，宋安妮先是身处公馆众多宾客眼前，后是在和周公子一起去百乐门舞厅的轿车上——落单的只有离席接电话的那短短五分钟。可很显然，五分钟绝不够她从宋公馆赶到几条街外的沈司渝寓所，杀人并处理现场，再若无其事地回到宴席间去。

“我还是觉得她可疑。”江寒仔细回顾推敲着案件至此的每一个环节，“首先，宋安妮的前后行为非常矛盾。她直接放弃与宋主席沟通，做出私奔那般激烈的举动，可见反抗包办婚姻的意志之坚决。既然如此，怎么会主动陪周公子去舞厅？再者，她和沈司渝之间的感情状况究竟如何，也还有待商榷。”

宋安妮这边，顾忌着父亲的权威，把恋情瞒得滴水不漏，从她的社交圈根本查不到任何线索。但在沈司渝那边，他新谈了一位年轻女友的事却并不是秘密。有人提到，案发前不久，沈司渝喝多了酒曾随口抱怨，宋小姐近日态度突然异常冷淡，不知是不是变心了，想提分手。但隔了没两天，沈导演再出来喝酒时又喜滋滋地道，宋安妮已恢复如常，他们还是一如既往的好。

阮露明若有所思地摸了摸下巴：“其实，我有一个有趣的发现。”

“什么？”

“宋安妮一直说‘他’。”阮露明道，“一次也没有提过沈司渝的名字。”

江寒茫然地望着阮露明，不懂她此言何意。

“热恋中的女子，谈到自己的男朋友，却对他的名字绝口不提，不奇怪吗？我试着想了想原因。一种可能，是她性格内向，连说出至爱的名字都觉得害羞。但宋小姐开朗大方，不太像会如此扭捏行事。另一种可能……”

她恨极了这个人，却又不得不在旁观者面前维持恩爱的假象。

因为不得不假装恩爱，所以连名带姓的称呼显得生分，不足以令旁人信服。又因为恨极了，恨得直欲生啖其血肉，所以连名带姓的生分冷漠都不够消解心头恨意。

矛盾无解，只好避开。

江寒听得一头雾水，阮露明却不再多做解释：“我大概猜到真凶的身份了，但还需要寻些证据，以免伤害无辜。别着急，江先生，等待时机成熟，我自然会告诉你的。”

◇◇◇◇ 六 ◇◇◇◇

然而，她说的“时机”还未到，沈司渝案就已经要开庭了。

江寒不急也得急了。

他虽刚回国不久，但靠着纨绔师弟的碎嘴，已对自己留洋期间几桩轰动江城的影坛八卦有所耳闻。结婚的，离婚的，财产纠纷的——明星的个人生活本就不算全然隐私，一旦作为被告上了法庭，更仿佛默许民众将自己的人生翻个底朝天，再拿着放大镜一寸寸研究过去，从中衍生出无数异想天开的奇谈。

无论真相是黑是白，当事者是对是错，往后都别再想解脱。

因此而自杀者，不在少数。

他不能让唐兴陷入那样绝望的境地。

追问阮露明，得到的答复却还是“不到时候”。江寒无可奈何，只能放弃从她口中撬出真相的希望，焦头烂额地四处奔走，好不容易花重金请到一位愿意为唐兴辩护的律师，但对方也仅仅是看在酬劳丰厚的分上答应出庭而已。

江寒明白律师的意思。警方已把唐兴钉死在罪人柱上，小报又推波助澜、煽风点火，舆论风向对唐兴极为不利。万事休矣，他再做什么，都是白费力气。

可他不能放弃。

江寒不知道阮露明的住所和电话，只能跑到新华公司的摄影场找她。

说来也荒谬，《踏莎》这部影片命途多舛，原定的导演惨遭杀害，股东的侄子做编剧做得身陷囹圄，新华却没有将其雪藏的意思，反而换了个姓穆的年轻导演，提早开拍。

个中意图，显而易见。

只想趁着案件话题火热，大捞一笔罢了。

穆导演告诉江寒，阮露明这些天一下戏就急急忙忙往仁济医院赶，许多人看见她出入儿科病房。已有不少小报记者潜伏在摄影场附近，摩拳擦掌地准备收集素材来写一篇阮露明私生活混乱，未婚已有私生子的轰动报道。

江寒听了只觉得荒唐可笑。

他的第一反应是阮露明自己身体有恙——可前些日子碰面时还好端端的，怎么突然就病了呢？“时机”未到，是因为她自己病倒了吗？

以阮露明那冷硬别扭的个性，她病倒了，有人照应吗？

江寒越想越担忧，出了摄影场便直奔仁济医院。

问下来，却并没有一位姓阮的患者在此就医。

到底怎么回事？莫非阮露明化了假名，又或故意躲着他吗？江寒糊里糊涂地走过住院楼前的草坪，冷不防被一个皮球砸中了脑门。

“哎呀！”护工打扮的年轻女子牵着一个身穿病号服的小女孩跑过来，“您没事吧？”

她满脸歉意，连声追问江寒有没有受伤，是否需要去做检查。

“不要紧的。”江寒回过神，温声笑道。

他弯腰捡起球，递还给小女孩。

那孩子四五岁模样，生得玉雪可爱，还十分乖巧懂事。她接过球抱在怀里，先是奶声奶气地说了声“谢谢”，顿了顿又主动说“对不起”。

江寒被逗笑了，蹲下身，平视着孩子的双眼，认真回答道：“没关系。”

几句闲谈间，江寒发现她们原来是一对母女。因为孩子的病需要长期住院，女子干脆在仁济当了护工，一方面方便照顾女儿，另一方面也能赚些微薄的生活费。她穿着褪色的布衣棉鞋，说大白话，显然生活窘迫，也没什么文化，但气质温和宽厚，看起来很好相处。

想来也是。教得出那般伶俐可爱的孩子，母亲本身必定不差的。

被神出鬼没的女明星刺激到扑通乱跳的心脏，不知不觉间安定了下来。

江寒告别那对母女，走出医院，决定不再一味等阮露明的“时机”，而按自己原先的思路继续追查宋安妮——既然不能证明唐兴的“无罪”，那么反过来，证明真凶“有罪”，同样能把纨绔师弟从流言蜚语的泥淖中拯救出来。

构思是美好的，实现起来却千难万难。

宋安妮的不在场证明毫无破绽，而宋家察觉有人暗中调查，加强了宅邸周边的警卫。直到庭审前夜，江寒都没能再见宋安妮一面。

据说，宋安妮会作为检方证人出庭。

开庭当天清晨，宋安妮从法院大门走入的短短一段路，是他最后的机会。

门外人声鼎沸，小报记者和无聊的看客将道路堵得水泄不通，刺目的镁光灯此起彼伏地闪着。

一门之隔的另一边，却静得像另一个世界。

江寒终于拦下了宋安妮，他与对方四目相视，却不知该说些什么了。

如果你是真凶，就请自首吧。

你怎能既犯下了杀人的罪，又断送无辜者的一生。

“……”

纯黑的大理石地面光洁如镜，倒映出两人相对而立的影子。

“如果江先生没事的话，我要过去了。”宋安妮微微弯腰，“失陪。”

她越过江寒，走向通往法庭的巴洛克式大楼梯。

这时，楼梯上突然传来两道脚步声。其中一道清脆而冷硬，堂堂地回荡在空旷的大厅里，几乎完全压过了另一道温和的闷响——脆冷的脚步声由远及近，出现在他们面前的，是睽违多日的阮露明的身影。

女明星环臂倚住了楼梯扶手，懒洋洋地说：“宋小姐，请留步。”

江寒一怔：“你来了！”

“时机到了，我自然要来。”阮露明扬了扬眉，开口竟还是讽刺他，“几天不见，江先生把自己搞得很狼狈啊。”

好意思说！要不是你神神秘秘的，我何至于……江寒努力抑制住瞪眼的冲动。

“阮小姐又有什么事？”宋安妮礼貌地问。

“确实有事。并且，对宋小姐而言，恐怕不是什么好事。”阮露明慢慢走下来，站定在宋安妮面前，“江先生竭尽全力地调查，结果竟是让宋小姐的不在场证明更加稳固了。看着江先生的凄惨相，我突然有了新的灵感。如果一个人确实与案件无关，却处处蓄意误导，阻挠调查，用意何在？宋小姐，我这人想象力有限，只能举出一种可能性。”

“那就是，她在包庇着什么人。”阮露明说。

江寒猛地愣住了。

宋安妮的脸色亦是一变。

“宋小姐演技高明，还很有层次感，不当演员真可惜了。”阮露明毫无诚意地拍了拍手，语气则是冷的，“我们一层一层解剖吧。最表面的一层，是痛失所爱的无辜少女。这层表演实在浮夸，没有骗过我，也没骗过江先生。而剥下第一层伪装，我们看见了什么呢？一个镇定自若地表演着‘伪装’的残酷杀人凶手。江先生对宋小姐的认识停留在这第二层，由此深入调查下去，走进了死胡同。我心里则产生了困惑，忍不住回过头去再仔细审视宋小姐的第一层表演——我是干这一行的，宋小姐的演技骗不过我，实属正常。可江先生单纯天真，怎么连他都能一眼看穿你呢？”

江寒：“……”

——你分析就分析，为什么要捎上我？！

阮露明继续道：“我不禁猜测，莫非第一层伪装的破绽，也是‘表演’的一部分？为免唐公子被洗刷冤屈，凶手角色无人认领，你故意暴露破绽，让自己成了嫌疑人。顺着这个思路想下去，就会发现，第二层‘凶手’的身份也是表演。真相，在第三层。”

空荡荡的大厅一时间陷入了沉寂。

阮露明轻叹了一口气，回过头，问楼上那仍未露面的另一道温和脚步声的主人：“郑女士，你愿意出来吗？”

又一阵沉默。

那人终于动了，从楼梯拐角的阴影中向外跨出了一步。晨光透过菱花天窗倾泻而下，一寸一寸地映亮了那人的面容——宋安妮和江寒同时睁大了眼睛。

宋安妮失声唤道：“宝珠姐姐?！”

而江寒愕然发现，他与那人曾有过一面之缘。

是他曾在仁济医院见过的那位年轻母亲。

◇◇◇◇ 七 ◇◇◇◇

唐公子平白受了大半个月的无妄之灾，最后到底是没有上法庭。

真凶投案自首，唐兴被当场释放。

娇生惯养的唐公子何曾吃过这等苦？在看守所里三餐不继，还被拷问出了一身大大小小的伤，解下手铐的瞬间百感交集，居然原地晕了过去。江寒忙着送纨绔师弟就医，反驳各家小报对唐兴的捏造毁谤，到处奔走善后——待他终于从一片混乱中解脱出来，得到喘息之机，理清真相的来龙去脉，事情已经过去了好几天。

郑宝珠已被捕，宋安妮则因干扰调查正在接受审讯。

阮露明到医院探望时，唐兴刚吃了药，睡得很沉。她与江寒相隔一张病床而坐，平静地说明了一切。

郑宝珠既是沈司渝的妻子，也是他的姑表姐。两人青梅竹马地做伴长大，感情笃深。

这场婚姻，名为父母之命、媒妁之言，实为真心相慕。结婚之初，沈司渝也曾因初恋得偿而欣喜不已，两人很快有了一个女儿。渝城的生活幸福安定，但也缺乏激情。日子越过，沈司渝越觉得枯燥无趣，永远温柔平和的郑宝珠逐渐令他厌倦。

恰巧此时，他认识了一名来自江城的记者。

沈司渝从青年记者那里学到了所谓的“进步思想”，立刻加入了反对封建婚姻、鼓吹自由恋爱的队伍。他毫不犹豫地把自己与郑宝珠的婚姻也打入了“封建包办婚姻”之列，完全忘却了两人当初的爱情。

冷情薄幸的人，在反抗封建束缚的堂皇大伞下，摇身一变，成了旧家庭的受害者，成了自我觉醒的新青年。

记者鼓励沈司渝拿出实际行动，到“新世界”追求真正的自由。可沈司渝一来软弱，二来心虚，不敢开口向家里明说反抗和离婚的话。他编造了一个借口，称自己为给妻女更好的生活而外出求学创业，离开渝城，奔赴江城，当上了电影导演。

十里洋场的喧嚣浮华，江城女子的摩登风情，让沈司渝耳目一新，很快迷失了自我。他在霞霏路的咖啡店偶遇和女同学辩论社会问题的宋安妮，被宋小姐开朗大方的性格所吸引，顿时将老家的“糟糠之妻”抛到了九霄云外，展开了热烈的追求。

起初，宋安妮觉得沈司渝懦弱，没担当，根本看不上他。

宋小姐是西式教育下成长起来的进步女学生，是“自由恋爱”最忠实的信徒。沈司渝察觉了这一点，对症下药，拿出自己为“封建包办婚姻”所苦的“悲惨往事”，成功打动了宋安妮。

宋安妮相信了沈司渝的谎话。

她以为，沈司渝真是与自己心意相通的灵魂伴侣。

她以为，沈司渝在老家的妻子确实是个愚昧无知、粗俗贪婪的恶妇。

可事实并非如此。

郑宝珠是一位典型的传统女性。虽然生来囿于老家宅院的方寸天地，没有念过书，也没什么开阔的眼界见识，但性格温厚坚强，自有她一种独特宝贵的智慧和诗意。

沈家重男轻女。郑宝珠生了女儿，本就备受婆家轻视欺侮，沈司渝离开后，她的日子愈发难熬。但她独自扛起了保护和教养女儿的重担，把孩子教得乖巧识礼。郑宝珠深爱着沈司渝，只求一家人美满平安，根本不求“更好的生活”。但沈司渝说去江城求学创业，她也就信了，并相信丈夫终有一天会回来，接自己和女儿一起前往广阔的新世界团圆。

美好的幻想，因女儿突然而来的重病而破灭了。

沈家不管孙女的死活，渝城的医疗条件也不够发达。郑宝珠决定带女儿去江城求医，但电话和书信都联系不上沈司渝。女儿的病一日重过一日，到后来不能再耽误，郑宝珠没办法，只能咬咬牙，孤身抱着女儿出发了。

郑宝珠太信任沈司渝了，根本没有想过，沈司渝其实是故意不接她电话、不回她加急的信件，对女儿的病置之不理。直到她历尽千辛万苦，终于找上沈司渝的寓所，当面见了沈司渝的态度，才恍然大悟。

沈司渝铁石心肠，看似柔弱的郑宝珠也有一身硬骨气。

她决定不再指望负心的丈夫，自己带女儿治病。

但“孤岛”局势混乱，鱼龙混杂，郑宝珠不幸被地痞流氓偷了随身的全部家当。分文不剩的她抱着发病的女儿流落街头，绝望之际，恰巧路过的宋安妮向她伸出了援手。

宋安妮把郑宝珠母女带到自己见习的仁济医院，垫付了医药费，还介绍郑宝珠当了护工。

两名女子一见如故。

宋安妮给郑宝珠讲各国进步女性的故事，郑宝珠教宋安妮做手工，她们度过了一段温馨友好的时光。直到某天，两人共读画报上连载的言情小说，聊起彼此的感情经历，愕然发现，原来郑宝珠薄情的丈夫和宋安妮心意相通的男朋友，竟是同一个人。

江寒不解：“宋安妮不把郑宝珠当情敌？郑宝珠不恨宋安妮夺走了自己的丈夫？怎么被杀的却是沈司渝？”

阮露明耸了耸肩：“江先生是被先前那案件搞出了心理阴影吗？别太小瞧女子了。”

她们没有怨恨彼此。

郑宝珠恨的是沈司渝。而宋安妮发现沈司渝打着反抗封建包办婚姻的幌子掩饰自己的负心薄幸，原来她无意间做了插足别人家庭的恶人——她顿觉天旋地转，既恨蒙骗自己的沈司渝，也恨伤害了无辜的郑宝珠的自己。

“你还记得宋安妮有一阵突然对沈司渝异常冷淡，没过几天又恢复如常的事吗？”阮露明说，“当时，她确实冲动地想与沈司渝分手，划清界限，老死不相往来。但很快，她冷静下来，又强忍着厌恶，继续和沈司渝交往了下去。为什么呢？我想，她恐怕有了个不得了的计划。就算那天晚上郑宝珠没有去找沈司渝，没有在争执间失手砸破他的脑袋，宋安妮迟早也是要动手的。”

案发当晚十点四十分，郑宝珠敲响了沈司渝的门，想和他谈谈离婚的事。沈司渝醉得神志不清，满口胡话，竟拿女儿的重病调侃。郑宝珠被激怒，拿起桌上装饰的黄铜招财羊摆件砸向沈司渝。待她回过神，只见沈司渝满头是血地倒在地上，早已没了呼吸。郑宝珠又惊又慌，抓起公寓客厅的电话打给了宋安妮。

宴会上的宋安妮离席接了那通电话。

宋安妮让郑宝珠仔细清扫现场，然后悄悄离开，照常生活。她说，她会处理好一切。

随后，宋安妮回到席间，主动提出陪周公子去舞厅，次日清晨再以“私奔”为名，到沈司渝公寓门口，用钥匙打开了所谓的“密室”，将这出“戏”推至高潮——完美地表演了一个因意外发现恋人陈尸家中而悚然尖叫的女友。

“她们确实犯了罪。”江寒突然陷入了迷茫，“可引导沈司渝走入歧途的新思想，所谓的‘自由恋爱’，不也有罪吗？”

“当然不。‘自由恋爱’本身怎会有罪？两个自由的灵魂相互吸引，交换真诚的诺言，彼此陪伴，世上再没有比这更美好的事了。”阮露明淡淡道，“真正罪恶的，是在滚滚红尘里迷了心，假借如此美好的名头来掩饰丑陋心思的人。”

说的分明是沈司渝，可江寒总觉得，她那双突然冷彻的眼睛，似乎正透过面前的现实，看向更远时空中的别的什么人。

她说，世上再没有比真正的自由恋爱更美好的事了。

“那你——”

不等江寒问完，阮露明就打断他。

“不打扰唐公子休息，我该走了。”

她刚离开不久，唐兴就醒了。得知阮露明来过，纨绔师弟顿时热泪盈眶，激动地用力拍着被子：“师兄，去帮我追阿阮，请她回来！阿阮救了我，还我清白，我不以身相许不足以谢她！”

江寒正站在病床边，低头愣怔着。唐兴喊了好几声，他才猝然惊醒，快步冲出病房。

正午的医院走廊上人来人往，已不见阮露明的身影。

依稀传来极轻的哼唱声。

那声音唱的还是——

风凄凄，雪花又纷飞。

夜色冷，寒鸦觅巢归。

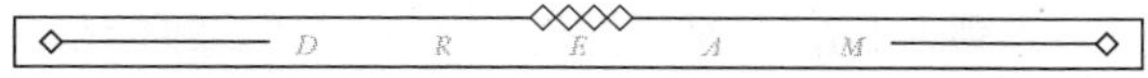

第三梦·长恨歌

上穷碧落下黄泉，两处茫茫皆不见。

——白居易《长恨歌》

◇◇◇◇ 一 ◇◇◇◇

北风呼啸，雪花纷飞。

冰天雪地里踽踽行着一名年轻的女子。

她形容憔悴，深一脚浅一脚，每一步都走得万分艰难，终于筋疲力尽地倒下。嘶哑的啼哭声自她怀中传出，濒死的女子竭力睁开眼，爬坐起来，小心翼翼地揭开外裳，露出臂弯里一个小小的婴儿。

婴儿不知生，不知死，只知干渴与饥饿，蹬着腿直号。

女子含泪望了婴儿片刻，突然抬起手来，张口咬下去。

狠狠地咬破了自己的指头，吮出血水，颤抖着递到孩子口中。

天地之间，雪还在下……落成了一片干干净净的白茫茫。

直到走出影院，被江城八月闷热的暑气迎面一扑，江寒才恍然回到现实之中。

身旁的青年笑着问："江老师看这影片如何？"

江寒连忙摆手："快别叫老师了。我帮谈校长代几节课而已，当不起这声'老师'。"

江城局势日益紧张，大批文人逃往内地避难，留守"孤岛"的各家学校急缺教师。因学生卷入一起密室杀人案而与江寒结识的惠心女中谈校长请他帮忙，兼职开一节课，讲文学史。

江寒弃医从文，毅然回国，是想宣传先进的思想与科学，破除制度礼教的枷锁，为青年们发出声音。但回国后整天闷在寓所里写作，见报纸杂志上各类论战口号一天一变，只觉眼花缭乱，逐渐感到自己与年轻人的主义、风潮脱节。他正想了解学生们最新的思想，于是爽快地答应了谈校长的请求。

谈校长解了燃眉之急，对江寒大为感激。

江寒得以观看到联华公司八年前的影片《野草新花》，正是因着谈校长的回馈。

阮露明时常挂在嘴边哼唱的《寻兄词》，江寒越琢磨越在意，便去寻找电影《野草新花》的拷贝，想知道那究竟是怎样一个故事。但一来，"孤岛"的电影公司并没有妥善保存胶片拷贝的习惯，二来，江城去年夏天遭过轰炸，联华部分仓库毁于炮火——即便曾经存着，也都化为灰烬了。江寒费尽心力搜寻，只寻到了几张模糊得辨不清演员面貌的剧照，还有影片上映时报纸曾发表的一篇故事梗概。

富家少爷不愿服从封建包办婚姻，愤然离家，偶遇一位美丽的卖花女，与之相爱。两人冲破重重阻挠，终成眷属。

光看梗概，不过是一段"金童玉女"的爱情故事而已。

江寒有些困惑了。阮露明那般干练勇毅的女子，私下里竟喜欢如此梦幻俗套的故事吗？

思及此，江寒突然意识到，几次案件的偶然交集让他产生了一种错觉，仿佛自己和阮露明熟识已久。但其实阮露明个人的情况——比如，怎样的出身，又有怎样的爱好——他根本毫无了解。

案件之外的日常生活中，他们没有丝毫关联，彼此仍是陌生人。

世事奇妙，有心找时遍寻不到，无心一提却有收获。

某天课后，江寒和谈校长讨论课案，随口说起自己在找《野草新花》。谈校长热心地道，她的姐夫张以禾经营着一家影院，恰巧存有战前的部分拷贝，并当即给姐夫打电话确认。

张家影院所保存的拷贝中，竟真有《野草新花》。

通过谈校长，江寒和对方约定了时间，前往张家的万象影院。

张以禾临时有事，等待江寒并为他放映影片的是其子张绍斐。

张绍斐二十出头的年纪，生得高大英俊。一双浓眉，一对星目，一身极阳光健康的小麦色皮肤，性格也热情开朗，笑起来露出一口莹莹的白牙。影片放完后，他很周到地送江寒到影院门口，主动聊起自己的感想："听说《野草新花》受到《茶花女》的影响，但孙导演有意改了个有情人终成眷属的大团圆结局。只可惜，一改，反而改得俗了。倒是序幕让人印象深刻。"

江寒惊讶地望着青年。

《野草新花》确如他阅读梗概时所想象的，总体是个平平无奇的言情故事。可影片也有出乎他意料，甚至震撼了他的部分。

那就是扮演卖花女的阮如玉在影片序幕中还饰演了"自己"的母亲，就是那逃荒西北时以鲜血喂养婴孩的画面。

与张绍斐所见略同，江寒不禁也起了谈兴："江城冬天很少下雪，不知序幕是怎么拍的？联华有那么大的摄影棚，能造那般逼真的雪景吗？"

张绍斐笑着摇头："那可是真雪。为了拍序幕，孙导演特意带阮如玉去了趟北方呢。"

江城影业采取分批次发行的制度，影院也相应地分为几等。上等影院面向租界的名流富人，建筑富丽堂皇，专放映外国电影，票价高昂。次等影院虽略逊一筹，但也算"文明"的上等场合，主要进行国语片的第一轮放映。三等及以下的影院则面向一般市民，环境大多破旧，收费低廉，放映时嘈杂吵嚷，满地瓜皮果壳，与旧时的戏园无异。

张家经营三等影院，经济并不宽裕，张绍斐很早就退学进了船厂做工。

但他很爱读书，一边做工一边坚持自学，心中颇有抱负。听说江寒留洋多年，张绍斐大感兴趣，拉着江寒问这问那。江寒感到张绍斐正是他急于了解的那种有思想、有希望的青年，两人越聊越投机。

张绍斐邀江寒共进午餐，不料张家的邻居老太突然慌慌张张地找了来："绍斐啊，不好啦，你妹妹又病啦！你快回去看看！"

张绍斐脸色骤变。

江寒主动提议："我们改天再约吧。周五如何？"

"抱歉。"张绍斐犹豫了一下，才点点头，"那就周五中午，翠平茶社。"

◇◇◇◇ 二 ◇◇◇◇

与张绍斐相约的当天，江寒上午有课，一早便去了学校。

他的文学讲义正进行到唐诗部分，这节课讲白居易的《长恨歌》。从诗歌第一段"贵妃受宠"说起——杨玉环被册封为贵妃，备受宠爱。杨家由此得势，贵妃的三位姐姐分别成了韩国夫人、虢国夫人、秦国夫人，兄弟们均晋高官，权倾朝野。

江寒走下讲台，带着女学生们读："姊妹弟兄皆列土，可怜光彩生门户……"

琅琅读书声中，他无意间抬了抬头。

隔着大半间教室，和末排一道似笑非笑的视线撞了个正着。

江寒一惊，不小心绊到了桌脚，险些摔个跟头。

——据说女明星最近忙着演那历经坎坷终于开拍的《踏莎》，一直没来上课，故而江寒入校任教多日还未碰见她。什么时候来的？戏拍好了？江寒一时思绪芜杂，彻底忘了《长恨歌》下一句是什么。直至阮露明悠悠道："遂令天下父母心，不重生男重生女……”他才猛然回过神，狼狈地接了下去。

“孤岛”的人们已经忘了阮如玉。

报纸杂志，街头巷尾，哪里都不再有第一个“阿阮”的踪迹。

看了《野草新花》，江寒才知晓阮如玉是何模样。他曾想当然地以为，阮露明喜爱的女明星，应当和她自己类似，是个强势傲气的女子。不料阮如玉却是一对弯弯的细眉、一双含羞带怨惹人怜的眼，与阮露明的气质相比岂止大相径庭，简直堪称截然相反的两个极端。

沈司渝案之后，江寒问过唐兴，“人言可畏”这个词在江城有什么典故。

他想不通，平平无奇的一个词，怎会让阮露明有那般激烈的反应。

细皮嫩肉的唐公子入看守所一游，受尽了委屈，落得满身伤，一直虚弱地躺在病床上。明明已经休养了许多天，还是奄奄一息的样子，对话的反应也慢好几拍。

“‘人言可畏’呀。”唐兴缓缓地喘了一口气，“阿阮……哦，是说阮如玉的那个阿阮。她是被流言蜚语逼得自杀的。她的遗书里，写了这四个字。”

一课终了，到了午休时间。

学生们迫不及待地涌出去，教室里很快便只剩下一个在讲台上整理教案的江寒，和一个在末排位置坐着没动的阮露明。

江寒闷头收拾书本讲义，感到阮露明的目光刺在身上，突然觉得有点心虚。

找《野草新花》拷贝的事情，他曾特意请谈校长千万对阮露明保密。

下意识这么做了，可再一细想，却搞不清自己为何不愿让阮露明知晓。

幸好，女明星并非为《野草新花》而来。她懒洋洋地支着下巴，张口还是江寒熟悉的尖酸语气：“江老师备课不太用心啊，这也能忘词？”

还不是因为你突然冒出来，吓得我……江寒忍气吞声道：“多谢了。”

“不客气。”阮露明似乎心情不错，把方才提示江寒的两句诗又翻来覆去念了几遍，轻哼道，“天下父母心，只有像这样从女儿身上捞到天大好处的时候，才会破天荒地反过来重女轻男吧。”

说话间，两人出了教室，走过草坪边。

江寒边听着阮露明的话，边看向惠心女中对面街口的钟楼。刚过十一点，从女中往北区的翠平茶社去，正赶上与张绍斐的午餐之约。

一闪神，冷不丁回想起谈校长介绍他到万象影院找《野草新花》拷贝时随口提的一句话。

阮露明也认识张绍斐。

而且，似乎关系匪浅。

女子曾说，两个自由的灵魂相互吸引，交换真诚的诺言，彼此陪伴，世上再没有比这更美好的事了——江寒真想问，张绍斐就是与你相互吸引并交换了诺言的那个灵魂吗?

话到嘴边，又迟疑地抿了唇。

太奇怪了。他为什么会想问呢?

更奇怪的是，倘若真是如此，一厢情愿地单恋着“阿阮”的唐兴姑且不论，他当初亲眼所见的阮露明和柳四爷之间又是怎么回事?

“江老师有什么想说的？”阮露明环起手臂，不耐烦地道，“从刚才开始就一直扭扭捏捏，让人心烦。”

江寒差点就被她激出话来。

却刚巧，谈校长匆匆走了过来。

谈校长脸色煞白，两眼通红，与他们擦肩而过时猛地停了停脚步，哑声道：“哦，你们在这里……正好，这件事也该让你们知道。”

“万象影院出事了。”谈校长谈瑞贞说。

◇◇◇◇ 三 ◇◇◇◇

昨天深夜，万象影院突发火灾。

影院位置偏僻，又是木结构，火势蔓延极快。消防队伍赶到现场时，光焰映红了半边天，所有的灭火措施都已无济于事。工部局火政处联系影院主人，可张家人竟一个也找不着。直至凌晨时分，火势才逐渐减弱，整幢建筑被烧得只剩空壳。

消防队灭了残火，冒险进去查看了一番，发现五具焦尸。

“尸体烧得面目全非，警方根据身体特征和随身物品确认了其中四具……”

分别是张绍斐、张以禾，张绍斐的祖母张老太太，以及张绍斐的外祖母——谈校长的母亲谈夫人。

音讯不通的张家人，竟全部在火场之中。

另外还有一具尸体，身份尚未查明。

“学校最近教务忙，我都在办公室过夜。昨晚接到用人电话，说母亲深夜未归，我只以为她又去舞厅了，并没有在意。我、我……”谈校长战栗着捂住了嘴，泣不成声。

江寒连忙翻找帕子递给谈校长，同时忍不住看向阮露明。

葬身火海的张家人，其中包括张绍斐——听闻这个消息，阮露明的睫毛颤了颤，却没有更激烈的反应，异常冷静地问：“起火的原因呢？昨晚没有空袭警报。”

没有空袭警报，意味着火灾并非敌方空投炸弹引起的。

那么，是有歹徒蓄意纵火吗？又或者——

谈校长颤声道：“警方调查现场后，宣布火源在影院的放映室。”

胶片摩擦放映机，过热导致起火。

换言之，这只是一场不幸的意外。

“胶片放映机散热不当，容易着火，不错。但这闷热的大夏天，姓张的全家人半夜跑去放电影，还捎上了平时并不常走动的令堂？疯了？”阮露明厉声道，“瑞贞，警方如此草率，你也就认了？”

当然不认！谈校长绝望地摇着头。

但出面和警方交涉的是张家最亲近的一房亲戚，已故的张老太爷兄弟家。他们坚决不肯外姓女子插手张家的“家务事”，谈瑞贞一早在烈日下站了几个钟头，苦苦哀求，却连张家的门都进不去。

“我实在没有办法……只能先把九儿带回来。”

江寒这才看见，谈校长背后躲着一名少女。

少女满脸病容，骨瘦如柴。看模样，应当已有十四五岁，个头却还不及谈校长肩膀，怯怯地缩在后面，被挡了个严严实实。

她是张绍斐的妹妹，张家唯一的幸存者。

“九儿，你怎么会没事的？”阮露明问。

江寒一听不好，连忙制止：“阮小姐！”

这话着实太尖刻了。简直像在责问九儿，怎么狠心放亲人去死，她自己却还好端端地存活于世一般。

但九儿毫无反应。她双目失神，两手神经质地不断揉搓着衣角。

阮露明不顾江寒的阻止，执拗地又问了一遍。

谈校长抹了泪，情绪平复了些许，代为说明：“九儿被下了迷药，晕倒在学校附近的小巷子里，早上才醒过来。醒来之后，就一直是这样了，听不见人说话，也不出声，蹲在路边发抖。幸好她随身戴的项链挂坠里夹着我们的合影，附近的好心人认出了我，喊我去接……”

阮露明越听，却越皱眉，还是追问九儿：“你没有去影院？”

九儿仍旧麻木着，不点头，也不摇头。

“你醒一醒！你哥哥死了，一家都死了，可那些人——警方，你叔公家，都想用‘意外’二字敷衍了事。我们只有找到明确的线索，才能展开调查，才能和他们讲理！”阮露明扬声说道，语气愈发烦躁，“你看见了什么，你知不知道第五具尸体是谁——”

她的声音终于传入了九儿耳中。

九儿仿佛触了电似的，整个人猛一哆嗦，可嘴唇依然紧抿着。

“说话啊?！”

阮露明忍无可忍地上前一步，伸出手去。

不待她触及，九儿便如被踩到了尾巴的幼猫一般，猝然惨厉地叫起来。阮露明像是吓了一跳，手悬于半空。江寒眼疾手快，趁机拽住了她。

腕骨嶙峋，甚至有些硌人。

“我先陪你去现场看看吧。”江寒过了几秒才说。

◇◇◇◇ 四 ◇◇◇◇

江寒很快就后悔了。

万象影院的损毁，比他想象的严重得多。那几乎不能再被称为建筑，而只是一座废墟，一具遗骸。剩下的一副伶仃骨架，恐怕再往上放根稻草就会压个灰飞烟灭。

惨不忍睹。

九儿痛失至亲，这画面对她而言无疑是残酷的。和张绍斐关系匪浅的阮露明，难道就经受得住吗？阮露明向来强势，几乎从不显露脆弱的一面，于是旁人都真的深信她无坚不摧了。即便她确实坚强得足以经受任何残酷打击，她就活该经受吗？

他会不会，做了一个错误的提议？

警方虽已撤离了，但影院周围还拉着明黄的戒线。阮露明视若无睹，径直越过警戒线，大步跨入了那具庞然的遗骸。

“危……唉。”江寒无奈地跟了上去。

几次案件的共处给了他错觉，让他误以为，哪怕天塌地陷了，阮露明都能镇定自若，游刃有余。

她方才那般冲动失态的模样，他头一回见。错愕之余，又惊觉这才是对的。

他好像终于有一点点，触碰到了女明星的实体。

不再是屏幕中缥缈的幻影，不再是画报上僵硬的偶像。而是一个有血有肉、有笑有泪，真真实实的人。

此刻，她没有哭。但毋庸置疑，她正无比悲伤着。

是因为张绍斐吗？

是吧。

一寸寸踏过覆盖了厚厚焦灰的地面，阮露明仔细观察着建筑的内部构造，确认逃生通路。万象影院的规模不大，正门进去，过了售票处，只有一个放映厅。她沿路巡睃，一无所获，便继续向上，往警方定为着火点的放映室去了。

江寒本不想打扰她，始终隔数十步距离，远远守着。但见阮露明攀过影厅座席间那已不成阶梯的阶梯，进了上方的放映室，他心头莫名一跳，赶紧抬步跟近了。

事实证明，他的预感是对的。

背对门蹲在放映机旁专注查看着的阮露明的头顶上，天花板扑簌簌地不住落着尘屑，一根断梁摇摇欲坠。

江寒顿时吓得魂飞魄散。

“小心！”

阮露明闻声回过头：“嗯？”

与此同时，断梁与房顶之间脆弱的连接再也维系不住，猝然断裂。

“轰隆——”尘灰漫天。

两人都被呛得猛咳不止。

待尘埃落定，提到嗓子眼的心落回原处，江寒才发现情况有些尴尬了。

千钧一发之际，他急得顾不上思索，一个箭步上前，一把扯开了阮露明。虽是险险避开了断梁，暂免性命之忧，但电光石火间脚底不稳，两人你带我、我带你，结结实实地摔成了一团。

四目相对，呼吸交缠。

江寒猛地涨红了脸，惊跳起来，连退几大步。

鬼门关前晃了一遭，他既庆幸对方毫发无伤，又忍不住生起气来。

他忍了忍，终究没能忍住：“查案再重要，也不至于连自己的安危都不顾了！”

阮露明坐在地上没动，掩唇又咳了几声，破天荒地软了语气：“多谢。”

“为了张绍斐，值得做到这一步？”

阮露明倏地抬头望向江寒，似乎很意外他如此质问。好半晌，她才笑笑：“值得啊。”

江寒愣了愣，心头的躁郁之火一下被浇灭了，莫名化作了某种湿漉漉、沉甸甸的情绪。那种情绪，或许应当称之为落寞沮丧吗？他说不出话，只有默然地伸出手去，想扶阮露明起来。

阮露明定定地瞧了他片刻，才抬手回握，借力站起身。

冰冷的温度，在江寒掌心一划而过。

阮露明拍了拍衣角的尘土，接着说：“张绍斐值得，但我们……却并不是恋爱的关系。”

江寒呆了，半分诧异，半分被看穿了心绪的窘迫：“哎？”

“我刚来江城时，欠了张绍斐很大的人情。”阮露明叹道，“没想到，竟来不及报恩。”

江寒突然想起唐兴曾告诉他的话。阮露明是两年多前突然出现在影院银幕上的，“阿阮第二”一露面就立刻引起了关注，商业嗅觉最灵敏的新华捧着重金登门，签下了专属的合约，阮露明很快成了江城最红的女明星。关于她的出身来历众说纷纭，各家小报掘地三尺，百般揣测，但谁也拿不出确实的证据。

原来她不是江城人吗？

——报恩。

这个多少显得弱势可怜的词，和高傲的阮露明，实在很难联系起来。

她到江城之初，究竟发生过什么？

“要谢你的，还有一件事。”

江寒一怔，不明所以。

“我那么凶，九儿大概吓坏了。要谢你，及时拉走了我。”阮露明闭了闭眼，“因为张绍斐的关系，我认识九儿已久，知道她从小吃过很多苦，重度自闭。本来就不爱说话，一夜间家破人亡，自然更加……是我冲动了。我只是……太想了解真相。”

“毕竟，这是我偿还张绍斐恩情的唯一的——也是最后的方式了。”她说。

阮露明把整座影院仔细查看了一遍，还真有发现。

“警方宣称起火点在放映室，但这里损毁的程度却是最轻的。他们根本没有好好调查现场。”她摊开手，露出掌心里攥着的一段完好的胶片，“这不是意外，而是一场谋杀。”

“有人蓄意纵火？”

阮露明点点头：“但相应的，一个疑点产生了。”

江寒静等她说下去。

“一桩案件摆在面前，我们主要会关注哪些因素呢？作案动机，作案时间，作案手法——为什么作案？为什么选择这个时间？为什么使用这种手法？通常，时间和手法都有客观线索可循，主观动机最难确定。可这次的案子恰恰相反。根据尸检结果，几位……”阮露明顿了顿，轻吸了一口气，才接着道，“……死者，生前并未遭到捆绑，体内也没有迷药或毒药的残留，十指血肉模糊。这说明，起火当时，他们的意识都是清醒的，并极力想逃脱。”

他们是活活在浓烟烈火里呛死、烫死的。

江寒脑中不由得浮现出了那个场景。

酷暑的夜半，封闭的空间因橙红的火焰而扭曲变形。温度不断攀升，空气也逐渐稀薄。五人尖叫着，奔逃着，拼命拍打着门与窗，甚至试图用手去撬开、挠开逃生的通路。但一切努力都是徒劳，只留下了一道道深可见骨的血痕，证明他们临死前有过疯狂的挣扎。

人间炼狱，莫过于此。

江寒不禁打了个寒战。

“采用如此残酷的手法……动机是复仇和惩罚？”

阮露明颔首：“但直白地说，想让人死得痛苦，死得受尽恐惧折磨，方法多得是，纵火简直是最没有效率的一种。关键在于，要如何确认火场中的受害者确实丧命了呢？但凡他们躲避得巧妙一点，影院的门窗松一点，或者消防队动作快一点——但凡他们运气稍微好那么一点，都有可能活下来的。凶手为何非纵火不可？同样的，若是长年的深仇大恨，又为什么非要选择这个时机动手？”

作案时间。作案手法。

它们相应的理由是什么。

“我有种预感。”阮露明眯起了眼眸，“搞清楚这两点，真相就会浮出水面了。”

◇◇◇◇ 五 ◇◇◇◇

张家是否曾与人结仇，知晓内情者只剩一个九儿。

但九儿惊魂未定，从她那里依然问不出任何有用的信息。

退而求其次，去向代为操办张以禾等人后事的张老太爷兄弟家打听。但他们一口咬定此案确如警方所言，是一场意外，并坚称这是张家的“家务事”，由一个形容粗鄙的庶出少爷出面，毫不客气地将两人赶出大门。

江寒揉了揉被张少爷吼得嗡嗡作响的耳朵，头疼道：“接下来该怎么……”

……办。

最后一个字滑到唇边，他看着阮露明，惊得忘了出声。

阮露明望向这户张家大门的眼神，冰冷得吓人。冷得——像在看一户死人。

“虽然还不清楚谈夫人为什么被卷了进来，”阮露明眨了一下眼，眨去了那冰封似的坚冷，目光淡然如常，“但走吧，谈校长是我们最后的希望了。”

“姐夫家的情况，我了解得其实也不多。”

惠心女中的校长室里，谈校长和他们相隔一张矮几而坐，双手交叠于膝上，哑声道。

她胸襟上别着黑纱，双眼依然红肿，形容愈加憔悴。

“先讲讲我们谈家自己的事吧。我小时候，家里境况很糟。家父早逝，父亲那边的亲戚说，母亲是外姓人，生的又都是女儿，没有资格继承财产，硬是过继了一个同辈的男孩来，夺走了父亲亲手创办的公司。母亲从养尊处优的阔太太沦为柴米油盐都要算计的市井妇人，她无法接受这种落差，心里就只剩一个目标，把我和姐姐嫁进好人家，让自己过回从前的好日子。”

“张家，就是谈夫人看中的好人家？”阮露明的口吻，难辨是诧异还是讽刺。

“张家是在江城遭到轰炸时毁了大部分产业，才落魄成现在这样的，当年确实算殷实人家。”谈校长苦笑道，“姐姐顺从了母亲的安排，放弃学业，嫁给了张以禾。但她却拼命……保住了我的自由。”

谈瑞淑省吃俭用，攒钱供妹妹谈瑞贞进女中读书，并在谈夫人开始琢磨给小女儿说亲时，果断将妹妹送去了南方上学。

“姐姐嫁进张家后，大门不出，二门不迈，那天早晨却赶到码头，亲自送我上了去港城的轮船。我没想到，那是我与姐姐相见的最后一面。”

次年，谈瑞淑便在生九儿时难产而死。

谈校长说着，几度哽咽得不能成言。

“没有人通知我。张以禾不透露，母亲竟也像没事似的，打电话说自己新买的洋装、说江城新上映的影片，兴致勃勃地说这说那，偏就不提姐姐死了。多亏绍斐写信托人带到港城，我才知道。绍斐当年才六七岁啊，翻着字典，一个字一个字地描……我匆忙赶回来，姐姐早已经下葬了……”

年轻的谈瑞贞独自漂泊在南方，一来课业繁重，二来孤单，曾隐隐生过退学的念头。像同龄女孩们一样，早早地嫁人，岂不轻松多了？

但谈瑞淑之死打醒了她。

谈瑞贞既悲恸又愧悔。悲的是姐姐惨死，愧的是自己险些软弱退缩，辜负了姐姐的期望。

她决定即刻返回港城，继续学业。

苦心孤诣十余年，她才带着博士学位回到江城，进入惠心女中担任校长。

她和谈夫人之间有心结，与张家也没什么来往。只能猜测，无论孀居在家的谈夫人，还是落魄潦倒的张以禾，都不太可能惹上要命的人物——但更具体确切的情形，她也无从了解了。

“张家对九儿如何？”阮露明突然问。

谈校长苦笑着摇摇头：“从叔公家的态度你们应该能看出，张家重男轻女的程度简直非同寻常。几年前，江城流行过一种致命的传染病，绍斐和九儿都得了病，张家拿不出双份的药资，甚至打算放弃九儿，让她自生自灭……好在绍斐懂事，很照顾妹妹，张家给他的吃的、用的，他都分出一大半来，偷偷留给九儿。他还和我谈过，想明年把九儿也送去港城读书。”

告别谈校长，走出惠心女中，江寒和阮露明的神情都极为凝重。

江寒低声道：“我有一个糟糕的发现。”

阮露明皱着眉：“不巧，我也是。”

倘若警方知晓了他们所掌握的这些信息，认同此案是谋杀而非意外，就该追查凶手了。那么，最有复仇动机，也最可能将亲人们聚集到万象影院的九儿，将脱不掉嫌疑。

“我们只有抓紧时间，自己继续查下去。”阮露明说，“直到查出真凶为止。”

话虽如此，眼前的每一条路却似乎都是死胡同。要如何继续？

看出江寒的迟疑，阮露明沉吟片刻，做出了决断：“分头行动吧。我去张家老宅看看——谈瑞淑当年死得蹊跷，说不定与这次的事件有所关联。江老师，你能想办法查一查第五具尸体的身份吗？”

江寒点头同意了。两人在三马路和望平街的岔路口分开。

独自站在十字路口，目送着阮露明的背影远远融在街市的车水马龙中，江寒一时间陷入了迷茫。

鱼龙混杂的偌大江城，警方都无计可施的无名尸体，他该从何查起？

正愣怔着，望平街上突然冲出一个头戴呢绒小帽、身穿马甲的年轻人，和他撞了个满怀。

“哎哟！抱歉抱歉。”

望平街是江城的报馆聚集地，那年轻人看打扮像个记者。他敷衍地一迭声道着歉，脚下并不停步，匆匆地跑远了，连笔记本掉出了马甲口袋都没察觉。

“请留步——”

江寒弯腰捡起笔记本，想叫住他。但一抬头，四下里都已经找不见对方的身影了。无奈之下，只好翻开内页寻找线索，想把笔记本还到年轻人工作的报社。

本子扉页上有个签名。

“许兆阳？”

好熟悉的名字。

江寒绞尽脑汁回忆了半晌，险险抓住了猛然划过的一道灵光。

是先前沈司渝案时他们曾查到过的——鼓动沈司渝离家来江城的那位记者！

半空猛地浮现出一条微光闪烁的丝线，蜿蜒游走，将遍地散落着的无形的一些什么东西串联了起来。那条线纤细如蛛丝，江寒还来不及伸手攥过它细细琢磨，就被笔记本另一面上潦草的四个字引开了注意力。

翠平茶社。

——“那就周五中午，翠平茶社。”

数日前那最后一面，张绍斐瞬间细微的表情变化忽然格外明晰地重现于眼前。

约定时间时，青年不知为何犹豫了一下。

张绍斐性格爽直，说话极痛快利落。也正因此，那瞬间的犹豫显得格外反常。

为何犹豫呢？莫非他早就知道自己等不到周五就会出事吗？

话说回来，他们相约的地点也够奇怪的。江城的年轻人们聚会，多半选择洋派时髦的咖啡厅或西餐厅，偏僻的老派茶社就只剩些上了年纪的穷困潦倒之人才会光顾了。翠平茶社所在的北区，更是尽人皆知的贫民窟。

难道，张绍斐在那里留下了什么线索？

◇◇◇◇ 六 ◇◇◇◇

“我查到了！”

次日一下课，江寒就急急忙忙地拉住了阮露明。

“翠平茶社的幕后老板名叫黄天锡，四十多岁，粤城人。他是个投机商人，专做江城到粤港一带的走私生意，出了名的作风狠辣，行事不择手段。黄天锡不仅贪财，还极为好色。他不知怎么看上了九儿，许诺张以禾，若能得到九儿，就会扶持张家的生意，万一战局吃紧，还能带张家人去港城避难。

“张以禾知道卖女儿不光彩，没有对外宣扬，而黄天锡在江城的行动一向低调，所以警方没有查到他们之间的关联。周四中午，黄天锡跟货到江城，把工作交给秘书，就独自出门了。”

之后，再也没露过面。

货船原定今天返回港城，秘书到处找不到黄天锡，急得团团转。江寒趁机冒充知情人，探听到了这些消息。

——第五具无名尸体，正是下落不明的黄天锡。

凶手非在这个时机动手不可的原因也很明白了。

如果不抢先下手，黄天锡就会在今天带走九儿。

阮露明平静地听完，没有发表评论或感想，而是轻叹了一口气，道：“我也说说我这边的发现吧。”

时间倒回一天前——

和江寒分开后，阮露明独自前往张家尚未落魄时所住的大宅。曾被炮火轰塌了半边的宅邸翻修过，早已换了主人，还好当年给谈瑞淑接生的稳婆还住在附近。稳婆年纪很大了，眼花耳背，阮露明耐着性子与她谈了大半天，才拼凑出谈瑞淑生产前后的真实情状。

“太荒唐了。”她咬牙切齿地道。

张老太太把张家的“香火”看得比天还重，一心想抱孙子，有了张绍斐还不够，见谈瑞淑又怀上了，只盼再来个男孩。她花重金求了一个“土方子”，让谈瑞淑在“正阳方位”——江城郊外一间破旧的老屋里待产，并给屋子内外点上大量火盆，说这样就一定能保佑谈瑞淑生下阳气十足的金贵男婴。

张以禾对母亲唯命是从，默许了张老太太的安排。

谈瑞淑临盆时正值盛夏，本就容易感染病菌。老屋中灰尘蛛网遍布，密闭空间里熊熊燃烧的火盆让卫生条件愈加恶劣。当时的情景，让见多识广的稳婆也毛骨悚然，十余年后回想起来仍不寒而栗。

“产房里，谈瑞淑一直惨叫着，好热、好烫……救命……”阮露明双拳紧握，两眼通红，“但产房外，张老太太和张以禾在笑。他们说，这回一定是个大胖小子。”

谈瑞淑产后大出血，而荒凉的郊外根本没有像样的医生。等他们将谈瑞淑带回城里，不到医院门前，谈瑞淑的身体就已冰凉了。

谈瑞淑并非难产而死。

她是被婆婆和丈夫联手杀死的。

“谈夫人……娘家人，没有出面阻止吗？”

难道张家把谈夫人瞒住了，谈家并不知情？

阮露明冷笑："怎会不知情呢？张老太太把谈瑞淑送去城外生产的计划，被张绍斐偷听到了。小孩子都知道这做法愚昧荒唐，但他劝不动祖母和父亲，只好去求助外祖母。"

谈瑞淑的亲娘，无论如何都会站在谈瑞淑这边的吧。

年幼的张绍斐应当是如此作想的。但凡人性尚存，都会如此作想的。

岂料谈夫人淡淡地道——

谈瑞淑嫁进了张家，就该听张家的话。努力为张家生儿子，是她的本分。

"妈妈会没命的！"小小的张绍斐流着泪大叫。

"谈夫人说……"阮露明顿了顿，"'那就是她的命'。"

炎炎的暑天里，江寒出了一身冷汗。

阮露明从稳婆那里听来的往事，到谈瑞淑的惨死，还远未结束。

"正阳方位"烧得炙热的产房，并没有带来张家人渴望的金贵男孩。九儿的诞生让他们大失所望，带性命垂危的谈瑞淑回城时，张老太太甚至假装匆忙焦急，故意把九儿丢在了那破屋里，想让她自生自灭。

还是张绍斐，一边因母亲的死而泪流不止，一边连夜长途跋涉，走穿了鞋底，走得双脚起泡出血，终于走到城外，抱回了奄奄一息的九儿。

因着张绍斐的奋力抗争，张家勉强留下了九儿。留虽留下了，却对她不闻不问，甚至连个大名都不给起。在张以禾眼中，这女儿不过是个白吃家里米饭的赔钱货，如今被黄天锡看上了，实属意外之喜。

黄天锡臭名昭彰又如何？一个累赘般的女儿，换张家的安稳富贵，没有比这更划算的买卖了。

江寒耳畔突然响起女学生们朗朗吟诵《长恨歌》的声音。

"遂令天下父母心，不重生男重生女……"

九儿的嫌疑越来越大了。

为母亲，也为自己报仇——她有足够的动机。

江寒张了张口，还未说得出话，就见谈校长满脸焦急地跑了过来。

"江老师，阮小姐，不好了！来了一队巡捕，要、要逮捕九儿！"

◇◇◇◇ 七 ◇◇◇◇

他们能查到黄天锡，别人自然也能。

许兆阳将黄天锡欲买九儿却反与张家人一同葬身火海的始末写成长文，预备在当天的《江城新报》晚报头条发表，被警方安插在报社的耳目先知晓了。而等稿件登报，闹得世人皆知，他们再证明九儿的清白也晚了。

人言可畏。人言可畏。

江寒耳畔翻来覆去都是这四个字。

就像一道难缠的诅咒。没有实体，却重若千钧，无处不在。

他们刚从沈司渝案的咒语里挣脱出来，还没来得及松口气，到万象影院这起纵火案又一头跌了进去。

“九儿身体底子本来就不好，受了惊吓一直发烧，还在住院疗养。她进看守所会没命的！”谈校长急得六神无主。

“孤岛”政局混乱，牢狱之黑暗更非常人所能想象。就连平素活蹦乱跳、元气满满的唐公子，看守所一游都折了半条命，卧床多日仍爬不起身，何况先天不足的九儿？

阮露明和江寒同样错愕，但她很快冷静下来：“现在谁也没有掌握关键证据，我们和那姓许的记者都只是推测而已。巡捕房敢如此肆意妄为，大张旗鼓地直接抓人，不过仗着我们身处‘孤岛’，见乱不乱罢了。事情还有转圜的余地，交给我吧。”

江寒也有了打算。

《江城新报》的老主编曾在末代朝廷当过官，与他的恩师贺炳炎有旧，昔日常出入贺府。他少年时代一度寄居恩师府中，和老主编有过数面之缘，还帮对方解决过谜题。江寒赶到位于望平街的报社，登门报上了自己的名姓，老主编还记得往昔的交情，立即客气地将他请了进去。

“当年若不是你勘破真相，我可真要吃个乡试舞弊的罪名，哪还有今天！少年天才，炳炎收的好徒弟啊！”老主编追忆过往，连连感慨，“我这边，却尽是逆徒。”

原来，许兆阳私自调查万象影院大火案，并未征得主编同意。而他到处捕风捉影、唯恐天下不乱的作风，将原本严肃的《江城新报》搅得乌烟瘴气。老主编早就对许兆阳不满，很乐意还江寒一个人情，把他的文章往后压一压。

“但最多拖到明天早晨。”老主编叹道，“如今，那种张口就来的猎奇式报道才是最受欢迎的，我们这些老家伙不行了……许兆阳风头正盛，在报社里追随者众多，我并不能完全压制住他。”

以晨报下印的时间倒推，他们查明真相的期限，在今日午夜。

多争取了十来个钟头，会改变什么吗？又或者，这只是毫无意义的挣扎？

江寒根本无暇多想。他向老主编道过谢，又匆匆赶到了九儿所在的仁济医院。

阮露明的动作也很迅速，已经打通了关系，让巡捕房态度一转，从强行拘捕九儿改为派人在病房门口严守。单人病房内，谈校长陪护在九儿身边，却不见阮露明的身影。

江寒脱口问道：“阮小姐呢？”

他突然察觉，自己有多么急切地想见到阮露明。

谈校长指了指门口：“阮小姐方才与巡捕谈话，说到尸检的情况，突然脸色大变，急匆匆地走了。”

话音未落，房里的电话机响了。

江寒站得最近，怕吵醒睡着的九儿，赶紧接起来。

听筒那头，传来阮露明略显疲惫的声音：“江先生回来了吗？”

自从江寒进入惠心女中任教，阮露明当面都故意称他“江老师”。江寒一边被女明星调侃的语气搞得窘迫，一边又暗自欣喜，仿佛这般玩笑，是某种亲近友人的证明。

可原来背地里，称呼却还是生疏如初吗？

江寒心底无端冒出了一丝不合时宜的失落，口中应答：“嗯，我在。”

“劳驾，来验尸所一趟吧。”

这一天实在太漫长了。当江寒赶到验尸所时，夜幕终于降下，天色黑透了。

许是社会环境所致，近年间各类重大的血案格外多。法院的鉴定室忙不过来，再加上顾及卫生的关系，江城当局设立了一个专门的验尸所，专做尸检之用。这是一座黑匣子似的混凝土建筑，向门岗问清了阮露明的所在，江寒迈步进入，沿着空荡荡的阶梯往地下走去。

脚步声孤独地回荡于空无一人的偌大空间。不知下了几层楼，他总算找到了停尸房。

在这暑气蒸人的盛夏，位于地底深处的停尸房却阴凉彻骨。走过成排的棺形长柜，最里头有个单独的隔间。隔间内摆着一排五张尸床，尸床上各有一具盖了白布的遗体。阮露明背对着门，静静地站在其中一具尸体身边。

她口鼻蒙着布巾，头低垂着——江寒不敢确定，那眼角的微红是被布巾缝隙呼出的热气熏成的，还是她真忍着泪水。

江寒默然驻足，没有作声。但阮露明似是感觉到他来了。

“是我盲目了……因为死者是朋友，是亲近的人，就生了怯懦躲避之心，不敢亲眼来瞧一瞧。就……全盘相信了那草率的验尸报告。”

她转过身，摘下布巾，对江寒笑了笑。

笑得很勉强。

“还记得我们最初搁置的那个问题吗？凶手为何非纵火不可，他要如何确认火场中的受害者确实丧命——最简单的方式，就是他本人也在火场之中啊。”

阮露明身后，覆盖着尸体的白布微微掀开了一角，露出了毫无损伤的手。

那小麦色的手，曾为追问欧洲的风土人情而热切地拉过江寒的胳膊。

是张绍斐的。

八

江兄：

既然你不喜欢被称“老师”，我就喊你“江兄”吧。这样还显得更亲近些。当这封信送到时，万象影院想必早已灰飞烟灭，而我应该也不在人世了。江兄，真抱歉利用了你，还许诺了一次明知不可能实现的会面。但我没有机会亲口向世人解释自己的所作所为，无论如何，都想委托一个值得信赖的人，代我发出声音。

江兄，我希望你是这个人。

以江兄之才，一定查到了我家的老宅和翠平茶社吧。没错，我做这一切，是为母亲报仇，也是为九儿报仇。只不过，我原准备等九儿再长大一些，请瑞贞姨送她去港城，远远离开了这糟糕的家庭，然后再动手的。却没料到父亲如此荒唐，居然要把九儿嫁给姓黄的老狗。无可奈何，只能仓促提前实施计划了。

父亲该死。祖母该死。外祖母该死。黄天锡该死。

而我自己也该死。

正因为我身为儿子，得到了家族全部的期待和关注，九儿才过得如此凄惨。

我亦是害得九儿不幸的元凶之一。

江兄，你还记得吗？我们见面的那天，你曾随口提到，周五的课要讲《长恨歌》。若没有这场大火，我们真能共进午餐，再度畅谈一番，你会不会也给我讲讲这首诗呢？我上学不多，《长恨歌》只会一句“上穷碧落下黄泉，两处茫茫皆不见”。唐明皇寻遍了天堂地府，都寻不见杨贵妃，我想，我死后定也无缘与母亲再见吧。毕竟，母亲那样善良豁达的人，必会登上天国的。而我犯下杀孽，自是要下地狱了。

但我不后悔。

因为我知道，从此以后，九儿会在人世间好好生活下去。

父亲一直没有给九儿起大名。现在，我想代替他来做这件早该完成的事。

江兄，请你转告九儿，她的大名是“张绍南”。

都说女孩上不了族谱，没有资格和男孩同样使用家族的行辈字，凭什么呢？我偏要给九儿用“绍”。“南”字，则来自瑞贞姨曾给我讲过的南方港城，听说那是一座自由而文明的城市。

我给九儿起名“绍南”，希望她得到人生来应有的平等与自由。

母亲在碧落，我在黄泉，都会守望着她。

这封信件可以发表。

弟 绍斐

“托你的福，这期《江城新报》大受欢迎啊！”老主编激动地抓着江寒的手，“许兆阳的稿件作废了，那群唯他马首是瞻的年轻记者也该消停一阵了。听说你回国后大展身手，连破了几桩大案，有没有兴趣将这些案件的始末记录下来，交给我们报社发表？”

江寒勉强地笑了笑：“承蒙主编抬爱，我会考虑的。”

走出报社大门时正值晌午。明亮的阳光迎面一晃，晃得江寒眼中淌出了泪来。

他将右手伸进外套口袋，掏出另一张字条，慢慢地展开。

又及：

接下来这段话或许不适合见诸报端，所以另起一张纸来写。

我与楹楹相识于三年前的深冬。当时楹楹刚到江城，年少冲动，险些酿下大错。我偶然路过，千钧一发之际阻止了她。楹楹如今看似沉稳冷静，但我看得出，她根底里仍是那般的烈性。过刚易折，我虽放不下心，但恐怕没有机会再与她相见了。何况，作为杀人凶手，我也无颜再对她说当年的那句话。听说江兄与楹楹也熟识，从今以后，就请江兄代替我守着她吧。

清代段玉裁《说文解字注》中道：楹，亭也，亭亭然孤立，旁无所依也。

阮露明原名——楹楹？

第四梦·夜钟

似此星辰非昨夜，为谁风露立中宵。

——黄景仁《绮怀》

一

几至零点。

同一座“孤岛”上，寻常人家里弄早已沉入阒静的黑暗，而江水西岸的十里洋场正霓虹璀璨，夜晚的帷幔才刚刚拉起，准备开始一整晚纸醉金迷的演出。

江城人总爱追逐新鲜事物。近来江滩最热闹的，便不再是老牌的凯尔登大戏院，而是派克路另一头新开的夜宫舞厅。

夜宫的所在，是一幢艺术风格装饰的现代派建筑。它原是洋人创办的礼查德大饭店，但六年前江城遭轰炸时，建筑物坍塌了大半，洋人老板也逃了。废墟被弃置许久，前段时日才由新老板买下并大肆改造，摇身一变，成了十里洋场最时髦奢华的歌舞厅。

夜宫穹顶的水晶吊灯暗着，萨克斯风奏着缠绵缱绻的乐声。

当红歌后于曼丽正在演唱某部外国电影中的歌曲。

歌声优美动听，犹如陈年佳酿，令人迷醉。歌词痴痴地反复着这么几句——

……Falling in love again（我又一次深深坠入爱河）

Never wanted to（从未想过）

What am I to do（我该怎么办）

I can’t help it（我情不自禁）……

名为《蓝天使》的电影，乃是有声片早期的作品，江寒留洋期间曾听同学提过，讲的是一位古板教师与一位妖艳荡妇之间的浪漫爱情故事。叙事节奏沉闷，表演技法过于夸张滑稽，价值并不高。引入江城放映时，影片本身未得到多少注意，但其中的插曲却因当时最受欢迎的女明星阮如玉的钟爱而引起了人们的关注，终究脱离影片，成了“孤岛”歌舞厅的保留曲目。

伴着甜美的情歌，暧昧的暗光掩映间，一对对摩登男女相拥着滑入金光舞池。

“抱歉，借过、借过——”

江寒逆着人潮，往舞池边闪躲。途中不时冲撞到亲密相偎的伴侣们，他只好尴尬而不失礼貌地连连赔礼道歉。好容易避到了舞池边缘，刚要松一口气，那道娇气清脆的女声竟又在身后不远处响起：“Mr.江（江先生）！请等一等！”

江寒一个激灵，心想，终究还是躲不过。

他认命地暗叹一声，正要回头去。

这时，斜刺里突然伸来一只手，猛揪住了他的衣领，用力一拽。

江寒毫无提防，踉跄着倒走几步，被拽进了墙角悬挂着做装饰用的厚重丝绒帷幔下。他吓了一跳，险些就要惊呼出声。又有另一只冰凉的手及时从后面捂上来，把他的声音堵了回去。

“呜！”

“Mr.江？您在哪儿呀？”

身穿纯白蕾丝洋装的少女四下张望着，越过这一角的丝绒帷幔，往别处走去了。

江寒提到嗓子眼的心终于放了回去——身后的人也松开了手。

他低了低头。借着帷幔缝隙透入的暗金光亮，一双海棠红的缎面高跟鞋映入眼中。

鞋子主人的身份，一猜便知。

"阮小姐。"

江寒转过身。果不其然，一身低领头无袖牡丹花样的暗红短旗袍，颈系同色蝉翼纱巾的阮露明正环着臂，似笑非笑地望着他。

"汇升商行魏总经理家的六千金？江老师，你很可以啊。"

"我不是，我没……唉。"江寒想为自己辩解，但和阮露明在狭小的空间里紧贴着，沐浴着她玩味的目光，不禁语无伦次，脱口只有几个碎得不成样的短句。他无力地放弃了，长长叹了一口气。

前些天，唐兴终于痊愈出院了。

纨绔师弟在病床上躺得快要生根发芽，受够了平静无聊的休养生活，一朝恢复自由，立刻拉上江寒举办派对，遍请"孤岛"上流社会的少爷小姐，大肆庆祝。

汇升商行魏氏的六小姐也在受邀之列。

千金小姐纯真娇憨，热情开朗，听说江寒曾游历欧洲诸国，最近又在《江城新报》连载《推理实录》，顿时崇拜不已。

若只是崇拜，倒也罢了。

麻烦就麻烦在，这位大小姐不谙世事，竟把崇拜当成了爱慕，宣称自己对"Mr.江"一见钟情。别人越是劝告开导，她越固执，追求行动愈演愈烈——追得江寒东躲西逃，狼狈不堪。

正如今夜。唐兴直说想一睹歌后风采，硬把从来对歌舞厅之类场合敬而远之的江寒拽了来，可唐兴刚到门口就脚底抹油，溜了个没影儿。江寒正一头雾水，转身便被魏六小姐抓了个正着。

思及纨绔师弟的叛逆举动，江寒余怒未消。

他顿了顿，反问："阮小姐怎么会在这里？"

阮露明一如既往地从容自若："陪四爷来谈生意。"

她语气平淡，江寒却愕然失色，再一次张口结舌："你、你……"

"江老师还装什么呢？"阮露明扬眉，"那夜在江上，不明明看到我了吗？"

原来，她一直都知道。

本以为自己撞破了惊天的隐秘，忐忑纠结至今，岂料当事人竟如此坦然。

这反倒令江寒不知所措了。

他既想问阮露明和柳四爷的关系——他不再迷信世间对女明星的刻板印象，而选择相信几次共同经历案件的过程中自己亲眼认识的阮露明。聪慧冷静，孤傲刚烈，如此一个女子，怎么可能甘愿自折羽翼，去做攀缘权贵的菟丝花？

也想问，洛城帮会介入江城当局的情报工作，相关事情阮露明知晓几分——既然她时常伴随柳四爷左右，要说全然不知，实在很难让人信服。可要说她冷眼旁观，甚至垂涎利益而参与其中，江寒也不信。

阮露明与已死的张绍斐，相识于三年多前她刚来江城时。她和柳四爷的交集又始于何时呢?

江寒张了张口，好半晌，咬牙道："先前师弟蒙冤，多亏四爷相助，取得验尸报告，还了师弟清白，还未有机会当面向四爷道谢。"

当时，他与阮露明视线交会，却没有看见柳四爷的正脸。仔细回想起来，过往的数起案件虽多少都与柳四爷相关——不是案发地点在柳公馆，就是借助其人脉获得线索——但柳四爷本人从未真正露过面。

他只想瞧一瞧，能得到阮露明青眼相看的男子，究竟是怎样出众的人物。

阮露明"扑哧"一声笑了出来："江老师好宽广的胸怀，还没踏上故土就莫名其妙挨了一顿绑，非但不记恨四爷，还要道谢？"

"两件事，不能混为一谈。"

阮露明抬手撩开帷幔，一边往外走，一边还是笑："不巧，港口那边有事，四爷已经走啦。"

江寒一愣："那你怎么还……"

"听说今晚有新节目，我留下来看看热闹。"

这头话音刚落，那头于曼丽一曲方歇。

萨克斯风也歇了声。

堂皇的水晶灯重又点亮，双双对对的摩登男女仍旧彼此依偎着，一齐转过了头，将期盼的目光投向舞池前方那幕布紧闭的高台。回应着众人的目光，猩红的天鹅绒幕布之后传出一声悠长的嗡鸣。

接着第二声、第三声——足足响了十二声。

这象征着午夜降临的钟声，是夜宫舞厅独有的仪式。

“什么新节目？”

已走到水晶灯下的阮露明回过头，弯着眼，竖起食指抵在唇上，做了个“嘘”的手势。

“魔术。”——It’s show time（表演时间到了）。伴着第十二声钟响的余音，大幕徐徐拉开。

可谁能料到，紧随午夜钟声响起的，竟不是魔术大师精彩亮相所引发的欢呼，而是摩登男女们惊恐万分的尖叫。

“啊！死、死人了?！”

江寒侧首望向舞台。

然后他也看到了。被粗长的绳索紧勒住脖颈，高悬于舞台正上方，正随着夜钟余音的震颤而晃动的——

头戴礼帽、身着燕尾服的男子。

“死了。”

几名身强力壮的男客合力卸下了吊在半空的魔术师。江寒主动站出来，出示了行医执照。他仔细探过受害者的脉搏和鼻息，然后沉重地摇了摇头。

夜宫舞厅的刘经理闻讯匆匆赶来，恰巧听见这句话，差点一屁股跌坐在舞台上：“怎么会这样……”

阮露明眼疾手快地拎住了他，问：“报警了吗？警方怎么说？”

刘经理垂头丧气：“港口发生大爆炸，巡捕都往那边去了，根本没有人手来顾我们。”

港口爆炸？

江城的邮务总局便在港口，难怪今晚的《江城新报》没送来。

江寒想着，念头一转，心头倏地猛跳——阮露明刚才说，柳四爷先行离开，是去港口有事。那爆炸，莫非与柳四爷和洛城帮会有关？

他下意识地瞥了阮露明一眼，却见女明星面不改色，仍紧盯着刘经理。

而刘经理蔫得像霜打了的茄子，不住地用帕子擦着满脸的大汗：“光临夜宫的都是达官贵人，让他们看见尸体，受到惊吓，已是很得罪了。再扣着人不让走，干等那些不知什么时候才能来的巡捕，舞厅以后还怎么开下去！”他越絮叨，越慌张，“这、这大半夜的，我也联系不上老板啊，如何是好……”

他的担忧绝非没有道理。

江城的“上等人”们，最爱猎奇，最是大胆。舞台上突然出现了吊死的尸体，他们乍一见，只有三分惊恐，剩余七分全是因新鲜刺激而生的兴奋。可这最初的兴奋感很快退潮，焦虑的情绪逐渐蔓延开。一位缺乏耐心的中年男客率先往外走去，却被门卫客客气气地堵了回来。众人一见，终于反应过来，自己竟被当作嫌疑人封锁在此处了。

高贵的“上等人”们何曾受过这种屈辱？立刻纷纷恼怒地叫嚣起来。

场面即将失控之时，人潮中突然举起了一只戴着纯白蕾丝手套的纤细玉手。

“各位，我有一个提议！”

人们循声望去——魏六小姐微微红着脸，指向舞台上还在查看尸体的江寒，鼓起勇气大声道：“验尸的那位先生，是从英国学医归来的Mr.江。前些时日造成了极大轰动的柳公馆毒杀案、沈导演密室案、万象影院纵火案，大家应该有所耳闻吧？那些案子，全都是Mr.江侦破的！我提议，与其干等巡捕到来，不如先请Mr.江调查一番。”

全场目光都聚集到了江寒身上。

“哇哦。”江寒很清晰地听见身边的阮露明发出了一声感叹。

他无奈地侧头低声道：“我解释过很多次了，那些案子不是我破的，他们都不——”

话还没说完，就被人打断了。方才带头闹事的中年男子嚷嚷道：“江先生？我在报上看过他的《推理实录》，确实是个行家！”

江寒应《江城新报》的老主编之邀，将自己经历的数起案件如实记录下来，并附以个人对相关社会现象的评论，以连载的形式发表，大受欢迎。

说是“实录”，但为保护相关人员的隐私，江寒撰写时全部采用了化名。尤其是这位正当红的女明星——多次征求她的意见，每次都只得到一个不置可否的暧昧微笑。江寒无可奈何，只好把案件中最关键的侦探角色也给彻底模糊了身份来历，化作一个姓“明”的神秘人。不料这一做法彻底起了反效果，读者更以为神秘侦探是江寒本人的化身。

误会愈发地深了。

魏六小姐的提议，有人首先响应，余者立刻接连附议。

“就他吧！我同意！”

“我也同意！”

一片火热的赞同声中，蓦地冒出一声气汹汹的反调：“我不同意。”

那唯一的反对者立刻取代了江寒，成为全场目光的焦点。

“世间哪有明侦探那般聪慧睿智的天才人物！江先生大胆为自己的作品取名‘实录’，本质上写的还是异想天开的小说。实际的案件调查，可是一件极为严肃的事情，与虚构创作怎能混为一谈？更何况——”

说话的青年二十五六岁模样，正用一双冷酷的四白眼死盯着江寒，毫不掩饰反感与恨意。

“更何况，江先生插手的几桩案件，锒铛入狱者究竟是不是真凶，也还未可知。”

众人哗然。

阮露明仍站在江寒身边，发出了又一声感叹：“江老师不得了，短短一个晚上，结缘也结仇啊。他是哪位？”

江寒乍看那青年，只觉得陌生。一头雾水间，被阮露明一问，反而猛然回想起来——青年若换下洋装，改作头戴呢绒小帽、身穿马甲的打扮，他便认识了。

他们曾在三马路和望平街的岔路口擦肩而过。

“许兆阳。”

阮露明了然：“煽动沈大导演抛妻弃女、追求‘自由恋爱’，还差点把九儿送进监狱的那位了不起的许记者？”

江寒点点头。

“哦……”阮露明以指尖抵着下巴，玩味地轻哼，“被你搅和了一通，万象影院案的稿子飞了，大好的风光没了，所以怀恨在心呢？”

女明星张口就把自己择得干干净净，江寒忍不住瞪向她：“怎么是被我搅和了？”

你也有份的！

阮露明笑眯眯的，并不接话，转脸继续看热闹。

另一边，魏六小姐气得柳眉倒竖——魏总经理的掌上明珠，何曾被人如此反对过？当即恼怒道：“你不信Mr.江，那你来呀！”

六小姐被娇养在云端，不知民众疾苦，也不知民众八卦。她不知道，许兆阳还真会破案。

江城这座“孤岛”之中，租界当局警方碌碌无为，只会大搞白色恐怖，追捕进步人士，对民间真正需要警力主持侦破的血案却常常视而不见。年轻的许兆阳执笔为枪，怀着仁者之勇，追踪报道了一系列大案，揭露过许多凶恶犯人，乃是“孤岛”近来最有声望的记者。他一现身，热烈支持着江寒的贵人们立刻踌躇起来。

这样针锋相对的场面，江寒一方面不习惯，一方面也认为没必要。既然目的都是查明真相，找出真凶，何不通力协作？他上前一步，委婉地制止道：“六小姐。”

然而，千金小姐的骄横脾气上来，对梦中情郎的话也置若罔闻。她一手叉腰，一手指着许兆阳，不管不顾道："那你们比一比！如果Mr.江赢了，你就登报发表声明，说你对Mr.江心服口服。"

江寒猛地愣住了。

阮露明睫毛抖了抖，侧过头，抬手掩在唇边，"扑哧"笑出来。

许兆阳傲慢地上下打量江寒片刻："如果我赢了呢？江先生是否同样登报声明，万象影院案的真相存疑，需要重新进行调查？"

"当然！"不等当事人回应，魏六小姐直接抢过话头，"Mr.江怎么可能输给你！"

那双四白眼意犹未尽地结束了几轮打量，冷酷的视线一格一格攀升上去，定定地接上了江寒的目光——许兆阳直视着江寒，缓缓道："那么，一言为定。"

◇◇◇◇ 三 ◇◇◇◇

死者名叫彭柳原，今年二十八岁。

根据刘经理提供的信息，彭柳原本是北方一家游艺团的下级团员。因为长相俊秀，性格又八面玲珑，很会来事，跟团到江城演出时被夜宫的老板看中。夜宫没花多少钱便将他挖了过来，改头换面，包装成高薪从国外聘回的魔术师，准备于今晚隆重推出。

洋气的魔术大师，真实身份却是来江城讨生活的乡下艺人。

在浮华的"孤岛"，这类事情着实寻常。

寻常得现场所有人都懒得多费工夫表现出些许诧异，或谴责夜宫虚假宣传。

贵宾们方才还义愤填膺，只觉得自己被小小一家舞厅当嫌疑人扣押下了，实在大失身份。可一见有"江作家"和"许记者"竞争探案的热闹可看，又全部自动自发地留下了，一个个兴致勃勃地伸长了脖子，生怕错过任何有趣的细节。

许兆阳和江寒分别验尸完毕，彭柳原的遗体被蒙上白布，转移到后台，以免再污了各位贵宾的眼睛。许兆阳在舞池边设了一组座席，请贵人们挨个儿入座，讲述不在场证明或提供线索。其余人将讲述者和不断提出犀利问题的英明记者团团围住，随着他们的问答而接连发出"噢""哇"的惊叹之声，场面一时间热闹无比。

相较之下，另一边可冷清得多了。

后台昏暗，一片寂静。盖着白布的尸体横陈墙角，除此之外，只有两个人。

江寒正打着一把铜手电，仔仔细细地到处查看。阮露明则蹲在尸体旁，将脸深深地埋进臂弯里，肩膀微微颤动着。

“请尊重死者吧，阮小姐。”江寒转了一圈，没有发现可疑的痕迹，暂时灭了手电，无奈道，“别再笑了。”

他不主动招惹还好，一招惹，阮露明彻底忍不住了，直接大笑出声。

“哈哈哈哈哈！”她笑得抹泪，模仿起了魏六小姐的语气，“‘Mr.江怎么可能输给你’——我的天，Miss.魏是真的喜欢你啊。”

江寒：“……”

“只可惜，你让Miss.魏失望啦。输了好大一步呢，江老师。”

来后台找江寒之前，阮露明先在舞池边驻足瞧了片刻热闹。就在刚才，许兆阳当众宣布，根据彭柳原颈部的瘀痕及尸僵情况，可判断其死亡时间在五到六小时前，亦即傍晚六点至七点间。而夜宫舞厅的营业，自晚八点始，八点后才光临的各位贵客自然都不可能与案件有所关联。

在此基础上，许兆阳又进行了一番问话。傍晚六点至七点间已进入夜宫的，除预先进行魔术排练的被害者本人外，共计五人——一直在办公室处理老板紧急信件的刘经理、提前到场化妆的歌后于曼丽、长住夜宫的门卫老邱，以及两名临时雇的茶水小工。

其中没有不在场证明的，只有于曼丽和门卫老邱。

“既还了大家清白，让他们重拾尊贵的身份颜面，能够安安稳稳地看戏，又一举缩小了嫌疑人的范围，彰显了自己的能力。而现在——”阮露明站起身，朝舞池边的方向抬了抬下巴，“还附赠一出闹剧，满足贵人们的游戏心理。许大记者的一整套操作，行云流水，值得鼓掌。”

海棠红的高跟鞋叩击地面，在阒静空间里荡开脆响。

阮露明慢慢地走到江寒身边。

“不过，那么简单的事实，江老师刚一摸尸体就立刻明白了吧？怎么不及时说出自己的推理，把风头完全拱手让人了呢？”

“第一，迄今为止的所有案件，推理破案的究竟是谁，别人搞不清楚，至少阮小姐自己不该忘记或装糊涂。第二，推理小说犹如魔术秀，舞台要华丽，情节发展要迅速，要让读者眼花缭乱，可对现实发生的案件却绝不能如此。”江寒认真地说，“一个人，纵然有天大的嫌疑，他都是活生生的人，有他的名誉、他的人生，都必须被尊重。没有十足的把握，不可贸然说出自己的怀疑——阮小姐，这是你给我的教训。刻骨铭心，没世不忘。”

阮露明听着，长叹了一口气。

“江老师这番高见，若在众人面前说，何至于被姓许的抢了光彩。”

江寒笑了笑：“在众人面前，我倒是说不出来了。”

阮露明扬眉：“对着我，却能说吗？”

江寒耳根乍红，无言以对。

“好啦，”阮露明转过身，“我们到前头去瞧瞧吧，看许记者的戏唱到哪一出了。”

◇◇◇◇ 四 ◇◇◇◇

于曼丽是江城红人。

按阮露明的比方，若她是歌女，或于曼丽是演员，两人同场比试，还真不知谁更胜一筹。

不知为何，江寒心里极抵触这个说法。比他自己被强拉去和许兆阳“竞技”时还要抵触。

但幸好，于曼丽是歌女，而阮露明是演员。

两位女子，各自有各自的光芒。

于曼丽崭露头角，不过短短数月。她是和新开业的夜宫舞厅同时出现在大众视野中的，眨眼工夫就成了十里洋场最受追捧的“歌后”。多少达官贵人对她魂牵梦萦，一掷千金只为博她一笑。

“于是，你迷失了。识于微时的恋人找上门来，你却不想再与他相认。”

许兆阳说。

“有一件事，我想，我还是主动向诸位坦白为好。我今日之所以来这夜宫舞厅，其实是因为与彭柳原有约。

“谁能看得出，这朵盛放于销金窟中的高岭之花，早在默默无闻时就已是迷惑男子的好手？彭柳原质朴老实，被她迷得神魂颠倒，误以为自己拥有了真心的爱侣。岂料‘歌后’被夜宫捧红了，很快翻脸不认人，弃昔日恋人如敝屣。”

众人哗然。

许兆阳继续道：“彭柳原对于曼丽一往情深，答应签约夜宫也只为求一个接近于曼丽的机会而已。他准备在今夜开场前找于曼丽谈一谈，如果这女子依然执迷不悟，他就要向全江城的人揭露‘歌后’薄幸的真面目。”

年轻的记者冷冷望着于曼丽，一字一句，掷地有声。

“你有杀死彭柳原的动机，也有实施行动的机会。”

看客们顿时群情激愤——

“嫌贫爱富，可真是女子的天性！”

“风尘女郎多薄幸，古人诚不我欺！”

能在十里洋场占得一席之地的，断不会是柔弱怯懦之辈。可于众目睽睽之下被指着鼻子喊“凶手”，镇定坚毅如歌后于曼丽，也不禁脸色煞白：“许先生，您搞错了……我和彭柳原虽是旧识，但他并没有找我，我也根本不知道今天新来的魔术师是他！更何况，要把成年男子拉上舞台穹顶去吊死，我一个女子哪有那般的力气？”

旁观的人们原已愤懑得恨不能立即绑于曼丽上绞刑架，这一听又觉得她的辩解有理，纷纷将困惑的视线转向许兆阳。

许兆阳神态自若，仿佛早就料到于曼丽会有此言。他轻飘飘地嗤笑了一声：“你不知晓今夜魔术师的身份，谁能证明？至于女流之辈如何将成年男子吊上穹顶，再简单不过了。你并不必亲手吊彭柳原上去，只要偷换掉他的魔术道具，他便会主动把脑袋伸进死亡的套索，然后自己纵身跳下。”

众人一头雾水，面面相觑。

一名贵妇拈着帕子扬手提问：“许先生请再为我们详细讲讲吧。”

许兆阳拿出一沓手稿，交给贵妇人。

贵妇人接过一瞧，“呀”地惊叫了起来，帕子掉在了地上也没察觉。周围人不甘落后，好奇地往近处凑，几张稿纸越传越开，“啧啧”之声不绝。

许兆阳观察着众人的反应，面露得意之色：“若非今夜与彭柳原之约使我提前了解了魔术的内容，或许这真将成为一次完美的犯罪，一桩永远无人破解的谜案。只可惜，于小姐，你运气不太好。”

能让新开张的“夜宫”在短短时间里一跃成为江滩最受欢迎的舞厅，实际管理日常事务的刘经理自然深谙经营之道。他很明白，越是神秘莫测，越容易激起江城时髦男女的好奇心。彭柳原提议不到正式演出时绝不透露表演内容，这正中刘经理下怀，他毫不犹豫地答应了。

然而，彭柳原提议的出发点，其实与刘经理的想法南辕北辙。

彭柳原并非真正的魔术师，点子和技巧都有限，会的不过是游艺团那套哗众取宠的低级手法。

手稿呈现了他构思的所谓“魔术”——不过是用特制的机关绳索把自己悬吊于舞台穹顶上，待午夜钟声过后，随猩红大幕的徐徐拉开而登场，给予观众一种猎奇恐怖的新鲜“惊喜”罢了。

“虽然我们还没有找到真正的道具绳索，缺乏关键的物证，但这手稿毋庸置疑是彭柳原的笔迹，上面已将他的设计写得明明白白。”

许兆阳借了一位姨太太的长丝巾，比画示意着。

“彭柳原给道具绳索进行了双重的保险设计。既用了双层的活扣，又在绳扣附近磨出了一个豁口，使绳索无法长时间承受成年男子的体重。如此一来，他精彩亮相后就可以轻松挣脱绳索，安全落地，迎接观众们的欢呼和掌声。”

而真正吊死了彭柳原的绳索早已从尸体上解下，正放在铺了桌布的小几上。

看客们不约而同地扭头望去——

只见那整段绳索完好无损。

上头打着的，则是个结结实实的死结。

许兆阳冷冷道："于小姐还有什么话好说？"

于曼丽红唇微颤，久久没有开口。

看客们可没有多好的耐心，你一言我一语地叫嚷起来："快把她扣押住！"

"对！不必等警方赶来了，我的司机就在门外，直接送她去巡捕房！"

恶狠狠地盯着于曼丽，仿佛要生啖其血肉的一群人——同一个晚上，在十二声夜钟敲响之前，殷勤地、热切地，豪掷千金只为求她一顾的，也是同一群人。

"江城啊，江城。"

喧哗的吵嚷声中，江寒听见阮露明那轻轻的慨叹。

江寒不太懂这声叹息的缘由，却在视线触及身边女子沉默的侧脸时，心头突地一跳，莫名又感觉自己其实是明白的。

男客之中有几位性急的，挽了袖子就要去抓于曼丽。隐隐主持着大局的许兆阳施施然旁观，毫无制止之意。于曼丽红着眼眶，摇着头，徒劳地向后退了一步，又把求助的目光投向刘经理。可刘经理也低头避开了她的视线。

"江老师，我记得《江城新报》连载的作者简介里写，你留英期间曾练过巴顿术？"

阮露明突然问。

这一信息，是报社的年轻编辑为增加噱头而擅自添的。江寒茫然地点了点头："嗯。"

与此同时，另一边，于曼丽全身战栗着，嘴唇彻底没了血色，双目竟已赤红。她又转了转头，目光朝夜宫大门的方向扫了一扫，仿佛在寻找最后的逃生出口。可那里除了一个身躯佝偻、闷不吭声的老门卫，什么也没有。

"呵。"

于曼丽痴痴地笑了一声。

随即，她猛地跳起来，扑向一旁的小几，抓起桌上的餐刀。

银光凛然刺目，刀锋眼看着就要划过歌后纤细的脖颈。

与此同时，江寒感到阮露明尖锐的鞋跟用力踹在自己的小腿上，同时有什么柔软的东西塞进了掌心里。

“去吧江老师！”

他疼得倒吸一大口凉气，电光石火间也骤然领悟了女明星的意思，顺势大步迈上前。

“当啷——”

银刀落在金光舞池的玻璃地面上，发出极尖厉的一声响。

江寒隔着阮露明原本系在颈间的纱巾，扣住了于曼丽的手腕。

许兆阳脸色铁青。

于曼丽悲切地呜咽了起来。

周遭的看客们则发出了嘈杂的声音——有一些是困惑的，还有一些是因好戏戛然收场而不满的。

“华丽的魔术秀就到此为止吧。”

海棠红的缎面高跟鞋在金光舞池击出脆响，阮露明缓步走出。

江寒会意，松开了手，略略退让开。

阮露明弯腰扶起了尚未恢复平静的歌后，轻轻地拍了拍她的背，然后转向许兆阳，冷峻道：“许大记者，在虚构创作、哗众取宠这方面，你的手法实在比彭大魔术师还要高明许多。关于死亡时间和凶器的推理确实精彩，但要说破开现实世界的迷雾，揭露真相——很遗憾，你没有这个资格。”

语言是利刃。

工具本身并无善恶。善的、恶的，都是用工具的人。

同一柄利刃，有善用，也有恶用。

它能在重重迷雾中破开口子，显出通往现实的道路，也能重伤听者，将其逼上绝路。

“恕我直言，许大记者，要论伤人的罪，你也该主动把脑袋伸进吊索里，自己爬到舞台穹顶向下跳呢。”

◇◇◇◇ 五 ◇◇◇◇

我行我素的女明星，从来不知“委婉”二字怎么写。

许兆阳气得印堂发黑。

江寒忍俊不禁。

阮露明头也不回，就那么伸出胳膊，把手朝他面前一摊。江寒无奈地叹了口气，从怀中取出一样东西递过去。女明星把那东西朝许兆阳晃了晃，单刀直入地道：“你所谓的关键物证，是这个吗？就掉在后台角落里，只要许大记者愿意像江老师一样，打一把手电，弯弯腰，吃几口灰尘，很容易就能找到。连这点踏踏实实的工夫都不肯花，只凭着些半吊子的‘证言’，就编造出了一个‘真相’——许记者真不愧是江城报业一等一的故事好手，想象力之丰富，令人望尘莫及。”

她手里晃着的，是彭柳原准备的真正的机关绳索。

“可惜，虚构再精彩，终究与现实毫无关联。”

“现实之中这桩案件的真凶，绝不是于曼丽。”她说。

江寒和阮露明那一递一接，无言的默契刺痛了魏六小姐的眼。千金小姐未多关注新出的电影女星，不认得阮露明，生气地嚷嚷道：“你是谁？”

阮露明也不恼，反而笑眯眯的。

“我？”她歪了歪头，“如果说你的Mr.江是江城的歇洛克·福尔摩斯，那我便算他的半个华生吧。”

江寒被女明星颠倒黑白的本事气得无语凝噎。

他站在阮露明身后，目光落在女子解了纱巾后空荡荡的颈间，不禁一愣。

女明星则还在继续睁眼说瞎话：“江老师品性高洁、为人正直，实在不应与许大记者之流同场竞技，没的脏了名声。至于我这种八卦小报的常客嘛，就无所谓了。接下来，就由我代替江老师，发表他的推理吧。”

看客们惊喜地齐齐“噢”了一声。

夜宫这一整晚的戏，实在精彩纷呈，高潮迭起。魔术大师离奇死亡，文坛新秀和著名记者竞技推理，歌后被指为嫌疑人，最后竟还有当红女明星突然登场。

票价值了！他们喜形于色，连连感慨。

而魏六小姐被“你的Mr.江”这一说法大大取悦了，也点点头：“行，你说。”

“许大记者的‘真相’，看似天衣无缝，实则疑点重重。所以，在正式开始转述江老师的推理之前，我想先提出几个问题。”阮露明伸出一根手指，点过去，“首先，刘经理。”

刘经理正惶然擦着汗，冷不丁被点到名，顿时一个激灵：“哎！”

“你今天提早来夜宫，是为处理老板突然而来的急信。案发之初，你一见尸体就慌了，曾念叨过一句，半夜联系不上老板，不知如何是好——仔细想想，这其实很奇怪的。冒昧请教一下，刘经理，夜宫的老板究竟是谁？”

刘经理的答案，既出乎众人意料，又合情合理。

只不过，合的是“孤岛”独有的情理罢了。

“我，我不知道啊……”他哭丧着脸道，“贵人们若有见不得光的财产，想隐秘地做些生意，就聘我这种职业经理代为经营，本人从不露面，日常只通过书信联络指示，这在江城很常见的。我没有见过老板，也不敢多问……”

阮露明颔首：“正如我——我们Mr.江的猜测。在江城商业界，类似的例子无数。然而，夜宫与它们只是相似，并不尽相同。”

刘经理不解：“阮小姐此言何意？”

“相似的，是隐瞒身份，委托经理出面主事。不同的，是夜宫主人隐姓埋名的原因，并非投机而来的财产见不得光，而是女子开办舞厅实在罕见，令她心生顾虑。”

刘经理大吃一惊：“女、女子?！”

阮露明一手支在小几上，微微倾过身：“于小姐，我说得对吗？”

什么?！众人皆愕。

被话语的利刃直指着的于曼丽本人却已平静下来，淡然回望阮露明。尽管眼眶仍微微发红，但神情几乎恢复如常。

从容，孤傲，波澜不惊。

正是不负一代歌后之名的卓然风姿。

江寒从旁注视她们，脑中无端冒出一个极突兀的比喻——于曼丽和阮露明，二人隔着一张放有凶器的小几对视，像极了同一个人的两个灵魂分立于镜子两边，咫尺相望。

于曼丽撇了撇嘴，话语间还有些残存的鼻音："阮小姐怎会如此猜测？"

"啊，可不是我的猜测，是江老师的猜测。"

于曼丽瞥了江寒一眼："哦……那Mr.江又为何如此猜测呢？"

"很简单。"阮露明耸了耸肩，"港口今天发生了大爆炸，而江城重要的基础工程局、电力局、水利局、邮务总局，都在那附近。城中水电似乎没受什么影响，但邮政系统瘫痪了一整天，连刊着Mr.江最新连载的《江城新报》都送不出，更不可能有什么紧急信件。"

她顿了顿。

"除非，那封信并非通过邮局寄来，而是有人亲手带进夜宫，放在刘经理办公桌上的。

"再结合夜宫的营业时间及几位相关人员的行动线，显而易见——可能完成这个动作的，只有于小姐你。"

偌大的夜宫，一时间静得落针可闻。

"阮小姐说得直白，我若不坦诚应对，倒失了礼数。"

于曼丽打破了凝固的沉寂。

她瞒时滴水不漏，承认时痛快大方。

"没错，我就是夜宫的老板。至于隐藏身份的原因，也和……Mr.江猜测的差不多。"

于曼丽早年在别处歌舞厅打工，生活极困窘，又遭受种种不公平的对待，终至绝望。她决定自杀，一死了之，死前只想尝一尝有生之年从未有幸品味的放纵自由，于是怀揣着微薄的存款，走进了深夜的赌场。

讽刺的是，在她已对人间毫无留恋时，幸运之神却突然眷顾了她。

那一夜，她赢得了做歌女几辈子也赚不来的钱。

赌场自不可能轻易放过莫名赢走巨款的新客，派出了大批打手抓捕于曼丽。可于曼丽带着大笔钱财，竟奇迹般地安然逃脱了。

之后，她过了好一段东躲西藏的日子。

直到赌场受战火波及而倒闭，于曼丽才总算可以松口气，恢复正常的生活。然而，大笔财富在乱世里随身揣着，终究不是办法——江城鱼龙混杂，匪徒横行，钱财随时可能被人抢了、偷了去。再加上时局动荡，物价一天一变，大把钞票不知什么时候就会变成废纸。

于曼丽不愿坐吃山空，琢磨着做点生意。

具体做些什么呢?

她一没知识，二没人脉，略通几分的只有曾做过的游乐业。买个好地段的场所开家歌舞厅不难，难的是立足长久。她无权无势，又是女子，出面经营定会遭人歧视欺侮。还不如雇个经理，自己以歌女的身份在歌舞厅里待着，来得安心自在。

阮露明打断了于曼丽："好了，我们了解到这一步就已足够。再往下，是于小姐个人的隐私，没必要公布给无聊的看客，传个满城风雨。"

贵客们正听得起劲，猝然没了后续，顿时大为不满。

阮露明对他们的抗议置若罔闻，重又看向许兆阳，目光再度冷下来。

"总之，许大记者指责于小姐嫌贫爱富，负心薄幸，一朝成了风光的歌后就要抛弃旧爱，实属无稽之谈。很显然，于小姐早在和彭柳原相识之前，就已经拥有大笔财富了。以此为前提，我们反过来做个假设，如果攀高结贵的不是于小姐，而是彭柳原，事情又将呈现出什么样子呢?"

纯粹由于私人情感的原因，于曼丽向彭柳原提出分手。

彭柳原不过是个乡下游艺团的下级团员，空有一副好皮囊和一颗爱慕富贵的心，毫无实在的本事。女友是大批富豪心甘情愿砸重金追捧的歌后，他当然不愿与其断绝关系，三番五次纠缠，试图动之以情。但于曼丽分手的态度格外坚决，彭柳原见软的不行，于是——

“于是，许大记者登场了。”阮露明冷笑着道，“许大记者演正义使者演得好啊。可在这起案件里，你打一开始就算不得光彩的角色。”

彭柳原威胁于曼丽，若当真分手，他就把两人交往的隐秘细节卖给小报，公之于众。

在江城，情史见了报的女子，再别想从流言蜚语的旋涡中脱身。

许兆阳轻蔑地哼道：“两人之中究竟谁爱慕富贵，又有何要紧？于曼丽抛弃了彭柳原，这才是无可动摇的客观事实。我所写的一切，都是基于真实，绝无胡编乱造！”

“‘有何要紧’？”阮露明眯起了眼睛。

江寒敏锐地察觉到，女明星看似平静，不急不躁地对许兆阳步步紧逼，实则强按着怒火。而许兆阳的这番言语，终于彻底点燃了她。

“你张口便给一个女子扣上嫌贫爱富、负心薄幸的罪恶帽子，引得众人唾骂她，竟以为这‘有何要紧’？竟以为自己并没有胡编乱造？”

她停住，抿唇，轻吸了一口气，才重新开口。

“基于半吊子的‘真实’而补充完成的故事——半真半假，半虚半实，才最可怕。”

许兆阳仍然不屑一顾：“无论如何，于曼丽有动机，也有实施行动的可能。她依然是最大的嫌疑人。”

阮露明所站的位置，正在夜宫那金碧荧煌的水晶灯正下方，于曼丽和许兆阳之间。

她环起手臂，脊背笔挺地立着，直面许兆阳。

许兆阳投向于曼丽的恶言之刃，被她悉数挡住，颓然坠散在地。

“你预先知晓了彭柳原的魔术构思，就得意扬扬，认为自己已掌握了最重要的线索，丝毫没有察觉此案所欠缺的更重要的一角——它的开头，不在今夜钟声响起之时，也不在绳索勒断彭柳原脖子的瞬间，而在六年前。”

“六年前？”许兆阳一愣。

众人也都茫然。

魏六小姐环顾金碧辉煌的夜宫舞厅，最先反应过来：“当初这幢建筑……江城被轰炸的时候?！”

“不错。”阮露明颔首，“在座的各位贵客想必都还记得，六年以前，江城最红的明星不在银幕上、不在歌舞厅，而在梨园。他的名字是——”

“秋棠。”

京剧名伶，秋棠!

不等阮露明揭晓答案，就有一位年纪颇大的夫人颤着声喊了出来。

贵妇人话音未落，舞厅穹顶突然传来爆裂的异响。众人抬头望去，见水晶吊灯的灯泡接连炸开，细碎的玻璃飞溅，大家顿时再顾不上瞧什么热闹，惊叫着四下逃散。

巨大的吊灯晃了晃，“轰隆”坠落。

江寒不假思索地再度逆着人潮冲向了水晶灯正下方的阮露明。

“小心！”

◇◇◇◇ 六 ◇◇◇◇

江寒再见到阮露明，是几天后去惠心女中上课时。

当时，他正又一次被魏六小姐追得狼狈不堪——大小姐辞了自己的家庭教师，跑到女中来旁听，名正言顺地创造与“Mr.江”共处的机会。下课铃打响，江寒还来不及收拾教案册，魏六小姐就冲到讲台边，擅自把几本册子抢去抱在怀里，兴高采烈地道：“Mr.江！我中午想去三马路新开的西餐厅，你能不能陪陪我呀？”

江寒苦不堪言：“六小姐，我——”

魏六小姐噘起嘴，不高兴地打断他：“说了多少遍了，叫我萦萦。”

魏家六千金，大名魏思萦。

一样的发音让江寒一震，张绍斐密信中的那句话再度从他脑海掠过——

“我与榲榲相识于三年前的深冬。当时榲榲刚到江城，年少冲动，险些酿下大错……”

江寒蓦地恍惚了，只觉时空幻错，茫茫然忘却了自己身处何地，面前之人又姓甚名谁。

“Mr.江！Mr.江？”

魏六小姐不满的呼唤拉回了他的神志。

班上其他学生热烈讨论着数日前港口的那场大爆炸，争先恐后地往外涌。

爆炸引起了轩然大波，却未造成大的实际损失。只有电力局当夜值勤的守门人，一个眼花耳背的跛足老人，因行动不便而没来得及逃命，不幸被炸死了。

因未找到炸弹残留物，警方将此事定为电力设备老化所致的意外，轻飘飘地揭过了。

警方的结论如此敷衍，简直是欲盖弥彰，令人怀疑其中有何不便公之于众的隐秘内情。然而，看伤亡损失的情况，又不像行事狠辣的洛城帮会及柳四爷的手笔。

“抱歉。”江寒勉强地笑了笑，察觉教室里只剩他与魏六小姐二人独处，连忙避嫌，转身向外走去，“还有些事要办，今天不能了。”

魏六小姐不依，怀抱着教案册跟上来：“我不管，要是不陪我去，讲义可就不还你啦！”

午休时间，校园中庭人潮汹涌，将他们之间的距离略略冲开了些。江寒越走越快，魏六小姐一步一趋，连声娇唤始终紧紧跟着。正当江寒苦恼无措之际，路旁一间废弃工具室忽然开了门，门缝中伸出一只手，猛地攥住江寒手腕，将他扯了进去。

“Mr.江？咦，Mr.江你去哪儿了呀？”

魏六小姐的声音经过门口，又渐渐模糊远去了。

狭小寂静的空间里，江寒被阮露明抵在门后。

两人四目相对，气息交缠。江寒耳中再听不见别的，只剩自己如雷的心跳。他连呼吸都忘记了，阮露明却淡笑如常，狡黠地眨了眨眼。

“千金小姐还真是执着。”

她松开江寒，拍了拍手，笑眯眯道。

“多谢。”江寒清了清嗓子，才平静开口。

“那么，作为谢礼，江老师请我到三马路新开的西餐厅吃饭吧！”

约吃饭是假，调侃挤对他是真。江寒早已摸透了女明星的套路，不再上当，无奈地瞪了她一眼：“阮小姐，你翘课了。躲在这里做什么？”

“拜读许大记者的最新力作。”

她扬了扬手中的报纸。那是当天的《江城新报》，头版头条发表了许兆阳的“投降书”。

“含糊其辞，死不认输。真小人。”阮露明不屑地丢开报纸，与江寒对上视线，又换回一双盈盈的笑眼，“江老师不愿请我，就让我请江老师一顿好了。毕竟，江老师救我一命，我总该有所表示。”

“只要阮小姐以后有话好好说，别再冷不丁一脚踹上来就行了。”提起案件当晚的高潮，江寒还觉得小腿肚隐隐作痛，“你记不记得自己穿了多尖的高跟鞋？好险没给我踹出个血窟窿。”

阮露明还是笑：“对不起嘛。那我请两顿，一顿道谢，一顿道歉。”

江寒叹了口气，深感自己着实拿这任性的女明星没辙。

“其实，就算没有我，你也不会出事的。”

当时的情形极混乱——

阮露明站在水晶灯正下方，身后两步处就是于曼丽。

千钧一发之际，于曼丽与江寒不约而同地扑向了阮露明。可于曼丽的动作慢了一拍，阮露明已被江寒拉开，而她冲到了吊灯底下。

眼看着歌后就要被庞然巨灯砸个头破血流，面目全非。

谁也料想不到，始终闷不作声的老门卫竟突然冲了出来，奋力推开了于曼丽。随即“轰隆”一声惊天巨响，将他彻底吞没。

他是蒙着一袭幽灵般的灰斗篷，身躯佝偻、容貌丑陋、嗓音嘶哑的门卫老邱。

亦是曾经风华绝代的名伶“秋老板”。

“六年前，江城遭受轰炸的那个深夜，秋棠被请去礼查德大饭店唱堂会，偶遇于曼丽。他为救于曼丽而毁容，也毁了如莺的好嗓子，由此萌发了执念，认为自己和于曼丽乃是命中注定，彼此之间存在着最崇高的爱情。而他表达‘爱情’的方式，是近乎变态的控制欲。”

“于曼丽重情重义。因为她，秋棠不仅毁了当红的戏剧事业，还赔上了整个人生，再也无法坦然走在阳光下。她愧疚至极，对秋棠听之任之，终于不堪重负，险些自杀。阴差阳错得到一大笔财富后，于曼丽建造了夜宫，不为自己享受荣华风光，只为给不得不藏匿于阴影中的秋棠一个容身之所。”

有了夜宫，妥善安置了秋棠，她终于稍稍松了一口气。

长久与秋棠捆绑在一起，日日被愧悔蚕食着心灵，还要忍受对方时时刻刻的紧迫盯视，于曼丽实在疲惫厌倦了。

某天路过一家游艺团的演出现场，她对英俊机灵的彭柳原“一见钟情”。

可那根本不是真正的爱情。

于曼丽仓促地抓住了彭柳原伸来的手，抓的只是一根能让她暂时逃离秋棠，获得喘息之机的稻草。

“恋情”虽因秋棠无法外出而得以瞒住一时，但必定瞒不过一世。于曼丽很快从自我麻痹的轻松愉悦之中惊醒，感到更为沉重的紧张与恐惧。

这柄悬在她头顶的达摩克利斯之剑，终于掉了下来。

彭柳原擅自寄至夜宫的情信落到了秋棠手中。

秋棠命令于曼丽和彭柳原分手。

他无须任何筹码，甚至用不上严厉威胁的语气，只要轻描淡写地如此说了，于曼丽就一定会照办。

这漫长的序章之后，大幕才真正徐徐拉开——“演出”正式开始。

魏六小姐的娇呼早已听不见了。校园里喧嚣之声渐歇，想必其余人也都用餐休息去了。

阮露明开门走了出去。

外头阳光正好，草碧天青。

“于曼丽乖乖听话，向彭柳原提出分手。彭柳原舍不得有钱的歌后女友，不识相地继续纠缠。秋棠恼怒之下动了杀心，以夜宫老板的名义雇佣彭柳原做‘魔术师’，偷换掉表演道具，让彭柳原亲手了结了自己的小命。夜宫的穹顶中空，他爬上去拧松了吊灯的螺丝，则是想砸死一直站在灯下大放厥词的我，可他重回地面却没有欣赏到我面目全非的死状，于曼丽竟想救我……”

而秋棠自己，在那电光石火之间，什么也来不及想，又本能地去救于曼丽。

结果，葬身水晶灯下。

阮露明轻叹：“一切起于夜，终于夜，可能也算一种不错的结局吧。”

她手里还拿了本书。封面那青灰色的罗莎纸上印着白色假面的图样。

江寒见她情绪不高，便想转一个轻松的话题，问：“你读的什么书？”

阮露明抬手晃了晃，露出书名来。

The Phantom of the Opera——《歌剧魅影》。

深色的底，白色的字。字是镂空的阴文，描画有细细的线框。线框宛如牢槛，莫名透出阴暗压抑之感。

江寒有些困惑：“怎么在看这个呢？”

“没什么。只是觉得夜宫整个案件，和这书里的故事有些像。”阮露明撇了撇嘴，“但反复看了几遍，又感觉不太像了。不过，其中有一句话挺有意思的。”

“倘若不学会为痛苦和忧愁戴上喜悦的面具，不会用忧虑和冷漠掩饰内心的狂喜，就永远别想做巴黎人……在巴黎，任何一场聚会都是化装舞会。”

女演员如念台词一般，说完顿了顿，慨叹道：“江城也一样呢。”

——你为什么会来江城？你刚到江城时，究竟发生了什么？

江寒默默望着阮露明，话到嘴边，又咽了回去。

还不到时候。她不主动说，就还不到时候。江寒暗暗告诫自己。

“江老师怎么了？”阮露明扬眉，“这副欲言又止的模样。”

江寒迟疑半晌，换了个问题："你怎么会知道？"

"什么？"

"六年前，秋棠在礼查德大饭店，恰巧救下了于曼丽的事。"

阮露明眨了眨眼："说来你可能不信，江城这十年间的大新闻，我了如指掌。"

——可你明明三年前才来到江城啊。

他纠结的表情瞒不过精于此道的女演员。阮露明定定地瞧了江寒片刻，忽而凑近了，抬手点住他的鼻尖："江老师，你有心事。"

江寒脸颊骤红，僵硬道："没有。"

"让我猜猜——是不是张绍斐偷偷告诉了你什么？比如，我并非土生土长的江城人。又比如，我和他究竟是如何认识的。"

江寒不知如何应对，只好沉默。

阮露明仍然贴着他的面，忽而展颜问："江老师，你杀过人吗？"

江寒错愕："啊？！"

"我杀过的。"阮露明悠然道，"……差点。"

江寒吓得一口气差点没提上来，险些闷死。

阮露明被他狼狈的模样取悦了，愉快地扬了扬下巴："不知张绍斐透露了多少，还是让我自己实话告诉你吧。江老师，我和彭柳原一样，来自北方的乡下。三年前的冬天，我刚到江城，想做演员，却没有门道，只能跑去电影公司股东、导演们常消遣游乐的舞场附近打转，寻求机会。"

股东们只光顾江滩最奢华的顶级舞场，衣着简朴的她与那环境格格不入，常遭驱赶。

导演们常去的乙级舞场，门槛要低许多。但那也意味着周边龙蛇混杂，危机四伏。

一个无月也无星的乌漆黑夜，阮露明在斜桥弄的圣安娜舞场遭到流氓纠缠。她被逼入了伸手不见五指的窄弄深处，正想以随身携带的匕首与匪徒同归于尽。

"张绍斐恰巧路过，救下了我。"阮露明耸肩道，"当然，也救下了那几个流氓。”

修善业上天堂，造恶业下地狱。张绍斐念叨得她不耐烦，不得不收了匕首，举手投降，答应放弃捅穿那几个满脸横肉的流氓胸口的主意。

与歹徒同归于尽，确实是女明星坚毅刚烈的作风。

路见不平，救下女子，还顺手把恶人的性命一同救了，也真像那个正直阳光的好青年会做的事。

可江寒听着，隐隐觉得哪里不太对劲。

不是“假”了什么，而是似乎“缺”了关键的一些什么。

阮露明曾对许兆阳说的一句话蓦地冲入他脑海——半真半假，半虚半实，才最可怕。

“阮小姐，你喉间的伤痕，便是那夜留下的吗？”

每每见到阮露明，她不是穿着高领头的旗袍，便是系着纱巾，将脖颈遮得严严实实。而夜宫案最后，女子解了纱巾踹他去阻止于曼丽自杀，使他无意间窥见，那凝脂似的颈项深处，竟横亘着一道狰狞的红痕。

阮露明一愣：“哦，江老师看见了。”

她扬起嘴角，突然把旗袍的领扣解开了一颗，然后牵过江寒的手，引他的指尖探入衣领下。江寒整个人都傻住了，张口结舌：“阮、阮小姐?！”

阮露明另一只手竖起食指，抵住了他的唇：“嘘。”

江寒感到那冷而纤细的手，引着自己的手，抚上了那道伤痕。

显然是多年的旧创口，触着却仍凹凸不平。若非曾经深可见骨的伤，留不下如此可怖的痕迹。

“我确实，是曾经死过一次的人。”

江寒先还是满脸通红，闻言惊得血色褪尽，连嘴唇都煞白了。

阮露明与他贴着面，盯着他的脸色，望了半晌，忽地朗声大笑。

“开玩笑的。这只是前些年淋巴结开刀留下的伤口罢了。”

这女子！江寒既忧又怒，还没说出完整的话来，忽见阮露明的目光投向他身后，眼底闪过一丝玩味。下一秒，魏六小姐的尖叫声传来，震得他脑袋里

“嗡嗡”响。

“你们在干什么?!”

江寒绝望地闭了闭眼睛，不敢回头。

“千金小姐的毅力，令人钦佩。”在魏六小姐看不见的角度，阮露明踮着脚，抵着江寒的鼻尖，笑眯眯地以唇语道，“只希望没有默默执着于江老师的另一个‘秋棠’，铸下另一桩惨案。那么，祝江老师用餐愉快，我先走一步。”

说着，她把江寒往魏六小姐的方向轻推了一把，施施然整了整不知何时扣好的衣领，转身离去。

江寒没有提防，顿时踉跄着向后倒去。他匆忙伸出手。

“等等——”

却如以往的每一次一样，连阮露明的衣角都没能抓住。

D R E A M

第五梦·兰因

兰因絮果，现业谁深。

——张潮《虞初新志·小青传》

◇◇◇◇ 一 ◇◇◇◇

“孤岛”影业复苏后，新华公司连续推出几部商业影片，获利甚丰，趁势在江城近郊购入大片土地，新建摄影场，加紧制作时下最受欢迎的古装、言情故事片。

新摄影场的占地面积极广，引进了许多国外最先进的技术设备，影棚也都时髦亮丽。其中甚至有一座高大的玻璃摄影棚，巍然矗立于残暑的晴光下，熠熠生辉如水晶宫。

江寒被那“水晶宫”折射而来的光芒晃花了眼，不自觉地抬手挡了一挡。

“江先生！”温和亲切的男声在身后响起，“真不好意思，劳烦您跑一趟了。”

“穆导演客气了。”江寒回过头去，礼貌地笑了笑，“成天在书斋里坐着也闷得慌，正好出来参观参观，长长见识。”

“孤岛”影业的三大巨头之中，新华最具商业眼光，也最舍得投资。恢复营业以来，不仅新建摄影场，还创办影戏学校，网罗和培育人才——新华麾下群星荟萃，除了江城最红的演员，还聚集了大批知名编剧、导演。

穆汉生便是其中一位。

不久前，穆汉生接替被害身亡的沈司渝，执导唐兴编剧的《踏莎》。当时，江寒曾与之有过一面之缘。如今再见，是因为新华看中了江寒在《江城新报》连载的《推理实录》，想拍成电影。他恰巧到报社送新一期原稿，老主编便托他将已发表部分的影印件带给新华，顺便当面聊聊创作心得。

穆汉生戴银丝边圆眼镜，梳齐整的中分头，穿白棉衬衣。比起导演，更像个青年学生。

“那么，我带您逛一逛吧。”他主动提出。

新摄影场里除了那最惹眼的玻璃房子，还有其他无数大大小小的影棚。墙边支放着各种布景道具，江寒驻足于一幅油彩绘制而成的英伦街道图景前，好奇地问：“要拍伦敦背景的影片吗？”

穆导演点点头，苦笑道：“最近推出的几部现代片反响不好，还受到当局审查机关种种刁难，创作实在困难。文益书局今年重印林舒先生译的福尔摩斯探案故事，十分畅销，我们便想着，不如翻拍几部福尔摩斯。”

一来轻松娱乐，符合观众喜好；二来有外国的故事原本可依，租界当局也没法挑刺。

这是新华高层的方针。

包括穆汉生在内的一批年轻创作者倾向进步，渴望通过电影揭示社会问题，自然不愿如此自我阉割。可他们为新华所雇佣，在这乱世的“孤岛”勉强糊口，不能明目张胆与公司的制片方针唱反调。这时，穆汉生读到了江寒的《推理实录》。

“咱们做江城人自己的神探故事，岂不比让演员戴上假发、粘上大鼻子，硬演外国侦探要好得多吗？”

既是观众爱看、当局放心的娱乐推理，其中又寄寓着真实的社会问题。

一举两得。

穆汉生向公司高层畅谈了一番，只介绍江寒的《推理实录》有着何等的娱乐性、是如何“安全”的虚构，而绝口不提自己借“虚”讽今的真实目的，顺利得到批准，着手推动改编。

江寒越听，越觉得悲哀和无奈。

如此一来，他的作品势必被改个面目全非。

可他根本不可能反对穆导演他们的改编。毕竟，这已是囿于“孤岛”之中的创作者们所能做出的最大努力了。

一名场工远远地大声喊：“导演，下一场道具已就位，请确认！”

江寒赶紧道：“您去忙。”

“抱歉，先失陪了。”穆汉生拿着江寒的文稿，躬了躬身，“江先生若感兴趣，再随意逛逛。”

江寒独留原地，目光又投向了一旁的布景板。

画面上联排的黄砖小楼，与现实中摄影棚外墙的暗色砖块几乎融为一体。坑洼泥泞的人行道向远处延伸开去，枝形路灯在遮天蔽日的浓雾中洇开一团团昏黄微弱的光斑。

与他曾生活数年的那座城市相似而又不同的——上个世纪末的伦敦。

江寒一时恍惚。

“我看这位先生鞋尖有尚未干透的泥痕，今早刚刚下了阵雨且正在修路的只有望平街一带，想必先生刚从某家报馆来？”

江寒蓦然惊醒：“谁？”

前方墙角转出一个瘦高的人影。

“再看先生一袭长衫，胸襟衣角皆平整，显然并未随身携带纸笔，鞋跟也无奔波造成的磨损，应非记者或报馆小工。右手小指侧边有黑痕，但非印刷油墨，而是钢笔墨水。容我斗胆猜测，先生或许是一位作家？”

来人身穿方格粗呢料的圆领短披风，头戴花呢猎鹿帽。前帽檐压得低低的，投下阴影来遮住了大半张脸，仅露出淡色薄唇和微微扬起的光洁下巴。掌心里托了一只石楠木烟斗，却没有点燃，只懒洋洋地随手把玩着而已。

“歇洛克·福尔摩斯。”

江寒失笑：“阮小姐。”

阮露明摘下猎鹿帽，撇了撇嘴：“没意思，江老师太没意思了。”

江寒这才发现，她居然还把长发藏起，用摩丝抹了个大背头，眉毛描得更浓。那容貌，完全是个剑眉星目的英俊小生了。

与帽子一同摘下的，还有冷峻严肃的“侦探”式表情——女演员满脸写着无趣，一根手指钩住帽檐转啊转：“对我刚才那段漏洞百出的演绎法，江老师就没有什么见解想发表吗？直接戳穿，游戏还怎么玩？”

这位我行我素的大明星，兴致来去都如疾风骤雨，根本捉摸不透。

一旦试图揣度迎合其意图，就会沦落到彻底被她牵着鼻子走的悲惨境地。

江寒早已认清了这一点，直接反问：“穆导演说要拍福尔摩斯，原来是阮小姐主演吗？”

闻言，阮露明脸上的“无趣”更浓了——并不仅仅因为江寒聪明地不接她的戏。

“不，他们不让我演。”

江寒十分诧异：“怎么会？”

新华最红的女明星，公司上下捧着、惯着，千依百顺，唯恐伤了这棵摇钱树。竟有她想演却演不着的角色吗？

阮露明定定地望了江寒片刻，叹道：“还是江老师看得开，见女人扮男装，反串大侦探，也只当是一桩寻常无奇的事情。其他人啊，从老板到编剧、导演，都是古板的死脑筋，一听我想演歇洛克·福尔摩斯，直说离经叛道，万万不可。我只能借这新做的戏服穿穿，过个瘾头罢了。”

说着，她顿了顿，眼角突然一弯。

“对了，江老师，给你说个笑话。”

江寒可不觉得顺着这话题展开的能是什么好听的笑话。

果然，阮露明接着道：“知道他们把福尔摩斯改编成了什么样吗？只借了一个世纪末伦敦的背景，一个神探配医生助手的人物框架，讲的故事却是‘小青传’。”

《小青传》出自清初张潮所编的文言短篇小说集《虞初新志》，讲一位年轻女子为人做妾，终被封建礼教所噬的悲剧。江寒顿生不祥的预感：“莫非……”

阮露明轻笑了一声：“是啊，他们想让我演的，就是小青。一个被丈夫冷待、被正室欺辱却始终执迷不悟，最后抑郁而死的可悲女子。多可笑啊，在如此‘文明’的江城，套着最时髦洋气的壳子，讲的还是这般愚昧的故事，并且竟自以为‘进步’。”

江寒知道，穆导演们身处当局审查监管和民众娱乐喜好的夹缝间，能借“福尔摩斯”的外壳继续创作，已属不易。可是，为通过审查和迎合市场，就可以倒退回去宣扬封建婢妾制度吗？因为创作不易，倒退就是对的吗？

他说不出那一个“对”字。

再艰难，他也说不出那“对”字。

穆导演借“虚”讽今的雄心壮志，原来只是空中楼阁。

“以福尔摩斯之名改编我国的文言故事，本身并无大错。但要讲古代的女子传奇，多的是更好的选择，怎么偏就挑了这么一个？”江寒根本无法想象阮露明去演什么贤淑孤苦的“小青”，光是动一动那念头，他都浑身难受，“阮小姐，我——不然，我给你写个《木兰从军》的剧本吧。”

阮露明闻言一怔。

眼底的“坚冰”倏地化了几分，其中极快地流淌过一丝淡淡的笑意。

“江老师放心，那种角色，我自是不可能同意的。”

“啊……那就好。”江寒说着，顿了顿，也不知道自己为何又喃喃重复了一遍，“那就好。”

阮露明重又戴上猎鹿帽，背起手，悠然往前走去：“说起来，这部戏还和江老师有点关联呢。”

江寒下意识地跟了上去。

两人沿影棚的外墙慢慢走着，墙边倚放的巨幅布景板让江寒不由得产生了一种错觉，仿佛他正与阮露明并肩漫步于福尔摩斯时代的伦敦街头。

“和我？”他一头雾水。

“这部四不像的‘巨制’影片，江老师猜猜，投资人是谁？”

——“孤岛”首富，汇升商行总经理魏振海，魏老爷子。

阮露明笑眯眯地揭晓答案。

“也就是萦萦小姐她爹，江老师未来的岳丈大人呢。”

魏家六千金魏思萦，在唐兴主办的派对上对江寒一见钟情，展开了轰轰烈烈的追求行动。此事已闹得江城尽人皆知，前不久发生“夜宫”舞厅案时还被阮露明撞了个正着。打那以后，女明星调侃江寒就有了新鲜的素材。

江寒窒息着窒息着，都快习惯了。

他有气无力地第一万次重复辩解：“都说了我——”

话刚开头，就被惊惶的叫喊声打断了。

“阿阮，阿阮！不好了，出大事了！”

只见穆导演去而复返，手里挥舞着几份报纸匆匆跑来，慌愕万分。

新华电影公司全新巨作《福尔摩斯探案集·小青传》的首要投资人，刚过七十大寿的魏老爷子，于昨天深夜逝去。数家小报不约而同地在头版头条以耸动的大字刊出——

遗嘱公布在即，魏家恐陷入遗产争夺风波！

◇◇◇◇ 二 ◇◇◇◇

数日后。江城远郊，魏宅。

魏家祖上是江北的贫农，魏振海年轻时孤身逃荒来江城，靠投机倒把发了财，这才阔起来。魏振海大字不识几个，却爱附庸风雅，一心想把魏家包装成底蕴深厚的“书香门第”。他买下了一户落魄世族的园林，改建为魏家大宅。园林本身已有数百年历史，园中亭台轩榭、翠林流水，处处讲究，处处透着秀致的风韵，有种诗礼人家独具的清贵气派。

然而，其中住进了世俗的魏家人，画风立刻不伦不类了起来。

堂屋悬挂的匾额上书“学达性天”四个大字——显然是仿着前朝那批著名的御匾所制。但前朝赐下的御匾，是为嘉奖各地书院传承理学、培育人才之功德，魏家这块则是十足的假货。江寒的目光从匾额转向对面的魏家三兄弟，心中暗暗为这座园林惋惜。

三兄弟之中，老三魏觉贤年纪最长，已在帮忙打理家业，负责魏氏所拥有的一处矿产。他体形高瘦，深眼窝、鹰钩鼻，看起来精明干练。

老四魏觉齐则与他三哥形成了鲜明的对比。个头矮而胖，脸上时时带着热情的笑，又十分健谈，显得格外憨厚可亲。

“这天可真让人难受啊。”

暑日将尽，午后却仍炎热，热气压得人心头沉郁躁闷。魏觉齐肥胖，爱出汗，攥着一方丝帕不住地擦着额头，一边东张西望，一边喋喋不休。

“摆出来的都是些什么破点心，也太怠慢客人了。翠儿在哪儿？叫翠儿从冰箱拿点我刚买的进口巧克力！哎，丁律师怎么还没来？六妹和陈秘书呢？”

“丁律师三点钟到，陈秘书和丁律师在一起。六妹说她去找陈秘书。”魏觉贤淡淡答道。

魏觉齐“哦哦”点着头，对魏老三的冷脸毫不介意，仍然乐呵呵地咧着嘴：“六妹黏陈秘书还真是黏得紧，也不知道谁才是她亲哥。”

老五魏觉义刚十九岁，浓眉星目，下巴方正，生得一副刚毅耿直的好相貌。他还在上学，穿着一身黑色立领的学生装，手里捧了本《时务论》读得专心致志，对两位兄长的谈话置若罔闻，连眼皮都不抬一下。

江寒忍不住多看了他几眼。

江寒一面诧异魏家竟还有个进步的年轻人，一面欣慰地想，这腐朽的旧家庭总算也不是完全没有希望。

冷不丁地，魏老四把话题扯到了江寒身上：“但要我说啊，不管六妹多么亲近陈秘书，总越不过江先生去的！全江城都知道，江先生马上要做我们魏家的女婿啦！”

魏觉齐自以为讲出了极亲切有趣的话似的，朝江寒挤了挤眼睛。

江寒刚喝进口的热茶直接呛在了嗓子眼里，咳得险些断气。

他出现在魏姓自家人齐聚的私密场合，事出有因。

但那原因，绝对与魏六小姐无关。

刚去世的家族掌门人魏振海，生前曾委托三人担任其遗嘱见证人。江寒的恩师贺炳炎是其中之一——贺老先生早年曾因发表革命言论而遭逮捕，附庸风雅的魏振海对国学泰斗崇拜得五体投地，主动慷慨解囊，花重金将贺老保释出狱。贺老虽一生高洁，决不与豪商巨贾为伍，却更是知恩必报的仁义之士。既已意外欠下了人情，便一定要还，于是破例答应了魏振海。

谁料如今江城局势如此，贺老在政府的安排下迁往内地，而魏家三兄弟又坚决不肯推迟宣读遗嘱的时间。

结果，江寒收到了恩师的亲笔信。

贺老书信一向简练，几句话写明了事由，吩咐江寒以弟子的身份代为“见证”，却不多说魏家详情，也未谈及迁居内地后的情况和回信联系地址。江寒把薄薄一张信笺翻来覆去看了无数遍，越看越糊涂。

别无他法，他只能先遵照恩师的嘱咐，准时叩响了魏家大门。

江寒咳得面红耳赤，一旁的另一位“见证人”还在火上浇油。

“萦萦心仪师兄，可真是惊坏我了！我一直以为她喜欢陈秘书呢！”

魏觉齐嘿嘿笑：“女儿心，海底针。唐公子还年轻呀。”

魏振海生前委托的遗嘱见证人，除了德高望重的贺老，还有魏氏最亲密的生意伙伴，新华电影公司股东、茶烟巨商唐仲钰。

唐仲钰的事业根基在南方粤城，生意扩张到江城并一度定居此处，但三年前某次南下后一直被战火阻拦，未能返回。魏振海去世得突然，唐仲钰赶不过来，便让留守江城的侄子唐兴代为出面。

江寒不知魏振海与唐仲钰是故交，唐兴不知贺老寄给江寒的信。自唐公子出院派对后多日未见的师兄弟二人，意外在魏家大宅碰面了。

唐公子虽绞尽脑汁，千方百计隐瞒，但他被当作命案嫌疑人关押多日的“事迹”还是传到了唐股东耳中。据说唐仲钰勃然大怒，深感不能再放任混账侄子胡作非为，当即决定给他找点“正事”做做。

唐股东把江城一些边角料的生意交给了唐兴打理。

此举无异于揠苗助长。

纨绔师弟学做事学得痛不欲生，每天除了跑工厂就是读文件，忙到眼花脑涨，连最爱的歌舞厅、赛马场都去不动了，一时间甚至从《江城小讯》销声匿迹。此时谈起风花雪月的八卦，唐公子顿如久旱逢甘霖，和魏老四对视着，露出了心照不宣的暧昧笑容。

江寒百口莫辩，不禁头痛万分。

“啪！”

魏觉义用力合上书，冷冷道：“也不知第三位见证人是谁？”

这个问题勾起了众人共同的兴趣。

魏觉齐立刻被转移了注意力，兴致勃勃地猜测起来。魏觉贤也肃容思忖。

恰巧此时，门外传来一阵脚步声。又有几人走了进来。

为首的是魏六小姐。千金小姐原本噘着嘴，一张俏脸写满了不悦，却在跨过门槛瞧见江寒的瞬间变了表情，雀跃地奔到他身边，挽住他胳膊：“Mr.江，我真高兴见到你！”

江寒窘迫极了，躲也不是，应也不是，僵硬着不知所措。

随后走入的，是魏振海的两位得力手下，丁律师和陈秘书。丁律师已年过花甲，是个干瘪瘦弱的小老头，陈秘书则年轻英俊得令人诧异。皮肤像搽了粉似的白净细腻，黑发微卷而有光泽，一身纯黑的西装——比起暴发户的亲信秘书，更像从时装电影里走出的男主角。

他环顾屋内，视线掠过魏思萦和江寒而毫不停留，仿佛根本没有察觉其中的暗潮涌动。接着，以一副淡淡的神情，礼节性地颔首问候众人。

而丁律师苦笑着喊道：“六小姐。”

魏六小姐娇哼一声，并不理会，反而把江寒挽得更紧了。

他们身后，还有一个人。

唐兴惊喜地大呼：“阿阮?！你怎么来啦？”

来人一身素缎镶花边的窄袖旗袍，镂空帮的高跟皮鞋，步步皆生风韵。

正是阮露明。

目光蜻蜓点水似的掠过尴尬地抬着臂以免魏思萦过于贴近的江寒，她眼角微弯，似笑非笑。

“魏总经理生前曾请柳四爷担任遗嘱见证人。但不巧，四爷偶感风寒，卧床难起，病得实在是重。不敢耽误魏家的大事，就由我代替四爷来一趟了。”

唐兴高兴极了，绕着阮露明打转，大献殷勤。

“阿阮，好久不见！听说我先前住院的时候，你还专程来看望过我呀？真可惜，我当时没有清醒，不能当面向你道谢。之后一直找不到机会见面，想念极了——阿阮，阿阮你最近忙吗？回了城里，我请你到刚开的小洋饭店吃西餐好不好？那家有种最新鲜的点心，叫奶油栗子粉，把牛乳照着打鸡蛋的法子打成雪花膏似的膏子，再掺上栗子粉，又香甜又漂亮……”

纨绔师弟兴奋得双颊红扑扑的，嘴里颠三倒四，话越跑越偏。

而江寒被魏六小姐拉着，耳边是千金小姐的娇嗔，眼睛却望着阮露明发愣。

她与柳四爷的紧密关系，居然可以如此轻易地公开吗?凤荷案时因考虑出演安华新影片而上柳公馆做客，勉强说得通，夜宫案时陪柳四爷到舞厅谈生意则是私密行程，无人知晓。此番堂而皇之地出面做柳四爷的“代言人”，却着实出格了。

更令江寒费解的是，在场竟无一人表现出惊愕的样子。

魏觉义愤然把《救亡论》拍在矮几上，嗤笑道：“请了三位见证人，三个都不来，老头子做人可真够失败的。”

“五少爷！”陈秘书皱眉制止道。

魏觉义充耳不闻，顾自继续说下去：“这样罪恶腐朽的资本家，专制的封建大家长……”

“五弟若真厌恶极了我们封建的家庭，大可起身出门去，追寻你的‘文明’‘进步’。我们这些做哥哥的，可不会像父亲一般阻拦管束你。”魏觉贤扬手做了个“请”的姿势，淡淡道，“但既然巴巴地赶在宣读遗嘱的日子回来了，何必再做这虚伪的清高姿态？”

魏老三口中嘲讽着兄弟，轻蔑而满含敌意的眼神却是刺向陈秘书的。

陈秘书面不改色，恍若未觉。

而魏老四夹在三哥和五弟中间，左右为难。他满头大汗，惶然揉搓着帕子，不断念叨：“好啦，好啦，都别吵啦。”

这头，魏家兄弟之间刀光剑影，剑拔弩张。

江寒转向那头——阮露明正在问唐兴：“魏家三位少爷一向如此吗？”

阿阮有问，唐公子自是知无不言，言无不尽，生怕自己答得不够妥帖细致：“不是一个妈生的，自然没什么深情厚谊。”

“可他们排挤起陈秘书来，倒团结得很。”

唐兴神秘兮兮地压低声音：“陈如晦深得魏老爷子信赖，虽然名义上只是秘书兼司机，但实际早就掌握了公司大权。那三个儿子却都是扶不上墙的草包，根本碰不着魏家的核心产业。他们对陈秘书，能有好脸色才怪呢。”

阮露明一边听，一边饶有兴味地观察着三人。

随着她的目光，江寒也再度打量了魏家三兄弟一番。

草包吗？

老三精干有为，老四憨厚和气，老五正直好学。唐公子的评价，似乎并不贴切。

话说回来，花瓶师弟竟管别人叫“草包”，听着还真有趣。江寒忍不住扬起嘴角。

“Mr.江，你在笑什么呀？”魏六小姐不甘被忽视，脆声问。

恰巧，堂屋的洋钟长鸣了三声。

“铛、铛、铛——”

午后三点。

丁律师打开公文包，取出密封的文书，走到“学达性天”匾下，肃然道：“各位少爷、小姐，时间到了。”

魏振海的遗嘱异常简短，只有薄薄的一页纸。

丁秘书读得很慢。因为苍老，他的声音很是嘶哑，时不时还停下来清清嗓子。可即便如此，宣读遗嘱的时间也远不如众人听后愕然沉默的时间长。

遗言大意如下——

家业完整沿袭，不做分割。已成年的三个儿子魏觉贤、魏觉齐、魏觉义之中，率先结婚生子者可继承魏氏全部产业，其余人分文不得。

若魏觉贤、魏觉齐、魏觉义全部死亡且均未留子嗣，则家产将由幺女魏思萦和秘书陈如晦共同代管。前提条件是，两人必须以陈如晦入赘的形式结婚并生下儿子，将其抚养成人后立刻交付全部财产。

一片死寂，不知持续了多久。

老五魏觉义率先拍案而起：“老头是得了疯病吧?！你们请医生来，有没有顺便瞧瞧他的脑子？”

老三魏觉贤沉声道：“率先诞下继承人者得家业，我倒觉得父亲这份遗嘱很公平。”

老四魏觉齐用帕子擦着汗，苦笑道：“三哥已订婚有了未婚妻，条件最是有利，自然觉得公平。”

三兄弟在中间明争暗斗，陈秘书和魏思萦沉默地端坐于两头。

魏思萦一张俏脸煞白，双目圆瞪，眼眶血红。她两手死死地攥住裙摆，似乎正竭力抑制着自己的颤抖，精美的蕾丝边裙摆被攥成了皱巴巴的一团。

江寒于心不忍，唤了一声：“六小姐……”

“Mr.江”破天荒地主动唤她，她竟也恍若未闻。

魏思萦狠咬着唇，噙着泪，隔着几位兄长遥遥望向陈秘书。

而陈秘书仍是波澜不惊的神情，沉着得近乎漠然，简直像个假人。

叫人看不透他真实的想法——甚至怀疑，他究竟是否有想法。

魏思萦绝望地闭了闭眼，猛地站起。起身的那瞬间没立住脚，她趔趄了两步，扶着手边的矮几才狼狈地勉强站稳了。

随后，没再看任何人，闷头冲出了堂屋。

◇◇◇◇ 三 ◇◇◇◇

黄昏时分，江寒随魏家兄弟探望过魏思萦，无端感觉心头烦乱，独自去了庭园里散步。

日头已西沉。外头起了风，吹散了白昼结滞的闷热暑气，令人精神为之一爽。

环绕着一大片碧翠的池水，园中连廊迂回，石桥曲折，一步一景。暮光倾洒于水上，水面又被风拂起波澜，漾开碎金似的辉亮。瞧得久了，竟有些目眩。

江寒沿复道回廊慢慢走着，一个偶然的转弯，意外碰见了阮露明。

两人同时停下了脚步。

“萦萦小姐状况如何？”

阮露明环着臂，懒洋洋地倚住了临水的阑干，随口问。

江寒轻叹了一口气，摇摇头：“不太好。吃了些安神的药，先睡下了。”

魏家大宅位于江城郊外，开车回城足要花费几个钟头。发给宾客们的邀请函写道，遗嘱公布完毕后将举行晚餐会，并留众人住宿。然而那惊世骇俗的遗嘱一出，人心浮动，暗潮汹涌，三兄弟个个忙着打自己的小算盘，六点多钟了也没有谁提开饭。

阮露明不知从哪里掏出两块薄荷冷糕。自己咬了一块，又往江寒面前递了一块。

“魏振海的遗嘱，江老师怎么看？”

“重男轻女，重血缘轻贤能。魏氏的繁荣必定不得长久。”

江寒毫无胃口，摆手拒绝了。阮露明撇撇嘴，把另一块也吃了。

"想知道为什么吗？"

江寒被阮露明问得一愣。

为什么?

他只当这是封建大家长最传统的腐朽思路，并未细想。莫非另有特殊的因由?

阮露明咽下薄荷冷糕，舔了舔嘴唇，嗤笑道："魏家祖上穷得当裤子，靠魏振海年轻时做黑心生意发了财。姓魏的缺德事干太多，让老天爷也看不过眼，一大把年纪了还生不出孩子。四十多岁的时候好不容易盼来一个，而且竟然天资聪颖，慧智不凡——和现在这三个废物完全不同，简直像投错了胎才生在魏家的。"

她拈着指尖的一粒糕饼碎屑，停了停，才继续说下去。

"可惜，那位优秀的长子早早地夭折了。丧尽天良挣下了家业却险些送给外姓人的恐怖，魏振海尝得透透的。"

江寒默然片刻，又往深里想了一层："魏老爷子终身未娶正妻，几位公子小姐的生母各不相同，也是因为……"

"娶妻？"阮露明冷笑道，"冷血的投机者，眼里哪有什么妻？哪有什么母？女子对他而言，连人都算不上。"

不过是为他延续"香火"的生育机器罢了。

往昔的真相残酷，却让当下荒谬的一切都有了根据。但这魏家的秘密，她从何而知?

阮露明轻笑了声："我们可爱的唐公子，嘴里头哪有秘密？"

江寒："……"

方才随魏家兄弟探望魏思萦时，唐兴确实悄然不见了踪影。他还纳闷，六小姐气急攻心，虚弱倒下，一向最怜香惜玉的唐公子怎么竟毫不关心。原来，是被"阿阮"单独拉开问话了吗？纨绔师弟殷殷绕着"阿阮"掏心掏肺、絮絮不休的模样跃然眼前，江寒哑然失笑。

"江老师以为我的消息来源又是四爷吗？"

深藏的念头，瞒不过女明星透亮的眼睛。江寒一窘，耳根发热，莫名心虚。

“你公开代柳四爷出面，不要紧？”踌躇半晌，他闷声问。

阮露明挑眉：“能有什么要紧呢？”

“人言可畏。”

无论她与柳四爷的实际关系如何，落到公众眼中，话再从无数张嘴中说出来，真难预料会传成什么样。江寒略作设想，便觉得苦涩忧惶。

阮露明眨了眨眼：“江老师关心我啊。”

江寒下意识就要否认，但咬咬牙，他极力维持了镇定的语气，说：“是的。”

阮露明定定地望了他片刻，忽而展颜道：“倘若如此，江老师大可不必为我担忧。”

女明星没有化妆，素颜是极浅的唇色、乌浓的眉，鼻梁挺秀，头发随意地绾成一束，在昼夜交界时分的昏暗光照之下显出一种雌雄莫辨的奇异气质。她忽地这么一笑，让江寒不禁恍了恍神。

“我的故事，上次给江老师讲到哪里来着？在斜桥弄的圣安娜舞场求见新华、联华导演不成，差点和几个流氓同归于尽，被路过的张绍斐救下了，对吧？”晚风拂过，吹乱了阮露明散在鬓边的发丝，她抬手将鬓发别到耳后，淡淡道，“后来，我还是没能敲开这两家的大门。正巧柳四爷刚到江城，创设安华公司，偶然看见了我的肖像，邀我出演影片。四爷是我的伯乐，民众可能听说的不多，但影坛内无人不知。”

至于新华见阮露明颇受欢迎，强行挖角，则又是后话了。

新华挖人，使的手段不太光彩。再加上安华发展迅猛，短短几年间收购了大量影戏院，几乎垄断了江城的影片放映市场，新华不得不正视这一新崛起的对手，时常还需求助于安华的放映渠道。故而即便阮露明仍与旧东家保持着联系，新华高层也只能睁一只眼闭一只眼。

“何况，我本也不在乎旁人怎么说。”

人言可畏，但我偏不畏它。

阮露明耸了耸肩。

“扯远了。魏家长子夭折，如今最年长的是老三魏觉贤，江老师不好奇中间还有个老二去哪儿了吗？”

好奇自然是好奇的，但——

“师弟这也知道?！”江寒惊了。

“唐公子天赋异禀，当然。”阮露明说，“老二名叫魏觉明，也是儿子，就生在老大夭折那年，当初还有传言说是魏觉明的出生克死了老大。只可惜，老二的命硬，却不长，六岁时吃饱了撑的把自己作死了。”

“怎么死的？”

“大冬天带几个弟弟去山上玩，一不小心把自己反锁在荒屋里，冻死了。”

来之不易的宝贵子嗣，却落得这般荒谬的死法，魏家定不愿被外人知晓。也亏唐公子能掌握得如此详尽深入。

暮色已尽，西斜的最后一丝淡辉也消逝了。蓝黑的天幕上涌起了浓云，透不出月光。连廊虽挂着灯笼，但魏家人人忙着为遗产打算，根本顾不上来点灯。庭园逐渐陷入昏暗。

昏暗的长廊尽头突然响起了第三个人的声音。

“江先生，阮小姐。”

江寒和阮露明同时扭过头去。

来人从沉郁的阴影之中一步步走出，竟宛如精美虚假的偶像慢慢走出了银幕。那过于俊美的脸孔于黑夜里略显得模糊，又因使人看不真切，而愈发像个巧夺天工的造物。

陈秘书礼貌地朝他们微笑着。

“晚餐已备妥，请移驾饭厅。”

◇◇◇◇ 四 ◇◇◇◇

餐点确实备妥了，可直到满桌佳肴凉透，该出席的人都没到齐。

偌大一张圆桌，江寒、阮露明、唐兴三个外人坐一边，魏觉齐、魏觉义两兄弟坐另一边。魏思萦休息了几个钟头，脸色略微好转，在丁律师和陈秘书的陪伴下姗姗来迟。最后，还缺一个魏觉贤。

“三哥是什么意思？！”魏觉义怒道，“最爱学老头给人立规矩的是他，摆谱坏规矩的也是他！不吃了，我回房看书。”

他愤然离席，却被魏老四拖住了手。魏觉齐皱着胖脸，苦口婆心地劝：“矿上多忙，手下人左一个汇报、右一个请示，一刻也离不开三哥。他不来，定是被紧急的工作耽搁了。你我二人虽还不能参与经营，但至少该体谅已开始做事的三哥。”

魏觉齐把话说到这份上，于情于理，魏觉义都不便再走。他没好气地冷哼了一声，甩开魏老四的手，环臂重重地坐了回去。

这时，陈秘书站起来。

“时候不早了，不好让客人再等，我去看一看三少爷吧。丁律师，您能与我一起吗？”

未待丁律师应声，魏思萦“噌”地起身奔到陈秘书身边：“我跟你一起去！”

陈秘书愣了愣。

魏思萦拽住他的袖口，目光直而利，带着近乎破釜沉舟的决然。两人对视良久，陈秘书率先别开了眼，神情微微变化了——人偶似的精美假面上裂开一道细得几不可察的口子，从那裂痕中浮出了柔和的无奈。

“那么，有劳六小姐了。”

陈秘书轻叹道。

“咦？”江寒脑中灵光一闪，长久萦绕于他心头的异样感觉突然有了解答。

坐在他左手边的阮露明“扑哧”笑出了声：“恭喜江老师，终于发现了。”

魏氏明珠似的六千金，真正心仪的其实是自家英俊有为的陈秘书。只不过陈秘书克己守礼，对千金小姐的垂青避而不应。魏思萦负了气，便转头大张旗鼓地追求别人。

移情别恋是假，做戏刺激陈秘书是真。

而江寒，恰是那个被选中的倒霉蛋。

魏六小姐的套路，似曾相识。

他倏地扭头看向右手边——纨绔师弟正仰面专心致志地研究魏家饭厅的房

梁，侧脸快被师兄灼灼的视线盯出了洞来也不敢回视，心虚地讪讪哼唧着：“嘿嘿，嘿嘿……”

阮露明难得与唐公子同一立场，支着下巴凉凉道：“江老师，太迟钝啦。”

江寒哭笑不得。

“你们……”

他不知自己该说什么。但也无须说了，遥遥传来的一声尖叫撕裂了宁静的夜幕，打断了一切对话。

“三哥！”

那是魏思萦的声音。

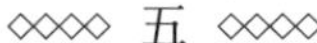

五

魏觉贤死了。

子弹正中他的眉心，贯穿了头颅。死亡显然降临得太过突然，魏觉贤甚至来不及露出错愕的表情，也来不及闭上眼睛，就那么仰面倒在书房地上，永远地失去了呼吸。他身下的大理石砖迸溅着斑驳的血迹，血液殷红地蔓延开，宛如暗夜中盛放的一朵恶之花。

任谁看，魏老三都已经死透了。

但为谨慎起见，魏家众人还是请在场唯一的医生予以确认。

江寒上前查验了一番。奇迹并未降临，结果在意料之中——他沉痛地摇了摇头。

魏思萦捂住嘴唇，发出急促的呜咽声，转身扑进了陈秘书怀中。陈秘书僵了一僵，却也没有退避或推开她，而是绅士地抬起手臂，轻轻地拍了拍魏思萦的肩膀，以示安抚。

魏觉齐汗如雨下，一屁股跌坐在地。

魏觉义虽然勉强保持了镇定，但脸色铁青得吓人。他厉声质问：“谁干的？”

江寒验尸期间，阮露明一直在屋里四下转悠。应着魏觉义的问，她用帕子拈了一样东西走回众人中间：“搞不搞得清是谁干的，取决于你们有没有人认识这东西。”

摊开帕子，其上赫然是一把泛着乌漆寒光、装着消音器的毛瑟手枪。

刚爬起身的魏觉齐腿一软，险些又摔回地上：“这、这是凶器?！”

江寒原以为阮露明终于要亲自出面推理了，没想到她只顾丢一个重磅线索惊吓众人，却不顾善后解答，随手将毛瑟枪放在了桌头，一副懒得搭理魏老四的样子。他无奈地叹了口气，上前一步，主动接过了女明星撂下的摊子——江寒蓦然发觉，自己已无比习惯收拾这类摊子了。

“虽然最终还需警方分析勘验才能确定，但多半不会错。”江寒比较着枪管和尸体眉心的弹眼，向众人说明，“这款毛瑟手枪产于晋城，口径规格特殊，很容易辨认。”

魏觉齐抖如筛糠，吓得快哭了：“枪是三哥自己的！三哥说矿上老有工人闹事，必须自保，就弄了把枪随身带着！”他越说，抖得越厉害，扯起嗓子朝外喊，“翠儿！翠儿你快叫人开车进城，请警察来！”

“翠儿，翠儿。”阮露明撇了撇嘴，嘀咕，“魏老四一直念叨的这个翠儿到底是什么人？”

江寒不禁想，还真难得有令她也纳闷的问题。

据说，翠儿是魏家最年轻俊俏的丫头。

俏丫头没有现身，被魏老四喊进屋来的是不知何时独自溜出现场的唐兴。

“报警就别想啦。电话线被剪断了，我们开来的几台车也都给扎破了轮胎。”唐公子口中宣布着坏消息，脸上却写满了兴奋，“这是谋杀吧？凶手想把我们困在荒郊野外的庄子里对吗？他接下来还想干吗？”

凤荷案时，纨绔师弟见尸体还惊惧得发抖，现竟已是看热闹不嫌事大的态度了。

江寒身为师兄，真不知该夸他的成长，还是该代恩师清理门户，训他的没心没肺。

唐兴每说一句，魏觉齐的胖脸就更白一分。最后，他连滚带爬地奔到房门口，仍旧一迭声喊翠儿，让翠儿赶紧找几个机灵壮实的小子，连夜徒步进城报案。如此吩咐完了，魏老四总算感觉有了指望，长舒一口气，哆嗦着手抹了把额上如浆的汗。

"四哥再演就过了。"魏觉义突然沉声道。

众人皆是一怔。

魏觉齐还没完全回过魂，反应慢了半拍："五弟此言何意？"

"何意？"魏觉义冷笑，"四哥成日在外花天酒地，欠了大笔赌债，眼下正急缺钱不是吗？三哥已有未婚妻，显然最容易达到老头遗嘱里的条件。遗产若被三哥继承去了，四哥一块钱都得不到，可就糟了吧？最盼着三哥死的，除了四哥，还能有谁呢？何况，自傍晚我们离开六妹房中，到刚刚聚集在饭厅，其间一直不见四哥的身影，也不知四哥忙活了些什么？"

魏老五一连串的问句，逼得魏觉齐瞠目结舌。

他把一双细细的小眼睛瞪得滚圆，喉头哽了好半晌，才结巴着反问："你、你的意思是，我杀了三哥?！"

魏觉义漠然道："我只是说，四哥最有动机罢了。"

"啊呸！"魏觉齐一跃而起，"五弟你别血口喷人！三哥与未婚妻刚订的婚，连面都没见几回，结婚还早得很，更别谈生孩子了。我这边，翠儿可是开春就怀上了！"

"……"

满室寂静。

唯独阮露明发出了声音，真诚地慨叹道："哇。"

魏觉齐自暴了隐秘，整个人顿时轻松起来。他畅快地继续说了下去："没错！以父亲遗嘱所制定的条件，我是最有利的，何必多此一举，对三哥下手？要论可疑，陈秘书才该排第一！"

冷不丁被点到名的陈秘书本人不动声色，连眉毛都没颤一下。

魏思萦先急了。

"四哥你胡说八道什么?！"

"怎么是我胡说呢？小妹你太天真了，想想父亲的遗嘱如何写的？我们兄弟三个都丧命，陈秘书娶了你，就能翻身做主人，大摇大摆当上魏氏的掌门人了！我就不信有谁能品性这般高洁，为别人家操劳多年而无欲无求，丝毫不生贪念的。”

魏思萦气得直跺脚：“陈秘书、陈秘书他有不在场证明的！”

重要线索一出，顿时吸引了全场的目光。

魏觉义皱眉道：“六妹，此言需谨慎。”

出声提醒的虽只有魏觉义，但所有人内心怀着同样的想法——怀春少女满腔孤勇，为给情郎洗清嫌疑，自是什么谎话也说得出来。

“哎呀，你们怎么都不信！”魏思萦又羞又恼，“我在房里休息的时候，陈秘书一直陪着，寸步未离。他不可能杀害三哥的！”

魏觉齐呆呆地问：“小妹啊，你不是吃了安神的药，睡着了吗？”

“我、我……”魏思萦一张俏脸涨得通红，咬牙决然道，“好不容易陈秘书愿意陪陪我，我装睡不行啊?！”

“……”

又一次的满室寂静。

这一回，连阮露明也没有出声。但江寒从她的表情里读出了明晃晃的五个大字，“这家人没救了”。

打破沉寂的竟是唐兴。

“话说，我突然想起一件事。”没心没肺的唐公子，居然反常地犹豫扭捏了起来，“提一提而已，仅供参考哈。”

魏觉齐心急如焚，等不及他字斟句酌，频频催促：“是什么？快说啊！”

“不知你们还记不记得，魏氏矿场几年前曾发生过一次大规模的罢工运动。三少当时刚接手矿场，迅速镇压了暴动，让矿上恢复生产，由此得到了股东会的认可。但我听说——”唐兴顿了顿，神秘兮兮地压低声音，“三少的镇压行动之所以那般顺利有效，是因为他开枪打死了带头闹事的工人。”

如今他本人，亦是中弹身亡。

魏觉贤的死，会不会根本就与遗产之争毫无关联，而是当年罢工运动的相关人士登门寻仇来了？唐兴小心翼翼地提出了一个全新的猜想。

有理有据，令人信服。

“若是外来者作案，我们自己再怎么辩论也无济于事。天色已晚，亦不便调查周边是否有可疑人物潜伏。”陈秘书道，“诸位还请安歇吧。我会安排人手维护好这现场，待明早警方到来，再看江先生一展推理之才。”

魏家兄弟虽敌视陈秘书，话里话外地放冷箭，但终究不得不服他实权在握。关键时刻，陈秘书一开口，就定了大局。

既然姓魏的都同意了，江寒他们作为外人，也不好再提出异议。

众人鱼贯离开书房。阮露明落在最后，驻足回头，若有所思。

“阮小姐，你在看什么？”江寒停了停步，问她。

“没什么。”阮露明遥遥注视着魏觉贤的尸体，微微眯起了眼眸，“只是突然觉得，隔远了看，那地上的血迹好像——”

“好像刻意绘成的一朵兰花的模样。”她说。

◇◇◇◇ 六 ◇◇◇◇

他们没能等到第二天早晨。

当日午夜，众人刚各自回房歇下没多久，外头蓦地“轰隆”巨响。

诸事扰心，原也无人能够安眠——有的辗转反侧，根本难以入睡；有的虽勉强睡着了，但觉极浅。屋外雷霆震天，震得他们立刻惊跳起来，匆忙披上外衣冲出门去，在黑漆漆的堂屋里碰上了面。

面面相觑，彼此皆是乌着眼眶、疲惫倦怠的模样。

唯独唐兴与众不同。无忧无虑的唐公子似已酣梦了一大场，睡眼惺忪、面色红润，整个人迷迷瞪瞪的，黑金条纹蚕丝睡袍散了腰带，拖鞋也跑掉了一只。他边打呵欠边连声嚷嚷：“怎么啦?！又出什么事了啊？”

黑夜之中，一簇融融的火光幽幽招摇着，由远及近。

“大家无须惊惶，只是风声。”

夜已三更，陈秘书竟还未休息，仍是一丝不苟的打扮，黑色卷发纹丝未乱，成套西装平整挺括，浑似从电影银幕中走出的虚幻偶像。他手提一盏煤油灯，淡然道："看样子，怕是要来台风。我已闩好了里外各处的大小门，各位安心留在屋里即可，不会有事的。"

可陈秘书的下一句话，让众人正要放回肚里的心陡然悬得更高了。

"只不过，派去城里报警的几个人要耽搁在路上了。"

他们彻底被困在这狭小的"孤岛"之中了。

众人再次茫然相望。忽然，魏思萦颤声问："四、四哥呢？"

除了歇在倒座房和后罩房的用人们，魏家主宾应当都到齐了。无月也无星的夜，他们慌慌张张地聚在没点灯的堂屋里，直到魏思萦一提，才发现不见魏觉齐圆胖的身影。

魏觉义勉强打起精神道："四哥最是胆小怕事，大概蒙着被子不敢出来吧？"

江寒一到堂屋就下意识地举目望寻阮露明的所在。女明星换了一身轻便的衬衣长裤，头发披散下来，素着面，双目清明，独自站在远离众人的角落里，一直没作声。听了魏思萦和魏觉义的话，江寒心感不祥，再次将目光投向她。恰巧，对方也望了过来，两人视线相接，阮露明朝门外扬了扬下巴。

江寒会意，问魏家人："四少的卧房何在？"

"在东厢。我同江先生一起去看看吧。"

关键时刻，主动开口的，一锤定音的，还是陈秘书。

他朝江寒做了个"请"的手势，主动带路向外走去。屋外狂风呼啸，断枝碎叶频频抽打在窗上，发出爆裂似的骇人声响。陈秘书只叫了江寒，可在浓郁可怖的昏黑中，谁肯离开唯一的光源？便都拥着手提油灯的陈秘书，一起往东厢去了。

然后，共同瞧见了——

他们所找的那道圆胖身影，被绳索高高地吊在房梁上，正随着风声的节律而不断轻晃。

魏思萦倒吸了一口凉气，脚下发软，眼看着就要昏倒。阮露明恰巧在她身后，及时伸手扶住了："六小姐，坚强。"

借着煤油灯的微光，隐约可见魏觉齐身上并无明显的伤口。没有伤口，没有大量的出血，可他悬空的身躯之下，地面竟也盛放着一大朵猩红的花。

比魏老三被害现场更清晰的，血绘的兰花。

江寒不禁向阮露明看去。

果然，她正紧紧蹙着眉，凝神打量那朵血兰花。无须任何言语，江寒就笃定，阮露明心中思索着的问题必与他一样。

——这魏家，到底还藏着什么不得了的秘密？

魏觉义脸膛发青，魏思萦惘然失神，陈秘书无动于衷。

“是、是大少爷！”丁律师陡然变色，脱口而出。

苍老嘶哑的嗓音被鬼哭般的风声裹挟着，透出阴森之气。

老律师双目圆睁，视线的落点却不在魏觉齐的尸体上，而在虚空之中，仿佛那里飘浮着什么极恐怖的东西似的。

“当年老爷犯糊涂，我就该劝住了！做那种事要遭天谴的，不能、不能啊！

“一定是大少爷——一定是大少爷的鬼魂回来复仇了！”

魏振海曾视若珍宝，亲自教养的长子。

被魏氏上下寄予厚望的无可替代的完美继承人。

天生灵慧却过早夭折的那孩子。

他的名字叫——

魏兰因。

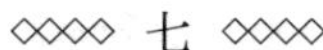

七

风声如雷，亦如幽冥哀泣。

黑夜中唯一的一盏煤油灯微光招摇，竟似磷火荧荧。

“是大少爷……一定是大少爷死不瞑目，化作了厉鬼，回来复仇了……”

老律师两股战战，面如金纸，颤着声不断念叨。

陈秘书叫来几名男女用人，吩咐丫头扶丁律师去休息，又让年轻粗壮的男仆们合力解下魏觉齐悬于半空的圆胖躯体，放置在地。江寒原想请陈秘书与自己一起做这件事，见状只能退后，提醒道：“请小心一些，不要磕碰，不要破坏了证据。”

初步的查验工作仍由江寒进行。

魏老四的尸体已凉透了。环绕在他脖颈上的麻绳足有碗口粗，形成了青黑的瘀痕。

“颈椎断裂，导致中枢神经破坏。死亡时间约在晚上十点到十一点之间。”

江寒摘了手套，抬头向众人道。夜里虽降了温，但凝神一通忙，还是出了层薄汗。他感觉脸上湿腻得难受，想擦一擦额角，又顾忌着还未洗手，只能僵着双臂暗自皱眉。

忽然，一方素纱帕子递到了他掌心里。

江寒一怔——阮露明不知何时蹲在了他身边。

“脖子断了啊？”女明星袖着手，凑近了看尸体，若有所思地轻哼，“勒死的？还是直接吊死的？”

“吊死的。”江寒用帕子轻轻揩了额，心头莫名温软了，彻夜的焦虑疲惫也散淡许多。他指着尸体的脖颈，解释道：“四少若是先遭了绞杀，再被吊起，颈间便应该有两道痕迹，一道平直，一道向上。”

但魏老四那肥得挤出了褶的脖子上，只有一道向上的瘀痕。

用人送来了白布、担架和清水。江寒亲手给魏觉齐的尸身蒙上布，请用人们搬上担架，抬到已安置了魏觉贤遗体的厢房去一同看守起来。然后，他将用过的纱帕仔细叠好，掖进衣袋，在铜盆里洗了手。

目送着被顶得高高隆起的白布远去，阮露明嗤笑道：“能把魏四少活蹦乱跳的千金之躯吊上房梁，这名凶手可真是个大力士。”

江寒无奈：“阮小姐……”请尊重死者，积点口德吧。

魏思萦带着哭腔问：“四哥有没有可能是自杀的？”

“前脚刚拍胸脯宣称自己最有利，后脚就上吊？”阮露明扬眉反问。

江寒不敢再放任女明星造口业，赶紧打圆场：“四少脑后有个肿包，应当是先被打晕了，再吊上房梁去的。”他说着，顿了顿，蹙眉思忖，“如此看来，凶手未必如阮小姐所说的那般力大无穷。”

“可疑。”阮露明轻哼道。

“既然已经把人敲晕了，何不再接再厉，直接砸死算了？且不谈四少这体形要吊上高处有多费劲——宅子里人来人往，陈秘书没睡，值夜的用人也有好几个，多留在现场一秒就多一分暴露的风险。凶手如此折腾冒险，除非……”

除非，有什么定要魏觉齐做吊死鬼不可的理由。

江寒深以为然。

魏思萦遽然一声惊呼，打断了两人的思索。

“五哥，你怎么啦?！”

他们循声朝魏觉义望去，只见青年面若死灰，一身凛然正气荡然无存，神情之惊惧比丁律师更甚。魏觉义失魂落魄地一步步往墙角缩，口中还喃喃念叨：“不，是二哥……一定是二哥……”

魏思萦担忧地伸手想搀他。可魏觉义已是惊弓之鸟，根本受不得丝毫刺激，当即“啪”地将她的手打开了，同时尖声叫道：“别碰我！”

他用力极猛，魏氏明珠的娇嫩双手如何吃得消？立刻便红肿了起来。

陈秘书脸色一沉：“五少爷——”

魏觉义置若罔闻，继续凄声大嚷着“别碰我”“是二哥”，横冲直撞地冲了出去。

余者皆惊，一时间不知该作何反应。唯独阮露明淡定地环着臂，凉凉道：“在侦探小说里，下一个死的通常就是这种角色了。”

女明星仍旧口无遮拦。话虽不好听，却有一定的道理。

现已有两人丧命，死状都惨烈至极，可见凶手心狠手辣。危机四伏，事态难料，独自行动绝非明智之举。江寒回过神，连忙追了出去。

众人惶然相望，谁也不想落单，便蜂拥着都跟了上去。

魏觉义的房间在西厢，恰与魏觉齐的卧房相对。

他径直奔回房里，锁死了门窗，任江寒怎么敲门劝说都不理。江寒束手无策，不由自主地将求援的目光投向了阮露明。女明星摊了摊手，表示爱莫能助。

院里风急，陈秘书轻轻咳嗽了两下。

魏思萦小声问：“你没事吧？”

一丝不苟的精美偶像，突然这般虚弱地一咳，总算显出几分真人的活气。陈秘书察觉到江寒的视线，客气地回以微笑——眉梢唇角弯起的弧度都似经过准确的测量，一分不多，一分不少——向自家小姐摇了摇头：“呛了点风罢了，不要紧的。”

魏思萦露出不太赞同的神情，张了张口，似乎想说什么。但觑着陈秘书的脸色，她抿抿唇，终究保持了沉默。

陈秘书上前一步，曲指叩了叩门。

“五少爷，您若想在屋里休息，我们便不打扰了。待会儿让人送些热水和安神的药来，您开开门，至少洗把脸、喝点药。”

门后“咚”的一声巨响，像有重物砸了上来。

“都走开！烦死了！”

陈秘书耐着性子，想了想，又道：“那么，水放在门口，您自己……”

岂料魏觉义登时更崩溃了：“不要！拿走、拿走！别让我看见——”

水！

他声嘶力竭，仿佛“水”是什么极恐怖的东西一般。

◇◇◇◇ 八 ◇◇◇◇

这注定是一个无眠之夜。

狂风呼啸，暴雨将至。众人劝不动魏觉义，也不能干站在院子里，只好留两名忠诚可靠的男仆守卫门口，回到了已点亮电灯的堂屋。

陈秘书有条不紊地忙了起来，一方面着手将用人编成几队，轮番巡护宅邸，一方面设法恢复与外界的联络，尝试报警。事情千头万绪，他却沉着镇定，一桩一件安排得井井有条。

有位男仆来报，烈风吹坏了库房的门，需请陈秘书前去查看情况。陈秘书颔首，抬步往外走，在门边停了一停，回头邀丁律师同行："凶案的情形尚未明朗，我们还是成组行动为好。既避免危险，又好证明彼此的清白。"

魏思萦一听，立刻举手："那我也去！"

他们一走，堂屋里便只剩下了江寒、阮露明、唐兴三位"见证人"。

风势愈发地猛了。

随着风声呼号，连接堂屋顶灯的电线不断颤动，灯光也明明灭灭，直令人揪着一颗心，生怕断电或着火。为保险起见，江寒寻来火柴，点燃条案上几支足有婴儿小臂粗的蜡烛，又将电灯关上了。

唐兴瘫在依墙的太师椅上，百无聊赖地摆弄自己蚕丝睡袍的腰带，时而扎个蝴蝶结，时而扯散了拈在手里甩着玩。纨绔公子可以在舞厅里通宵玩乐，却吃不消熬夜查案。他呵欠连天，满脸委屈："我叔可真有先见之明啊，少遭这一份罪。"

阮露明倚着屋角的花几，接过话头："唐先生还在粤城？"

唐兴点点头："是呀。一下子生意绊着了，一下子仗又打起来了，道路封锁了。这样那样的，总是回不来。唉，随便啦，我巴不得没人管。"

"唐先生日理万机，我进新华已久，还未有机会碰面。"

阮露明语气懒洋洋的，似乎只是穷极无聊而随口道的闲话。

唐兴闻言，猛地一激灵，整个人弹起来："对呀，阿阮你还没见过我叔呢！"他坐直了身子，脸颊被招摇的烛火映得绯红，"阿阮，阿阮你不是想反串福尔摩斯吗？魏老爷子不在了，索性让我叔重新投点钱，指名阿阮你来演，看新华还有谁敢不答应……等小叔回江城来了，一起吃顿晚饭怎么样？"

前头越说越激动，恨不得立刻就要捋起袖子实施计划，大干一场，可到了最后一句，声音突然又细若蚊蝇。

唐公子扭扭捏捏地问了，小心翼翼地眨了眨眼，觑着他的"阿阮"。

在唐兴的引见下，与他的长辈正式见面。

绕过新华公司其余人，单独与大股东共进晚餐。

于私于公，这顿饭的意味都不单纯。

江寒又找出几根残烛，在堂屋各个角落点起来。他一边从旁听着，一边手头忙着，只当纨绔师弟又发了癔症，女明星则必定一如既往地冷淡以对，不过一场“唐公子”与“阿阮”之间反复上演无数次的小小闹剧罢了。岂料阮露明的声音响起来，这次说的居然是：“好啊。”

江寒惊得险些打翻手头的蜡烛。

火舌舔上了指尖，钻心地疼。

他猝然回头，只见阮露明在烛光的阴影里微微笑了。

“那就拜托唐公子牵线了。”

震惊的并不止江寒一人。

唐兴也呆住了，好半晌才有了反应。他大喜过望，话都不会说了：“我……阿阮你……我其实……哎哟！”

嘴里一团乱，他竟抄起桌上不知谁喝剩的半杯冷茶，仰头饮尽。

随后，也不顾自己的真丝睡袍价值几何，扯起袖子来一抹嘴，深吸一口气，像是找回了神志。可再一转脸，和“阿阮”对上视线，他情不自禁地又开始傻笑：“嘿嘿，嘿嘿。”

阮露明在与唐兴隔厅相对的另一边的椅子上坐下了，支着下巴看他发痴，脸上仍是微微的笑。

与陈秘书莫名神似的，面具般的微笑。

江寒心头突地一跳。

她——她想干什么？

与阮露明相识数月，一同经历了几起案件，也算曾患难与共的交情了。可每一次，江寒刚以为自己靠近了女子一分，读懂了对方一点，随即就又发现，那只是他一厢情愿的幻想。

就连阮露明主动坦陈的过去，也只让她周身笼罩的迷雾愈发浓厚罢了。

江寒唯一知道的是，他对阮露明，仍然一无所知。

阮露明轻巧地将话题转回了当下。

“魏家还瞒着不少秘密。”她望着唐兴，“老大夭折得神神秘秘，老二的死恐怕也不单纯。当年分明是魏老二意图谋害三个弟弟，自己遭了报应，意外丢了性命，怎么如今倒像魏老五做了亏心事，怕被恶鬼找上门似的？”

唐公子刚尝了甜头，晕乎乎的，唯恐表现得不够殷勤。

知晓魏氏多少腌臜事，先前顾忌着是人家的家丑，没好意思尽数讲完的，现在直接“噼里啪啦”倒了个底朝天。

魏觉明之死果然另有隐情。

“当时魏家四兄弟，魏觉明、魏觉贤六岁，魏觉齐五岁，魏觉义才三岁。几位姨太太也还住在这大宅里——说是姨太太，但其实没有一位是上过花轿抬进门，正儿八经有名分的。不过因为儿子们年纪都小，留着生母当保姆用罢了。”

“先前说到，老大是魏振海带在身边亲自教养的。”阮露明问，“后来这几个呢？”

唐兴摇摇头：“老二之后，魏老爷子便只管生不管教了，立继承人的话也再没提过。”

一个不提，就个个都以为有希望。姨太太们斗得你死我活，四兄弟之间也势如水火。

稚弱孩童，心中竟已埋下了恶的种子。

种子落在肥沃的土壤里，疯狂汲取着养分，迅速生根发芽。

最终长成的花朵，绚烂得何其暴烈。

“那年冬天，魏觉明借口带弟弟们上后山玩耍，想把他们关进山里荒废的小木屋，造成意外冻死的假象。可三个小的也不是省油的灯，反将魏老二锁了起来。”

那并非意外，而是一场蓄意的、恶意的谋杀。

或者更准确地说，反杀。

阮露明啧道：“魏家人实在不让我失望。”

江寒也无言以对了。

唐兴倒完了家底，期待地问：“莫非真是魏觉明的鬼魂回来复仇了？”

“唐公子，你是进过贺老的门，学过‘赛先生’的人。”阮露明扬眉，瞥了江寒一眼，“怎能遇事不讲科学，轻信怪力乱神之说？你师兄可在这儿看着呢。”

唐兴缩缩脖子，还是傻笑，一副挨训也甘之如饴的模样。

狂风倏忽一声尖啸，从门窗缝隙挤进来，撩得烛焰猛然一倾，屋内蓦地一暗，随即又恢复了影影绰绰的亮。阮露明接着幽幽道：“这世间游荡的，恐怕不是披着人皮的鬼，而是披着鬼皮的人。”

人心之恐怖，比鬼面远甚。

江寒想到了另一种可能：“如果魏觉明没死呢？”

若魏觉明还活着，隐姓埋名于别处长大成人，如今回来报仇，一切就都说得通了。

可唐兴摇了摇头：“师兄，不会的。”

作为魏氏汇升商行最亲密的生意伙伴，唐仲钰到场参加了魏觉明的葬礼。

他上前点香时还未盖棺，亲眼见过棺材里躺着一具冻得青紫的尸体，并且那尸体千真万确，就是六岁的魏觉明。

“我小时候，每次胡闹挨小叔骂，反面教材都是魏老二，听得耳朵起茧子，绝不会有错的。”唐兴说着，突然一拍手掌，又想起一桩旧案。

是他年纪稍长，逐渐传出了花花公子的名声之后，又被唐仲钰狠批时得知的。

这一次的反面教材不再是作死了自己的魏老二，而是看似憨厚可亲的老四魏觉齐。

“你们可别被魏老四那张老实的胖脸给骗了。魏家几兄弟，就数他最风流！不，他那不叫风流，该叫下流才对。最爱仗着少爷的威风胡作非为，和家里丫头眉来眼去。”

同为浪荡子弟，唐公子深感魏觉齐拉低了这一群体的格调，义愤填膺。

据说，魏觉齐十几岁时就偷偷搞大过身边一个小丫头的肚子。

“魏振海和后面几个儿子不亲，规矩又严，当时也没人知道他这么想抱孙子。魏觉齐怕老爹怕得要死——事情如果败露了，轻则受一顿打骂，他不敢，重则丢了继承权，他不舍得，于是随便诌了个理由，把丫头赶了出去。”

那丫头自幼被卖进魏家，在外无亲无故，根本没处可投奔依靠，怀着身孕也找不到工作，无法自立糊口。听说她流落到宝和弄，过得悲惨至极，没多久就在弄堂深处的一个破房间上了吊，亡命时孕已足月，鸨母从她腹中剖出了一个发育成熟的死胎。

宝和弄，是江城北区贫民窟里的下等妓女聚居之处。

往事之残酷，带着骇人的血腥气。

江寒不自禁地攥紧了拳，喉间发甜，说不出话来。他既哀又怒，脑中甚至闪过一个失控的念头——魏觉齐以命抵命，死不足惜。

“天罚啊。”阮露明突然道。

江寒一愣：“什么？”

“魏觉贤曾对罢工运动的领袖开枪，如今自己也挨枪子儿死了。魏觉齐曾害得女子上吊自杀，如今自己也成了吊死鬼。鲁城矿场的工人和从小在魏家做事的丫头，想必不会存在什么交集，一个凶手接连为二人报仇的可能性极低。他们各自的亲友同时找上门来，分别杀了魏觉贤和魏觉齐——世间恐怕也没有这等巧合。”

若非亲友寻仇，便像有位神秘的“正义使者”知晓了魏氏兄弟的罪孽，正挨个儿对他们降下惩罚。

“如果真是如此，”江寒心头忽然涌上强烈的不安感，“魏觉义犯过什么罪？他听不得‘水’字，难道……”

难道曾有过什么人，因为魏觉义而溺亡？

江寒还没说完，就见留守西厢的男仆阿甲满脸惊惶地奔了进来。

“不好了！五少爷不见了！”

◇◇◇◇ 九 ◇◇◇◇

三位“见证人”赶到西厢，发现房门依然紧锁着。

留守的男仆共有两名。据说，他们方才听见屋内传出异响，便一人盯着门口，一人绕到后窗查看。只见原本闩死的窗户竟大敞着，狂风倒灌，房中已无魏觉义的踪影。

“我们不敢贸然闯进去。”男仆阿甲道，“由阿乙守在后窗，我去堂屋给各位报了信。”

江寒当即往屋后走。狂风里寸步难行，他刚抬脚，又停住，回头拦住跟上来的阮露明。

“我从里面开门，阮小姐在这里等吧。”他从衣袋取出叠好的素纱帕，“阮小姐的帕子，原是想洗净了归还的，还请再借我一用。”

阮露明被阻拦了道路，诧异地微微挑眉。闻言，她眉心一展，唇角扬起：“好啊。”

唐兴正立于两人身后，见状轻轻“咦”了一声。

很快，江寒用帕子垫着手，由内开了门，将阮露明和唐兴让进屋。

“魏觉义是自己离开的。”

屋内凌乱不堪——橱柜抽屉都大敞，各种书籍报刊散落一地。门窗对流，疾风狂卷，卷得零散纸页满天乱飞。魏觉义一直拿着的那本《救亡论》在房屋正中的桌上，被风吹翻开了，飞出几张稿纸。阮露明抬手从半空截住了，扫视一番，“呵”地讥笑出声。

“还真是逃命去了。”她将稿纸递给江寒，“好一个新青年！难怪听见‘水’字就吓得没魂。”

看似刚正磊落的进步学生，关起门来干的却尽是无事生非的丑恶勾当。

遍地旧报旧刊，登载着魏觉义以各种笔名公开发表的众多评论文章，信口开河，肆意造谣中伤他人，而不见任何积极有益的思想主张。他还大肆写作匿名举报信，阮露明拿的便是其中一封，举报同校一位万姓学生私下排演进步话剧，触犯租界当局禁令。

信中措辞之狠毒，令人读而毛骨悚然。

“万慧韬？”唐兴好奇地凑到江寒身边同看，嘀咕，“这名字，我好像在哪里听过。”

江寒毫无头绪。

“万慧韬是‘孤岛’救亡演剧队的成员，参与抗战宣传，几个月前遭到当局通缉，逃亡途中失足坠江。他的死轰动了江城戏剧界，江老师当时还没回国，不知道也正常。”阮露明道，“各家小报争先恐后，把万慧韬和相关剧团同志的祖宗十八代都挖了个遍，但根本没提到这一茬——原来，始作俑者是我们一身正气的魏五公子。”

男仆阿乙平素便负责照料魏觉义起居，证实房中没有贵重财物丢失，却少了许多日常生活用品和换洗衣裤。显然，满地狼藉并非魏觉义与歹徒搏斗所致，而是他本人慌忙收拾行李出逃，亲手翻乱的。

陈秘书等人闻讯，匆匆赶来。

“出什么事了？”

“陈秘书贵忙，真不好意思告诉您，这边又添一件。”阮露明从江寒手中抽走了举报信，展在他们面前，“请再分点人手，找找你家五少爷吧。”

陈秘书面无表情，一目十行地看完，颔首道：“我再去安排。”

他来去匆匆，原本一步一趋地跟着心上人的魏六小姐却没再随他离开。

魏思萦又一次红了眼眶——这回倒没哭。她抿唇忍着泪，声音就像从唇缝间挤出来的，干涩而喑哑：“五哥既然是自己走的，一定不会有事，对吗？”

她看江寒，江寒不忍直言。

转向唐兴，唐兴默然望天。

竟是阮露明主动回答：“只比谁的动作更迅速了。”

魏思萦茫然蹙眉，没听明白。

“若是家里人先找到了你五哥，自然没事。”阮露明破天荒地耐心解释，“可如果凶手先找到……”

那魏老五必然凶多吉少。

阮露明没有明说到底，但魏思萦懂了。

她低下头，缓缓松开紧咬着的唇，极力稳住声气：“有没有什么……我能够帮得上忙的地方？”说完，忽然摇摇头，自言自语，“不对，这是我自家的事，我该做的事，怎么能叫‘帮忙’呢？”

魏思萦吸了吸鼻子，认真地换了个说法。

“请问，有没有我能做的事情？”

阮露明意外地“哦”了一声。

“从前我总觉得，顶上有父亲撑着，父亲没了还有三个哥哥，天塌下来也轮不到我操心。我只用弹琴、写字、绣花，打扮得漂漂亮亮……唯一求的，就是别被父亲安排联姻，挑个自己喜欢的人嫁了。”

人们都说，魏家几个子女中，六千金是最受魏振海宠爱的。

可事实并非如此。

魏思萦出生时，魏振海年事已高。他觉得自己儿子够了，香火定能安泰延续下去了，晚年有个漂亮的小女孩承欢膝下也不错。何况生女儿也并非全然无利可图，将来筹谋一场商业联姻，亦是扩张家族势力的好法子。

魏振海打着精明的算盘，待这最终到来的唯一的女儿还算宽容大方。

掌上明珠，看似珍贵，却终究不过是被人拿捏在手中的玩物。

“如今我才醒悟了，不该这样的。我是魏家的女儿——我是人，一个有自己独立思想的人。我与父亲，与哥哥们，没有差别，更没有高低先后之分。这个家，我能担起来。”魏思萦说得很慢，一字一句，语气逐渐坚定，“我想找到五哥，也想揪出杀害三哥和四哥的凶手。我要做自己想做、能做的事。”

阮露明沉默地听着，细细瞧着她，玻璃似的瞳仁里渐渐有了温度。

良久，她轻声笑了。

“这家庭，总算不是彻底没了拯救。”

江寒从旁看她们，倏忽产生了一种错觉。仿佛阮露明定定瞧着的不只是面前的魏思萦，还有更遥远的虚空里的什么人，或许，正是曾经的她自己——尽管阮露明也才二十出头年纪，并不比魏思萦大几岁。

有那么一瞬间，她的目光沧桑得令人心碎。

“关于早年夭折的那位老大，魏小姐有所了解吗？”阮露明问，“我问了丁律师，老先生口风可真紧，一个字也不肯透露。”

江寒一愣：“你怀疑魏兰因？”

“凶手显然对魏家怀有极深的恨意，又对几位‘香火’和他们以前做的缺德事了如指掌。既然魏老二确实死透了，我们自然该再考虑一下神秘的魏大哥。”阮露明说，“何况，他名字里还恰恰有个‘兰’字。”

老三魏觉贤、老四魏觉齐的死亡现场都留有神秘的兰花血迹。

“可魏兰因不是病故的吗？”江寒犹豫地道，“就算没死——他曾是魏老爷子最珍视的继承人，唯一亲自教养的孩子，并未受苛待，何须恨这家庭？对亲生兄弟们的杀机从何谈起？”

“唉，江老师还是单纯善良。”阮露明叹息，“这话若真能信，丁律师怎会一见兰花血迹就像见了鬼一样？”

最蹊跷的是——魏家的帮佣里，没有老人。

歇在倒座房和后罩房的用人们都被叫起来，根据陈秘书的安排，编队轮番巡卫宅邸。他们来来回回，进进出出，的确都是年轻面孔。阮露明顺路拉了几个打听，年轻人们被当红女明星搭话都很激动，谈起自己的身家来历滔滔不绝。据说，魏家的用人中最早来此做工的，也不过干了二十年而已。

换言之，没有早过魏兰因死时的。

而魏振海发迹，买下这座宅邸，已是五十余年前的事了。

偌大一座魏宅，竟连一位老仆也留不住吗？

“我只能斗胆揣测，二十年前，魏家曾对用人进行过一次大换血。”阮露明歪了歪头，“如果我猜对了，那么，为什么呢？”

魏思萦凝神思索了片刻。

“我与大哥的年纪差得太多，他的事情，我不太清楚。其实，要不是先前的老秘书不小心说漏了嘴，我们根本不晓得明哥之前还有一位哥哥。”

这倒是个大出意料的新信息——阮露明眯了眯眸。

“‘我们’？”

“二哥，三哥，四哥，五哥，我。我们，所有人。”

“除了老秘书、丁律师和魏老爷子？”

魏思萦点点头。

“不知为什么，父亲听不得大哥的事。因为老秘书失言，父亲发了好大的火。老秘书随父亲白手起家，劳苦功高，早该退休享清福了，由我们魏家给他养老也不为过。谁知父亲竟直接将他解雇了，强行遣回泉城的老家，甚至连一块钱路费也没给。起初，二哥他们还好奇，问过几次。不管谁提，父亲都会震怒狠罚。久而久之，就彻底没人敢碰这个话题了。”

同是夭折的儿子，却并非死于手足相残这般难堪理由的老二，而是病逝的长子，成了魏家的禁忌。

江寒迟疑道：“魏兰因是魏老爷子亲自带的。莫非因为用情太深，听了伤心，才不许人谈？”

这个理由，江寒说着，自己都不信。

即便魏振海真因丧子而悲恸，至多也不过痛惜他折损了一名花费极大精力培养的优秀稳当的继承者。

恸的是他自己的损失。和魏兰因其人本身，恐怕并无多大关联。

阮露明没有接话，难得的是也没有讥讽或反驳，只继续问魏思萦：“陈秘书什么来历？老秘书走后，便由他接任了吗？”

“陈秘书也是泉城人。”魏思萦想了想，“中间很长一段时间，父亲身边都没有秘书。陈秘书八年前才来。”

前后两位秘书，虽间隔多年，却是同乡。

未免太过巧合。

陈秘书是否可能与老秘书沾亲带故？是否可能从老秘书口中听说过魏兰因的事？

魏思萦摇摇头，打消了他们的疑虑：“老秘书没有家庭，跟父亲打拼几十年，从未回过泉城。离开我们家后，刚走到半途就得急病死了。”

而陈秘书从小到大没有离开过家乡，两人之间不可能产生交集。

阮露明摸了摸下巴，若有所思。

江寒低声问：“你想到了什么？”

以他对阮露明的了解，女明星露出这种表情，多半是有了思路。

不料对方淡淡地道：“没什么。”

“我什么也没有想。”她说。

◇◇◇◇ 十 ◇◇◇◇

狂风呼啸了整晚，到底也累了。

长夜将尽，风声逐渐徐缓，众人亦疲惫不堪。极少数仍有余力的用人，还在陈秘书的带领下四处搜寻失踪的魏觉义，其他则都聚集于堂屋，席地坐卧，昏昏欲睡。

可他们也不敢真的睡着。

魏觉义下落不明，凶手依然潜藏暗处，浓郁的死亡阴影笼罩着整座宅邸。未知的恐怖，让每一个人都紧紧绷着心。

天色微明时分，终于传来了魏觉义的消息。

昨日还葱郁芳菲的庭园，挨了彻夜的烈风，已变得破败不堪。晨光倾洒于水上，浑浊的池水却一片平平死寂，再也映不出丝毫辉亮。池面漂满残花断枝，其中有一道俯卧的人影，正随水波的漾动而微微起伏。

江寒远远望着，心里只有两个字——晚了。

凶手终究还是得逞了。

几名男仆合力将魏觉义的尸体拉了上来。

溺毙的尸体通身泛着青紫，又因久泡水中而严重肿胀，实在惨不忍睹。江寒担心娇弱的魏六小姐受不得这般刺激，可回头一看，她脸色虽苍白，脚下却立得稳稳的，神情也还算镇定。

这一次，主动开口的，左右大局的，竟不是陈秘书。

“Mr.江，我想听听你的推理。”魏思萦沉声道。

江寒从未如此痛恨自己的无力。

魏思萦说得认真，他却只能回以苦笑。

——我并不能给出你所期待的精彩推理。人们交口称赞的“孤岛神探”，只是一个从未实际存在过的虚影。

而虚影背后的那位女子，不知为何，正侧头盯着水面出神。

江寒看不见她的表情。

“我知道、我知道！”唐兴自告奋勇地举手，“凶手故意搞这一重又一重的障眼法，一会儿老大老二还魂，一会儿天罚报应的，不过为扰乱我们的视线罢了。归根结底，事情的起因是魏老爷子的遗嘱，那就回到原点，简单些想嘛。”

三兄弟都丧命，谁将受益?

魏振海的遗嘱写道——

若魏觉贤、魏觉齐、魏觉义全部死亡且未留子嗣，则家产由幺女魏思萦和秘书陈如晦共同代管。

“魏老五被害时，萦萦一直同我们在一起，有确实的不在场证明。”唐公子扮起了侦探的角色，煞有介事地拿捏着咄咄逼人的腔调，“陈秘书，你呢？”

被“侦探”指着鼻子质问，陈秘书仍旧声平气稳。

“这一晚，我安排人手巡卫宅邸，尝试修复电话线路，到处走动，常有落单的时候。如您所言，我无法证明自己的清白。”

他答得耐心细致，语气里却毫无温度。

就仿佛——主家贵客想玩推理游戏，他作为一名忠诚敬业的秘书，便尽力奉陪。但这不过是职责所在，配合纨绔少爷过一把戏瘾罢了，他并没有真正把“侦探”放在眼里。

精美虚假的偶像面具突然裂开了缝隙。

那缝隙细如蛛丝，几不可察。江寒从中窥见了一丝真实的表情。

孤独而又高傲的，陈秘书的真实表情。

魏思萦把唐兴扮的角儿当了真，严肃反驳道：“可是，三哥遇害的时候，陈秘书正在我房里。如果是同一位凶手连环作案，陈秘书的不在场证明也是成立的！”

“萦萦，你喜欢陈秘书，很有可能包庇他。”唐兴摇摇头，“你的证言不足信的。”

唐公子说得不留情面，魏思萦霎时涨红了脸，难辨是气的，还是被戳穿了真相，羞的。

但她并不放弃，思来想去，又憋出一段：“五哥未必是被害的！夜间风大，庭园里没点灯，池边青苔又湿滑。五哥摸黑走着，意外落水的可能性也很大。毕竟，三哥、四哥的现场都有兰花血迹，五哥这里却没有，情况根本不一样。”

“六小姐此言差矣。”阮露明突然道。

她抬手指向池水中央。

虽无鲜血绘成的花朵，却有无数真正的兰，散缀于满池漂浮的枯枝败叶之间。

“昨天傍晚，我曾在贵府庭园散了散步，没见此处栽种兰花。再烈的风，想来也不可能打老远吹来这许多。”

魏觉义之死，仍是一场谋杀。

寓意高洁的兰，竟被化作了罪与罚的象征。

魏思萦脸色不变，咬牙坚持己见：“陈秘书积劳成疾，最近一直发烧不退。他没有连杀三名成年男子的体力啊！”

“这一点，我们都已察觉了。”江寒轻叹道，“六小姐，还记得刚发现四少遗体时的情形吗？”

当时，他本想亲自解下魏觉齐的尸体，以免旁人动手失了轻重，破坏了证据，但魏老四肥胖，他一人定然搬不动，必须请人协助。请谁合适呢？现场只有一位陈秘书，看起来既有力气，又稳妥可靠。然而，不待他开口，陈秘书便叫来了几个年轻粗壮的男仆。

事事亲力亲为的完美秘书，在那般关键的时刻假手于人，实在异常。

有一种解释，便是他身体有恙。

“也正因为如此，陈秘书才更值得怀疑。”

枪杀魏觉贤，溺毙魏觉义，都不吃力。唯一一个让人费劲的胖子，则是先被钝器打晕了才吊上房梁的，现场甚至还找到了使用滑轮吊索留下的划痕。

魏思萦哑口无言。

她几轮反诘，唐兴都没能插上嘴，新出炉的“侦探”被打击得蔫头耷脑。见阮露明和江寒合力驳倒了魏六小姐，唐公子立刻又活了过来，得意地一扬下巴：“陈如晦，你还有什么话好说？！”

陈秘书身处众人论辩的中心，却事不关己似的，始终漠然无语。待到唐兴又一次直呼了他的名字，才微微笑了笑——假面的裂缝之下那丝真人的活气，终于泛到了表面。

“各位的推理相当精彩，只可惜，都是基于错误的大前提。”陈秘书平静道，“我没有动机。”

江寒一愣。

阮露明挑了挑眉。

唐兴的反应最大，直接跳了起来：“什么？！”

真人的活气泛到表面上，不过瞬息之间。

“我并无垂涎魏家产业的必要。”陈秘书压平了嘴角，面具的裂缝悄然闭合，看上去仍旧是一尊精美冰冷的假人，“我得的是不治之症，根本没几天好活了。万贯家财，我就算抢了，也没命花。”

◇◇◇◇ 十一 ◇◇◇◇

魏家的消息再传来时，江城已经入秋了。

江寒亲眼见证了事件的起因和承转，却只能从报上读到它的结局。

手头几份报纸的头版头条都聚焦于此事，小报的标题个个耸人听闻，只有《江城新报》写得客观明白——

魏氏遗产争夺风波已尘埃落定！六小姐成为新任掌门人。

“想不到啊！往后就不是六小姐了，该称‘魏总经理’呢。”唐兴横躺在江寒寓所的老橡木长软椅上，枕着臂、跷着腿，呵欠连天，“魏振海若地下有知，怕不是要气得活过来。”

纨绔师弟天赋异禀，前阵子被唐股东按着头学做事，竟凭一己之力搅飞了唐家在江城最稳定最赚钱的几桩买卖。态度是无比认真的，结果是极其惨烈的，唐仲钰骂也不能骂，无可奈何，只能自认倒霉，一脚将侄儿踹离了公司。

唐公子欢天喜地，立刻过回了纸醉金迷的快乐生活。

魏老爷子会不会气活过来，江寒不知道，反正唐股东肯定已是被气得死去活来了。

早先时候，为摆脱唐仲钰的远程高压管控，唐兴曾逃到江寒的寓所“避难”。看守所一游后住院多日，出院后就乖乖回了唐公馆。一朝从生意场解放，他又有了新的胡闹法，洋场舞厅里玩了通宵也不赶紧回家睡觉，隔三岔五拎着各式花样的早点跑来，甚至顺手把房东老夫妇刚取的晨报捎上楼，也没别的事，就懒洋洋地瘫在师兄客厅的长软椅上扯闲篇。

江寒顾不上理会纨绔师弟的碎碎念，展开《江城新报》，一目十行地读起了报道。

越读，脸色越沉。

那天上午，台风过后，租界警方姗姗来迟，做的第一件事竟是清理现场——清理他们这些“外人”。江寒返回城里，想尽办法多方打听。几天过去，又几个礼拜过去，每一次得到的答复都是“还在调查”。

漫长的调查，最终得出的却是这样一个敷衍的结论。

警方称，魏振海在商场上与人结仇，对方恨极了魏家，便想赶尽杀绝，趁魏氏兄弟齐聚一堂聆听亡父遗嘱之日登门行凶，事成潜逃。当局将持续重视此案，全力缉捕在逃的匪徒。

如此轻描淡写，如此胡编乱造。

“荒谬！”江寒一时情绪失控，捏皱了报纸。

“是啊是啊，世界就是这么荒谬的啦。”唐兴眯着眼，整个人半梦半醒，哼哼唧唧地调侃道，“刚还追着捧着师兄的萦萦小姐，突然摇身一变，变成了高不可攀的魏家家主。我可怜的师兄呀，配不上人家啦……哎、哎？师兄，你要去哪里？！”

唐兴蓦地双目圆睁，陡然翻身坐起，险些摔个四脚朝天。

江寒已带门离开了。

他去找阮露明。

新华的摄影场里，由魏氏新任家主重做投资的《福尔摩斯探案集·小青传》已经开拍。

穆导演以为江寒又来送新作稿件，高兴极了，百忙之中抽空亲自出迎。一听他只是找人，穆导演略显失落："阿阮拒演'小青'，暂时也没再接别的戏，我有好一段日子不见她了。"

有位场工路过，热心地插话道："阿阮吗？她天不亮时来过一趟，取了几套先前存放在这里的旗袍，说有事到码头去，又匆匆地走啦。"

江寒谢过对方，立刻赶向码头。

"孤岛"外局势日益紧张，江城港口的客轮停了大半，只剩零星一些货船还在江面往来，昔日喧嚣热闹的码头变得无比冷清。

九月中旬，上午八点来钟。刚出了太阳，晨光并不灼人，将将驱散初秋夜里凝结的寒气而已。难说是冷是热的江风迎面猛烈吹来，吹得江寒眼眶生疼——模糊的视野里，自空荡荡的长堤尽头，一道熟悉的身影慢慢走来。

由远及近，终至面前。

风停了。

"江老师。"阮露明扬眉，"这么巧。"

她的打扮与平日不同。穿纯黑而极素的连身长裙，头戴一顶黑色的宽檐呢绒帽，手里还提了一只硕大的黑皮箱。身在清晨里，却如踽踽行于暗夜中。

"不巧，阮小姐。我是专门来找你的。"江寒紧紧攥着拳，极力抑制自己的情绪，"可别告诉我，这又是借了新做的戏服，反串着什么角色。你去为陈秘书送行了——或者应该说，送葬，对吗？"

阮露明神情一冷。

江上突然传来长长的汽笛嗡鸣声。一艘货轮徐徐驶离港口，所过之处升腾起浓郁的黑烟。烟雾涌动着，缓慢而又坚定地升上高空，遮天蔽日。

浓烟的阴影之下，女明星笑了起来。

“江老师很幽默呢。”

江寒绷着唇角，肃容以对——两人的角色第一次调换了过来。

“阮小姐，你到底要蒙骗我到什么时候？”

阮露明歪了歪头：“此话怎讲？”

“我师门同窗，恰巧有一位故乡在泉城的。我寄信请他帮忙查了查陈秘书的经历。”江寒咬牙道，“陈秘书并非泉城生人，二十年前才被当地的陈姓夫妇收养。将他送去泉城的，正是魏家曾经的老秘书。”

魏兰因没有死。

风雨如晦，他改换了名姓，回到魏家复仇了。

“一直以来，陈秘书待萦萦小姐的态度都令我疑惑——既不正面回应，亦不划清界限。他对萦萦小姐的关心，也不似纯粹的公事公办。如果他们是亲兄妹，并且陈秘书知晓此事，就说得通了。”

余下的谜题，还有许多。

比如，魏兰因是如何“死而复生”的。

又比如，那夜过后，陈秘书怎么悄然从魏家脱身，藏匿于何处。

再比如——

“你在这之中，究竟扮演了怎样的角色？”江寒哑声问。

——你分明早就看穿了真凶，却没有阻止他的行动。

——为什么？我，我还能继续相信你吗？

“是啊，怎样的角色呢？”阮露明抬眸望向灰白的天空。

载着棺椁的轮船远去了，浓黑的烟雾逐渐散开。日辉一泻如瀑，慷慨而平等地洒于万物之上。女子眯了眯眼，似是被光晃着了眼，抬手压低了帽檐。

“就当我是自始至终站在这出悲剧的舞台角落里，却没有姓名的透明人吧。”

◇◇◇◇ 十二 ◇◇◇◇

悲剧始于二十八年前。

已逾中年的魏振海终于迎来了第一个孩子，可那却并非他热切期盼的儿子。

而是女儿。

那年，时局动荡，魏氏产业大受影响，魏振海本人又遭遇暗杀，险些性命不保。他膝下空虚，周遭逐渐起了异样的声音，煽动他尽快过继远房子弟或扶植手下贤能，以免真出意外时无人接班。

魏振海从穷山沟逃出来，千辛万苦才挣下了偌大家业，怎舍得拱手便宜了外人？迫于无奈，只好将女儿假称为长子，名之兰因，以寓厚望。

这不过是权宜之计罢了。

然而，一年过去，两年过去，他仍然生不出儿子。与此同时，魏兰因逐渐显露出聪颖的天资，观者无不夸赞，直羡慕魏振海后继有人。

魏振海终于决定认命。

他把魏兰因拉到了魏家祠堂，逼她对列祖列宗立下血誓，一辈子着男装、扮男子，至死不露女儿身，这才让这假的长子登上了族谱。之后，时刻带在身边，亲自教养。

到此为止，不过又一桩“木兰”的故事而已。虽可叹可怜，却并不新鲜。

可造化弄人，天岂肯轻易放过女儿？魏兰因长到五岁多时，魏觉明——货真价实的魏氏长子诞生了。

魏兰因再优秀，终究是个女孩。真得了儿子，魏振海的心思又活络了起来。

但他进退两难。

为消除旁人对自家产业的觊觎，魏振海大肆宣扬魏兰因的存在，外界已公认其为魏氏继承人。假的长子那般完美，根本寻不出错处，要用襁褓里的真儿子换下她，名不正言不顺。

如何是好呢？

一阵寒意彻骨，江寒颤声问：“魏振海想杀了她？！”

“虎毒不食子，姓魏的当然不会脏了自己的手。”阮露明讽笑道，“被逼着动手的，是他最信赖的老秘书。”

好在，老秘书良心未泯。

一面报告魏振海，自己已成功“处理”了魏兰因，一面偷偷将她送到遥远的泉城，托付给那户姓陈的好心人家。

五六岁的孩子早已晓事，更何况那还是早慧的魏兰因。

她记得自己的身世，也很清楚自己为何流落他乡，改名换姓。

但她不动声色，竟仿佛彻底忘却了。

她像一个泉城里寻常的孩子似的，孝顺养父母、帮忙做自家活计，平凡地成长起来。可她又不可能真正平凡，默然怀着一份必报的仇恨，年复一年地仍然扮着男装，搜寻一切习字念书的机会。

她感恩善良的老秘书和慈爱的陈氏夫妇，誓不为一己私仇而主动打破泉城家中的平静。

直到养父母相继过世，她厚葬了二人，才启程出发。

目的地，是离开十余年的江城。

改名陈如晦的魏兰因，敲响了魏家的大门。

她自称泉城出身的贫苦书生，凭着比幼年更甚的聪颖能干，再次赢得了魏振海的喜爱与信任。此时，老秘书已过世多年，魏家旧仆悉数散尽，如愿得了许多儿子延续香火的魏振海则早就不记得曾经那位假长子的模样了——根本无人怀疑“陈秘书”的身份。

魏兰因的回归，异常顺利。

她憎恶着与自己血脉相连的所有人。

从暴戾无情的父亲，到全然继承了其自私冷血的几个弟弟。

狡诈狠辣的三弟魏觉贤，淫乱放荡的四弟魏觉齐，道貌岸然的五弟魏觉义。

唯独天真烂漫的幺妹魏思萦，让魏兰因另眼相待。

魏兰因对魏思萦的感情实在复杂极了——一面哀其不幸，出生在魏家这样一个腐朽不堪的牢笼里，一面又怒其不争，竟单纯地无忧无虑活着。魏兰因痛切期望她能觉醒自我，尽快成长为坚强独立的新女性。

而内心更深处，哀与怒之外，还藏了第三种感情。

魏兰因看着纯真可爱的魏思萦，不知不觉间，将自己永生无法实现的少女梦想寄托在了这小妹妹身上。她不愿毁灭魏思萦的笑容，于是，悄悄变更了计划。

她原打算潜入魏家就立刻动手的。

一等，便静静等到了魏振海死去。

“兰”是魏振海给她的名，对她而言，便犹如魏氏一族罪恶的象征。杀人现场留下的兰花，是她对魏家降下“天罚”的标识。

“反正，灭尽了魏振海心心念念的‘香火’，也够他死不瞑目的了。要论复仇，我倒觉得这法子来得更狠。”阮露明耸了耸肩，“至于六小姐会错意，动了不该动的少女心，则完全是意料之外的事情了。”

江寒沉默许久，低声问：“陈秘书女扮男装，你怎么发现的？”

阮露明眨眼道：“我可是江城里演技最好的电影演员。那点伪装，怎么骗得过我？”

江寒不应女明星敷衍的玩笑话，固执地盯着她的双眼。

“唉，好吧。”阮露明撇了撇嘴，轻叹一口气，突然向前一步，扑进了江寒怀中。

“哎？！”江寒惊呆了，整张脸霎时间涨得通红，“阮、阮小姐？！”

女明星动不动就来这招，江寒的心脏实在受罪。他们已不是第一次亲密接触了——可这次却比先前任何一次都贴得更近。江寒连忙张开双臂，极力避免触碰对方的身体。

“江老师谦谦君子，这才是正常的反应。”阮露明仰起脸，笑眯眯地道。她若无其事地退开，一边怡然欣赏着江寒的窘状，一边继续说明：“还记得我们发现魏觉贤的尸体时，魏六小姐抱住陈秘书，陈秘书怎么做的吗？”

那位精美似假人的陈秘书，绅士地抬起手臂，轻拍了拍魏思萦的肩膀。

当时看那动作，只觉像安抚。

如今想来，却分明是在阻止魏思萦完全贴上“他”的胸口。

“有些事，瞒得住眼睛，瞒不过感觉啊。”阮露明意味深长地道。

江寒听懂了，耳根顿时烧得更加厉害。

“我确实因命运对女子的残酷不公而愤怒。但江老师，你若以为我会被这愤怒所控制，不惜为此制造谎言，甚至放任罪恶，可就太小瞧我了。”

——我想通和查明一切，并不比你早多少。

阮露明说着，手中轻轻一拨，拨开了那硕大黑色皮箱的金属卡扣。

“魏兰因恨透了魏家人。她复仇的名单上，有魏振海，有魏觉贤、魏觉齐、魏觉义。还有最后一个，是她自己。”

慧极必伤，她得了不治之症。

可即使没有那绝症，魏兰因也根本没有打算好好活下去。

帮魏思萦清除所有障碍，筹谋料理好一切后，她便将了结自己的性命。唯一的遗愿，是死后能返回泉城——在那里，她虽也戴着男儿的假面，却有不论她是男是女都真心待她的亲人。

虽是假的，却比血脉相连的魏家更像一个家。

皮箱开了。只见其中赫然是整套陈秘书的旧男装，和一组化妆用具。

“而我不过是去做了一回化妆师。让她在生命的最后，在此生唯一一次的回家路上，漂漂亮亮地，当一回真正的女子罢了。”

D R E A M

第六梦·桃花源

别人笑我忒疯癫，我笑他人看不穿。

——唐寅《桃花庵歌》

一

“冤枉啊！”钱太太哭骂道，“我儿品性纯良，绝不可能害人！定是那不知检点的——”

即便沉浸在极度的悲痛之中，江城的贵妇人也绝不会失了她们的体面。

钱太太一身量体裁剪的墨绿色厚缎旗袍全然不见褶皱，染黑的发在脑后高高绾成了髻，脸上妆容一丝不苟。唯有两眼未消的红肿，证明了她的哀伤绝非作伪。

“外子去得早，我只剩维翰这一个依靠了。请明侦探帮帮忙，救救我儿！”

她抱着相框，紧攥着刺绣精致的丝绸帕子，哀声恳求。

我姓江——江寒咬牙忍了忍，把已到唇边的这句话忍回了肚里，好歹稳住了自己摇摇欲坠的君子风度。他扭头瞪向身边的位置，却发现原本坐在那里的女明星不知何时消失了影踪。

而对面的单人软椅上，穿纯羊毛西装配斑点纹领结、梳偏分油头，打扮得花蝴蝶似的纨绔师弟正信心十足地拍着胸脯："放心吧姑妈！师兄既然肯来，就是要大展身手的！"

"……"

难。他太难了。

已记不清是第几回，江寒陷入了无奈的沉默。

这本该是个极寻常且极清闲的午后。

江寒所撰的《推理实录》将被新华电影公司摄制为系列影片，他应穆汉生导演之邀，见面详谈改编构思。新华的摄影场里，《福尔摩斯探案集·小青传》的拍摄已近尾声，江寒到时，恰巧阮露明也在。

"孤岛"民众钟爱轻松娱乐的商业电影，租界当局的审查监管又严格。编剧、导演们被里外两重镣铐拘着，创作十分艰难。年轻的穆导演不愿屈服，想了个借"虚"讽今的法子，以趣味性强且看似无关现实的虚构推理故事，隐喻当下真实的社会问题。翻拍"福尔摩斯"，便是他尝试的第一步。

只可惜，这一步没走稳，不小心兜回了老路上去。

借了"福尔摩斯"的壳子，故事内容却用的清初一篇宣扬封建婢妾制度的文言短篇小说，影片结果便成了不新不古、不洋不东的四不像。女主角"小青"是一位自甘做妾并最终被封建礼教所噬的苦命女子，新华为票房计，原想让阮露明出演这一角色。

贤淑孤苦的菟丝花，阮露明敬谢不敏，坚定地拒绝了。

而她感兴趣的大侦探福尔摩斯，新华又绝不敢标新立异，请女演员来反串。

双方僵持许久，终究还是公司方面做出了让步，修改剧本，为阮露明量身打造了一个新角色——福尔摩斯口中的"那位女士"，曾使神探先生痛尝败绩的唯一女性，机智狡黠的艾琳·艾德勒。

几场戏拍完，他们正喝着咖啡休息闲聊，唐兴突然找了过来。

唐公子大驾光临摄影场，难得不是为了追他心爱的"阿阮"。

竟是为近期传得沸沸扬扬的钱氏夫妇失踪案而来。

已故的钱老先生创办裕生纱厂，趁战争之隙与洋人签订合同引进纺织、发电机器，抓住了棉纱这一民生必需品，获利甚丰。裕生一跃成为“孤岛”规模最大的纱厂，不但吸引了众多权贵入股，还大量挤压吞并江城原有的小型手工作坊。资本之雄厚，令人惊叹。

“棉纱大王”去世后，产业由其独子钱维翰继承。

月初，钱维翰和妻子周露仪外出庆祝结婚纪念日，再没回家。钱太太迅速报案，不待警方调查便一口咬定儿媳周露仪不守妇道，与人合谋绑架了钱维翰。然而，钱府并未收到任何勒索的电话或信函。几天后，周露仪面目全非的尸体被江水冲上了岸，钱维翰则仍旧杳无影踪。警方断定钱维翰杀妻后畏罪潜逃，正式发出了通缉令。

棉纱王国的当家少爷，先是惨遭配偶毒手的“被害人”，后又摇身一变，成了杀妻的“凶手”。如此惊人刺激的剧情，一向最得江城民众喜爱。各家小报闻风而动，争先恐后地参与并试图主导这场狂欢。

一段段逼真又煽情的故事应运而生。

钱氏夫妇一案闹得满城风雨。江寒虽对八卦敬而远之，但日日读报，难免瞥见些许大概。可这钱家的事，和唐兴有什么关系呢?

“噢，我忘记说了吗? ”唐公子眨了眨眼睛，满脸无辜，“钱维翰是我表哥呀。”

裕生早年增资扩股时曾得到唐仲钰的支持，钱老先生娶了唐股东的亲妹妹，结了亲家——那便是“棉纱大王”的遗孀、钱维翰之母，如今凭一己之力将案情搅得扑朔迷离的钱太太了。

“报上怎么写的都有。有写表哥夜夜流连歌舞厅，表嫂想阻止他出去寻欢作乐，激怒了表哥而被杀的。也有写表哥洁身自好，对表嫂一往情深，却发现表嫂红杏出墙，气急之下失手伤人的。”唐兴对着手指，乖巧道，“哎呀，其实我跟姑妈他们家联系不多，不太清楚具体的情况。姑妈是师兄的忠实读者，不满警方污蔑表哥的名声，便想让我牵线，请明侦探帮帮忙。”

阔太太十指不沾阳春水，兴趣除了时兴的首饰衣着，便是小说中、戏台上、银幕里的浪漫言情故事。她追读报上的言情小说，偶然看见连载的江寒的《推理实录》，一下便入了迷。

和大部分读者一样，钱太太也以为，文中那睿智如神、连破要案的“明侦探”是作者江寒本人。

唐兴双手合十，恳切道：“师兄，求求你啦，给个面子嘛！不然姑妈期望落了空，跟小叔告个状，我又要挨骂啦！”

江寒沉默了。

纨绔师弟进生意场走了一遭，体验了一番“正经人”的生活，受尽煎熬。他愈发下定决心，还是要坚持做一坨扶不上墙的烂泥，及时行乐，发誓此生不再吃跑工厂、对账本的苦。

亲人遭遇不测，唐公子却只顾惦记自己的逍遥日子。江寒久违地体认到，这师弟看似单纯天真，可骨子里流的终究是冷的血。

他与张绍斐，仿佛同样的热情大方，但到底是迥然相异的两类青年。

更何况——

“那明侦探，又不是我。”反反复复的一句话，江寒已经说累了。

可结果，他们还是坐在了钱公馆的小客厅里。

只因“明”侦探的原型，某位当红女明星，破天荒地对案件表现出了兴趣。

但女明星的任性一如既往。对案子感兴趣的是她，事情听了一半就耐心告罄迅速消失的也是她。

江寒好不容易辞别了拉着“明”侦探不肯放的钱太太，走出钱公馆大门，发现阮露明正背朝门，环臂倚着一辆黑色别克轿车，悠然地轻声哼着小曲。哼的不是她先前时常挂在嘴边的阮如玉的《寻兄词》，但那旋律，江寒听着也很熟悉——

“……失恋后重新做，受尽失恋苦。我愿不失恋，无人助。

“爱情戏如赌博，哪能长自误。我愿出苦海，有谁助……”

正是因前一位“阿阮”钟爱而成为“孤岛”歌舞厅保留曲目的《蓝天使》

插曲，他曾在夜宫案时听歌后于曼丽唱过的。原曲是英文，新华请人重填了国语词，由阮露明演唱，作为《福尔摩斯探案集·小青传》的主题曲。

兜兜转转，也和阮如玉有点关联。

新华的算盘打得精明。一来，阮露明拒演女主角小青，客串艾琳·艾德勒的戏份极少。硬塞一首苦情歌，便让影片能光明正大地借阮露明的名头吸引看客。二来，前后两位“阿阮”之间的比较向来是江城民众最好奇的话题之一，可她们实际并无交集，讨论素材有限。用一首改编歌曲给两人生造连接，递个话头，不怕人们不接过去发挥热议的。

令江寒意外的是，阮露明竟答应了唱这首歌。

她哼了两段，停下来，回过头，扬眉道：“江老师这表情，是想教育我吗？”

“不敢。”江寒忍不住负气道，“来去都是阮小姐的自由，旁人岂能干涉？”

“哎呀，江老师恼了。”阮露明笑眯眯地望着他，“别生气嘛！钱太太想见的只是她想象中的明侦探，我在不在场，有什么要紧？”

表情是安慰讨好的，语气却是理直气壮的。

顿了顿，她又道：“反正事情的来龙去脉已讲清楚了，后面翻来覆去都是在骂她儿媳妇，多听纯属浪费时间。”

此话倒不假。

钱维翰和周露仪这婚结得门不当户不对，钱太太对儿媳的成见极深。

周露仪出自平凡人家，父亲是钱氏裕生纱厂的会计，母亲也在厂里做工。钱老先生过世后不久，刚接手家业的钱维翰到纱厂视察，偶遇给父母送饭的周露仪，一见钟情，迅速展开了热烈的追求。钱太太自是不肯一个“下层”女孩高攀自家豪门，激烈反对。但她终究溺爱儿子，钱维翰本人执意坚持，钱太太拗不过，只能不情不愿地让周露仪进了门。

“儿子即便坏事做尽，在她眼中都金贵无比。儿媳哪怕只走两步路、喝一口水，她也能挑出一堆毛病。这般矛盾重重的家庭里，这种偏心婆婆说出的话，有几分可信？”

“还不如自己动手找找线索。”女明星话锋一转，又兜回了她的歪理上。

“对了，我们唐公子呢？”

“钱太太哭得厉害，师弟还陪着。”自己动手？江寒叹息，“好歹是在别人家里……”

阮露明点点头：“所以我很客气礼貌的，只参观了钱维翰和周露仪的卧房。”

“……”江寒无可奈何地瞪着这无法无天的女子，“请问阮小姐有何了不起的发现？”

阮露明微微勾起唇角，答非所问。

“江老师，我们去约会吧。”

江寒呆住了：“啊？！”

“至于约会的路线嘛，让我想一想……就从德生典当行逛到文通书局，再去普罗斯佩西餐厅吃午餐吧。”

二

阮露明“参观”钱氏夫妇的卧房，在周露仪上锁的抽屉里发现了德生典当行的票据及其与文通书局编辑的通信。而普罗斯佩西餐厅则是钱、周二人的定情之地，亦是他们每年庆祝结婚纪念日的固定场所。

江寒恍然反应过来，自己又被女明星耍弄了，顿时哭笑不得：“阮小姐！”

“真好，江老师始终都是这么的纯真可爱。”阮露明欣慰地慨叹，“走吧，我们沿这几条线索探一探，看看能有什么发现。”

周露仪虽嫁入了豪门，生活却过得颇为窘迫。

不仅将珠宝首饰典当了大半，还匿名翻译外国小说，偷偷挣点稿费。德生典当行的账簿上确有大量周露仪相关的记录，而文通书局的编辑也证实，笔名背后是周露仪本人无误。

“我还纳闷，堂堂钱家少奶奶，怎会对稿酬那般斤斤计较呢！”编辑道。

从文通书局出来时已过了晌午。江寒落了阮露明两步，后知后觉地提出质疑："周露仪的抽屉上着锁，阮小姐是怎么打开的？"

女明星这天穿的一身黑蕾丝纱衬白绸里的高领头旗袍，披青色薄呢新式短大衣，乌发向后结起，上戴宽檐绣花帽。听了江寒的问话，她俏皮地歪了歪头，抬手摘了帽子，从发间抽出一根细长的扣针——随着扣针抽离，女子黑漆浓密的发一倾如瀑，有那么几根发丝被恰巧吹过的秋风拂起，发尾扫在江寒脸上。

轻柔地。痒痒的。

阮露明将扣针朝江寒晃了一晃。

"这等粗野的生存技能，不好污了江老师谦谦君子的眼。"她随手把扣针别在江寒衣襟上，戴回帽子，笑眯眯地拉开车门，道，"饿坏了！错过了中饭，希望普罗斯佩西餐厅的下午茶也不错。

普罗斯佩西餐厅，不仅仅是钱氏夫妇最后被目击的场所。

他们的卧房中，还有一条重要的线索明确地指向此处——和被严密锁入抽屉的典当行票据、书局通信不同，提供这条线索的证物就堂而皇之地摆在周露仪的梳妆台上。那是半沓便笺纸，用过的纸张已被仔细撕尽了，留下的看似空白，但若细细摸上去便会发现，最表面的一张留有凹凸不平的笔痕。

阮露明用随身携带的碳粉眉笔轻轻涂抹了几下，周露仪清秀的字迹便浮现出来。

九月二日晚九点，普、后门。

"九月二日是钱维翰和周露仪的结婚纪念日。钱维翰当年在普罗斯佩向周露仪求婚，每一年的这一天回老地方重温旧梦，是他们的惯例。但一来，钱氏夫妇七点半早已到达普罗斯佩，'九点'何意？二来，棉纱王国的继承人夫妻、餐厅的老主顾，必是被奉承不已的贵宾，'后门'又是何意？"

十有八九，周露仪是约了旁人密会。

中饭或下午茶，只能自己亲口去吃。不解之处，也只有自己亲眼去瞧一瞧。

阮露明说着，猛踩下油门，在车骤然提速的同时用力一打方向盘。轮胎与路面摩擦，发出刺耳的嘶鸣声，车身陡然一甩，驶离文通书局，朝普罗斯佩西餐厅所在的亨利路方向去了。

江寒猝不及防，被甩得向后仰倒，后脑勺重重地撞在车座椅靠背上。

对于阮露明拥有私人轿车，并且还会开车这件事，江寒着实震惊了许久。

“孤岛”之中洋车虽多，但毕竟是奢侈品，售价贵至数千块银元——寻常工人每月的工钱不过几块银元而已。买得起车的，不是政要巨贾，就是唐公子那般衔着金汤匙出生的富家子弟。车辆本身昂贵便罢了，学习驾驶也难，车内各种部件和上路的“手号”都极复杂。

江城经济条件尚可的男子们，买不起车或学不会车，大多选择乘坐计时收费的出租汽车。

城中待嫁的姑娘们择偶，相亲对象顶好是有车的。但这类顶好条件的青年实在稀有，姑娘们便略退一步，若对方的职业是出租车司机，亦视为极佳。

总而言之，阮露明一个年轻女子，独自买了车、自己会开车，实属大大的离奇。

江寒忍不住问过她。阮露明答得淡然：“任何能让我走得更远的工具，再昂贵我都舍得。任何能让我走得更远的技能，再难我也愿学。”

只可惜，她舍是舍了，学是学了，驾驶技术却实在令人不敢恭维。黑色别克轿车驶入亨利路，急停在普罗斯佩门前时，江寒已晕得脸色煞白，胃中翻江倒海。

阮露明面不改色地探过身子，伸手替他开了副驾驶座的车门：“江老师，请。”

一个当红女明星、一个崭露头角的“孤岛神探”兼推理作家——阮露明和江寒突然光临，直接惊动了普罗斯佩西餐厅的老板。

虽然过了正餐时间，店里已在午休，但老板不管不顾，一迭声催促值勤的侍应生去叫主厨起来。隔了片刻，他又“哎”地猛一拍手，追着喊道：“顺便拿我的相机来！我要和阿阮拍照留影！”

喊完了，才殷殷地望向阮露明：“阿阮、阮小姐，可以吧？”

“拍照留影无妨，却不必特意麻烦，打扰主厨休息了。”阮露明道，“我们喝杯咖啡，用些现成的糕点就好。”

老板连连称好：“阮小姐可真善心！您喜欢什么样的口味？”

江寒以为，他们走访西餐厅，充饥是辅，打听钱氏夫妇失踪前的详细情形才是主。听阮露明的话，原也像是这个意思。可没想到女明星说着说着，重点又歪了，竟认真思忖了起来："听人说，最近传来一种新鲜的点心，好像是将炒熟的栗子磨为碎末，掺入打成膏子的牛乳的样式，我正好奇，想尝一尝。不知这里可有？"

"您说的是奶油栗子粉吧？有的！有的！"

老板如愿与"阿阮"合了影，喜滋滋地亲自去准备了。

阮露明迎着江寒复杂的眼神，理直气壮道："来都来了。"店内没有别的客人，她悠然在空荡荡的厅中转了一圈，似乎在物色中意的位置。

她停步落座之处，是临街落地窗下最靠内角的方桌。

"哦，这里好。"

窗边光线极佳，能观赏繁华街景，对面大东戏院的新剧广告映入眼帘。又因在角落，与旁桌隔了些距离，还被一丛茂密的盆栽半遮挡着，空间宽敞且隐秘幽静。

"这是我们店最好的位置了。"老板端来咖啡和点心，热情地道，"裕生的钱少爷和钱少奶奶每年来，都坐在此处。"

阮露明背朝厅坐着，笑盈盈盯着对面的江寒，待老板将餐点布好，才漫不经心地开口道："钱少爷便是在江老师这位置向钱少奶奶求的婚？"

这说法！江寒听见自己两耳里"轰"的一下，陡然火烧似的热，不敢与女子对视。

老板点点头："对。"顿了顿，又摆摆手，认真纠正道，"不是，不对。钱少爷坐阮小姐的位置，钱少奶奶坐的江先生的位置。"

"扑哧——"阮露明忍俊不禁。

原本没什么的，被女明星意味深长地一笑，江寒反而窘迫了起来。

耳根还在烧，却是由羞换了恼。

阮露明止住笑，又问："他们结婚三年，每年九月二号来，都这样坐吗？"

"前两年是的。但今年的九月二号，我自家有点事，不在店里，便不太清楚具体的情形了。"老板的表情愁苦起来，唉声叹气道，"钱少爷脾气温和，不难伺候，我把事情交代给底下人就放心走了。没想到，偏偏就……"

“您将事交给谁了呢？”

“是我。”一旁的年轻女侍应生怯怯道。

“那你便是当晚最后见到他们的人了。”阮露明支着下巴，用的是闲聊天的语气。

“我、我不知道。”女侍应生惶恐得直缩脖子。

阮露明歪了歪头，眼眸亮晶晶的，一副兴味盎然之貌：“至少，发现他们消失的是你，对吗？”

女侍应生被问住了，抿唇思索半晌，迟疑道：“我想，钱少爷应该不算‘消失’……他自己走的。”

阮露明扬眉：“哦？”

“当时，钱少爷和钱少奶奶刚用完主菜，我正要上餐后甜点，见钱少奶奶起身上洗手间，就等了等。哪知道钱少奶奶去了好久，久得淇淋沙司都化透了，还不回来。钱少爷不放心，先叫我瞧一瞧，但立刻又改了主意，亲自去了。”

之后，钱维翰自己也消失了影踪。

“淇淋沙司？他们的点心，不是奶油栗子粉吗？”

“不是的。奶油栗子粉专供下午，配咖啡用。午、晚两顿全餐的餐后点心则依当天的菜品设计，现配现做。两位当天用的是焙唛司橙皮布丁佐淇淋沙司。”

“入了秋，夜里风凉，店内又通气舒爽。淇淋沙司要化透，可得费些时候。”

若由江寒独自来，他恐怕自己只会直接道明意图，就着案情一板一眼地提问。而女明星看似随意散漫，天马行空地东拉西扯，句句却都藏着玄机，一步步诱得对方消除了戒心，不断回忆吐露出更多真实细致的信息。

就比如下面这一番话——

“是呢！钱少奶奶离开位置时，才刚打响九点的钟。钱少爷亲自去找人那会子，对面的戏都下了。对面下戏，大家都爱顺便来店里坐坐，吃些夜宵。突然进来许多客人，我忙着各处照应……钱少爷背朝着厅，又被盆栽遮挡，我忙晕了头，不小心疏忽了这边。等我察觉不对，过去看钱少爷情况的时候，已经快十点钟了。”女侍应生说。

钱氏夫妇失踪前的行动时间线便无比清晰明白了。

江寒扭头望向窗外。对街大东戏院外墙悬挂的新剧《桃源》广告上写着：九月二日起每晚七至九时半，连映一月。

周露仪如她在便笺上所书的时刻，九点离席。钱维翰大约九点半去找周露仪。侍应生发觉两人均未回归，则近十点。

江寒专注整理着思路，忽听清脆的“当”一声——只见女明星悠然抿了最后一口鲜乳油，将银质小勺搁回碟上，用帕子轻轻擦了擦嘴唇。

“确实香甜，余味绵长。唐公子懂行。”

她一直说着话，诱询出大量线索，竟也没耽误吃。

非但没耽误吃，还有余裕进行点评：“奶油上面若再嵌一颗冰镇的罐头樱桃，便更加好了。一来，樱桃清甜爽口，融合着栗子香与奶油香，更不腻人。二来，樱桃、奶油红白相映，如雪里红梅，更可观赏。”

老板喜笑颜开：“阮小姐此言极是！此言极是！我们立刻改进，望阮小姐再次赏脸光临，再品尝一回可好？”

“您太客气，自然好极了。”阮露明随手叠了擦过唇的帕子——殷红的唇印落在白帕上，正如梅落雪中。她打开手包，取出一支口红，道：“借洗手间一用。”

普罗斯佩的客席区域方正。钱氏夫妇的固定位置在临街靠东墙的一侧，洗手间则远在里侧的另一头，须得斜穿过整座餐厅。

阮露明站起身，对女侍应生道：“劳驾，带个路。”

接着，她又望向江寒：“我看江老师喝了不少咖啡，一起来吧。”

江寒震惊了。女明星从不按常理出牌，每当他以为自己习惯了对方的任性，足以沉着应对，都会被她全新的招数搞得又一次无语凝噎——邀人结伴上洗手间是什么毛病?！

走到餐厅里侧的另一头，还需转个弯，厨卫及库房都藏匿于阴暗僻静的狭窄通路之中，洗手间在通路最深处。江寒尴尬而又无奈地和女侍应生并肩站着，等阮露明悠然对镜补了妆，收起口红，转过身。

“哦，这里还有个后门。”

女明星微微扬起眉，对自己的新发现极好奇似的，凑近了打量。

“这门竟不锁的？”她饶有兴味地问，“进来便是库房，从前面瞧不见此处，又无人看守，不怕被偷吗？”

女侍应生摇了摇头：“这门出去，外边是条荒弄堂，弄堂里就一座破庙，庙中只有一个老和尚。老和尚虽然疯疯癫癫，但相邻几年，他从未溜进来捣乱。所以，为收送货物和处理垃圾的方便，只要没打烊，后门就不锁。”

寺庙和洋餐馆比邻而居，真是江城“孤岛”才会出现的奇异光景。江寒忍不住想。

阮露明显然也生了同样的念头：“日日闻着牛肉与奶油香而心不乱的佛祖，我突然想拜会拜会了。”她对女侍应生微微笑道，“我们便由此处告辞，不必送了。请帮忙转告老板，我期待着改进后的奶油栗子粉。”

说着，她伸手推开了那扇小门。

薄薄的一扇门，窄窄的一条弄，隔开了衣香酒浓的娑婆世界与佛门净土。

那建筑，虽有寺庙之名，其实却只是一座破败不堪的平房小院。书有“丹隐寺”三字的匾额上爬满了虫蚁啃噬的痕迹，摇摇欲坠地歪悬于山门之上。一棵高大的银杏树从坍圮的围墙探出头来，黄澄澄的叶片浓密，被初秋的晴光一照，在半空绽开金色的淡晕。

风乍起，黄叶扑簌簌地招摇起来。

一片又一片，打着旋儿飞舞而下，轻盈地栖在荒弄的青石板道上。

“吱呀——”

忽而一声悠长的响，红漆斑驳的山门从内开了。

一位老和尚拿着竹扫帚走了出来。

说他老，乍看那浑浊的眼、遍布沟壑的面、粗糙焦褐的手，七八十岁也像。可破烂缁衣下挺直的脊梁，又显出一种年轻的锐意，使人恍惚着竟判断不出他确切的年龄。

“哦？”见门外有人，老和尚蹒跚的脚步顿了一顿，“哦。”

除此之外，再没别的反应，顾自挽了缁衣的宽袖，平静地扫起了落叶，仿佛根本不觉得来者立于此地与他有何相干。

荒弄之中一时静默，唯有竹帚扫过枯叶所发出的脆声。

阮露明笑吟吟地望着和尚扫地，并没有开口的意思。

他们出普罗斯佩西餐厅的后门来，不是为了寻找周露仪与人密会的线索吗？久居此地的老和尚，极有可能是目击者，何不问他？江寒看看阮露明，再看看老和尚，有些糊涂了。

“浮世的俗人，擅闯佛门清净地，唯恐唐突了佛祖。”就那么瞧了许久，女明星终于朗声道，“请问大师怎么称呼？”

“唰——唰——”

老和尚继续扫他的地。

江寒分辨不出他究竟是老得耳背了，没有听见，又或听见了而不想搭理女子的问话。

却见老和尚又扫了两下，拢了拢已成堆的枯叶，停了动作。

“贫僧法号无戒。”他一手扶着扫帚，一手立掌施礼，“不是大师。”

风歇了片刻，又吹起来。新有数片黄叶离了枝头，落在老和尚肩上，袖上。

被他以竹帚拢住的那些，却稳稳地没再飞散。

而寺庙虚掩的门被风吹得晃了一晃。院中一尊慈眉善目的坐佛像从门缝间一闪而过。

那佛像周身的青泥还未干透，新塑成的模样。

三

翌日。

江寒把面庞遮得严实，沿路放轻脚步声，有惊无险地逃出了验尸所。

验尸原属法院鉴定室的工作，但“孤岛”近年来血案频发，亟待检验的尸体激增，法院不胜负担之苦，便请示当局核准，设立了专门的尸检机构。这幢黑匣子似的混凝土建筑位于近郊空旷处，周遭荒芜，一辆乌漆锃亮的四门别克轿车停在路边，惹眼极了。

看它那堂而皇之的模样，江寒突然觉得自己避人耳目的努力纯属多余。

“江老师，辛苦了。”车主人倾身开了副驾驶座的门，露出一张盈盈的笑脸，“为你备好了温水打湿的帕子，快上车来擦擦手吧。”

江寒坐入车中，接过帕子仔仔细细地从十指擦拭到掌心，惊魂稍定，终于扯下覆面的布巾深吸了一口气：“我从未做过如此荒唐之事！”

他思来想去，还是觉得匪夷所思。

验尸所不是头一回来了——万象影院一案时，他们也曾到此处地下停尸房查看张家人的遗体。不过上回是通过柳四爷打点了关系，得到警方默许，而且上回查看，真的就只是“看”——这回擅自潜入，擅自将尸体开膛破肚，重新验尸，实在出格。

江寒一向行得正，坐得端，二十余年无愧的君子之心，毁于一旦。

他忍不住叹气：“昨日刚拜会了佛祖，今天就对逝者大不敬，罪过、罪过。”

“佛祖若真慈悲，定会细细看你因何而不敬。”阮露明还是笑，发动了车子，驶离验尸所，“结果怎么样？”

“那具尸体果然不是周露仪。”江寒谨慎地坐稳了，才说。

钱氏夫妇结婚数年，周露仪始终未能怀孕。钱太太毫不设想钱维翰有所缺陷的可能性，认定问题出在周露仪一方，对儿媳的不满更深一层，不久前刚催她去仁济医院做了检查。先前纨绔师弟住院时，江寒日日探视陪护，已与仁济的几位医师熟识，一早便托他们帮忙，调阅了周露仪的体检报告。

报告结果显示，钱家少奶奶齐全极了，健康得不能再健康。

而被江水冲上岸的那具面目全非的女尸，肺部严重癌变。

“尸体面部的伤痕，也不是江中礁石撞击所造成的。”江寒面色凝重，“而是人为的。”

“好一招偷梁换柱。凶手为掩盖自己的伎俩，将尸体毁了容、换上周露仪当天穿的衣服，才抛入江中。”阮露明攥紧了方向盘，嗤笑道，“是了，一说尸体面部全非，就该先怀疑死者的真实身份。可我们英明的当局警方，我们最先进、最科学的专业验尸所，竟连这点都想不到。”

一而再，再而三，如此作为，已不再令人惊讶。

不惊讶，却不意味着不愤怒。

保持愤怒，追究真相，或许是他们唯一能做的事了。江寒想。

“阮小姐那边情况如何？”他问。

两人分头行动。江寒潜入验尸所时，阮露明去调查了周露仪的背景——钱太太张口闭口都是儿子，他们连钱维翰上小学堂时的老师姓甚名谁都已了如指掌，对周露仪的个人情况却几乎一无所知。

“认识钱维翰之前，周露仪曾有过一个未婚夫，那人叫郑海涛。”车辆疾驰，阮露明一手掌着方向盘，一手从车前的储物盒中抽出一张相片来，递给江寒，“当年，钱维翰偶遇周露仪，一见钟情，追得执着。周家毕竟靠裕生纱厂的工钱吃饭，不敢违抗钱少爷，便毁了婚约，让周露仪嫁给了钱维翰。可周露仪和钱维翰结婚后依然与这个郑海涛保持着联络，如果丹隐寺的和尚没有老眼昏花，九月二日晚上约周露仪在普罗斯佩后门见面的应该也是他。”

江寒仔细端详着相片上的男子。

只见他生着一双三白眼，眉毛稀淡，满脸横肉，极凶恶丑陋的面相。和仪表堂堂的钱维翰相比，实在是一个地下，一个天上。

“周露仪和郑海涛，是打娘胎里定下的娃娃亲。郑家早前小富，这些年败落了，郑海涛也成了个泼皮赌棍，经常到周家打秋风。”

至于钱维翰的品性，他们不尽信溺爱独子的钱太太所言，多方探听。

结果出乎意料。

出身于富贵之家，被母亲千娇万宠着长大，钱维翰却并没有长成好吃懒做的纨绔子弟。

他自幼勤奋克己，用功好学，原是要拿着一等奖学金去美国留学的。因父亲急病逝去，钱维翰不得不取消留学的计划，一夕之间负担起纱厂千余名工人的生计。起初，民众并不看好这位年轻的继承人，岂料钱维翰管理有方，非但将庞然一座纱厂打理得井井有条，竟还让扎根于江城的“裕生”牌棉纱突破战火的阻挠，畅销全国，于各地不断增设分销专店。

钱维翰忙于生意事务，根本无暇玩乐，偶尔去舞厅，也不过是工作应酬而已。

周围人谈起钱维翰，都是正面评价——头脑灵光，做事勤恳，对朋友和下属重情重义，并且还难得是个顾家宠妻的好男人。除了继承“棉纱王国”后压力太大，爱多喝几杯稍作排遣之外，挑不出什么毛病。

女儿能甩了无赖的郑海涛，和英俊有为的钱少爷结婚，周家父母求之不得。

“小报记者唯恐天下不乱，一猜钱维翰在外寻欢，二猜周露仪不安于室，反正没什么好词。目前来看，至少对前者的猜测不太准确。”

钱维翰痴心专情，十分疼爱妻子，不管工作多么忙碌，奔波如何劳苦，每天都一定回家与周露仪共进晚餐。年头到年尾的节日、周露仪的生日、两人之间大大小小的纪念日，钱维翰从未忘却，回回用心准备礼物。就连他去应酬生意的歌舞厅里，舞女们也很肯定地证实，钱少爷洁身自好，绝无与欢场女子暧昧不清的风流债。

“那便是后者了吗？”江寒皱眉思忖，“问题出在周露仪方面——钱太太对儿媳管束严格，不让‘外人’接触家中资财。周露仪经济困难，便联合郑海涛杀了钱维翰，然后找来一具无名女尸冒充自己，与郑海涛携手远走高飞了？”

不对。说不通。

他能察觉的蹊跷，阮露明自然早就了然于心。

“第一，我顶顶厌恶‘不安于室’这类丑化女性的词语，不论周露仪有没有嫌疑，小报上针对后者的说法我都不认可。第二，钱太太紧盯着钱维翰的银行户头，里面的钱分文不少，也没有任何敲诈勒索的人来联络，此案凶手的目的是否真为谋财，还要打个问号。”

推理走入了死胡同。

“总之，先去郑海涛家看看吧，或许还有新的线索。”

阮露明一边娴熟地掉头转向，往“孤岛”北区驶去，一边随手打开了车内的收音机。电流的嘶声打破了狭小空间内凝滞的沉寂，好半晌才接收到电台信号，正播放的竟恰巧是她演唱的国语版《蓝天使》。

“……爱情戏如赌博，哪能长自误。我愿出苦海，有谁助……”

车上音响是新鲜事物，技术还不成熟，满是尖利的杂声。再加上他们所过之处远离繁华街市，电台信号不佳，断断续续，乐曲几不成调。

女子漫不经心地屈指叩着方向盘，像在静静出神，又像在侧耳倾听自己失真的歌声。

“恨人们苦相扰，如蜂刺我肤。一而再再而三，几时能停住……”

江寒最怕见阮露明沉默发怔的模样，每每看到，心头都针扎似的疼。他开口，强行压过收音机的声音，硬扯了个话题：“那女尸，既然不是周露仪，究竟又会是谁呢？”

“江老师可问住我了。”阮露明笑笑，“我不知道无名女尸的身份，却刚知道另一个人——那无戒老和尚的来历，江老师感兴趣吗？”

此间出力的，还是神通广大的柳四爷。

柳四爷虽出身匪帮，却虔心信佛，每月布施江城最大的佛寺——永安禅寺，供其修盖庙宇、装潢泥像，他乃是永安禅寺最重视的“檀那”之一，知晓寺中诸多秘密。据柳四爷透露，老和尚原是永安门人，法号慈行，因犯戒而被逐，沦为了居无定所的云水僧。他改名“无戒”，离开江城，在外游方行脚十余载，开春时突然带着个不知打哪儿收的小徒弟回来了，栖居于数年前遭战火轰炸而荒毁的丹隐寺中。

“犯戒？”江寒一愣，“什么戒？”

“邪淫之戒。”

无戒那徒弟据说染有恶疾，浑身癞疮，整日蒙着面、披着斗篷，深居简出。而曾犯邪淫之戒的无戒本人，竟丝毫不知悔改，甚至变本加厉，成了个酒肉无忌的花和尚。常有人见他拎着荤腥好菜，甚至女人家用的胭脂水粉、衣裳裙子，大摇大摆地晃荡在繁华的街市口。

“说起来，名字可真是个奇妙的东西啊。”

阮露明这突然的感叹，江寒不解其意。

“原是死守着清规戒律，慈心善行的‘慈行’，一朝破了戒、弃了戒，变了‘无戒’。人还是同一个人，只有名字不同而已。可仅仅换了名字而已，竟就感觉好像换了另一个人。”

说话间，别克轿车一下急刹，尖鸣着停住了。

江寒听得专注，冷不防又给车座椅靠背撞了个脑袋“嗡嗡”。

“没有路，不能往前开了。我们动动腿，下去走走吧。”阮露明拿过布巾仔细遮住大半张脸，又将绣花帽的宽檐压得低低的，打开车门。

郑海涛的住所位于江城北区的贫民窟。车正停在某条破窝烂棚构成的藩瓜弄外。

同一座“孤岛”之中，既有江滩那般繁华洁净的十里洋场，举目尽是宽阔平坦的马路、簇新精美的洋楼，也有眼前这般脏污混乱的场所——地上泥泞不堪、蛇鼠横行，到处垃圾粪便，发酵出熏天的恶气。贫民们见到洋车都觉得新鲜极了，又不敢上前，便远远围聚着指指点点，嘈杂吵嚷。

阮露明下车走了几步，发觉身后无人跟来，回头催促：“江老师？”

江寒站在车门边，结巴道：“那、那面巾，我用过的。”

“哦。这里人太多，我不想引起骚动，耽误了调查。”阮露明扬了扬眉，“莫非江老师洁癖又犯了，想堵一堵鼻子吗？”

与我的洁癖有什么相干……江寒涨红了脸，竟不知该从何开始讲理。

女明星竟当他默认了，便道：“布巾子只有一条，辛苦江老师忍耐，借我用用吧。”

她径直向曲似龙须的藩瓜弄深处走去，步子迈得大而稳当，仿佛毫不在意遍地横流的污水。当务之急是搜查，女子心无旁骛，江寒也不好再多纠结扭捏，勉强镇定了心思，赶紧拔腿跟了上去。

弄里幽深，阴沟洞似的，挤得满满的都是简陋到不能再简陋的棚户。

许多人家甚至只将一条芦席挂在竹竿上，辟出个不足小儿身高的狭矮空间，再往里席地铺了稻草或破棉絮，勉强能够遮阳蔽雨，应付起居食宿。沿路的芦席悬着晃晃荡荡，迎风招摇，走在其中不得不两步一低头，三步一鞠躬。

郑海涛的棚户在弄尽头，展了块锈迹斑斑的油桶皮做屋顶，算是藩瓜弄里的“豪宅”了。

“豪宅”对面，有位面黄肌瘦的妇女怀抱婴儿坐在干土堆上晒太阳。妇女目光呆滞，光天化日之下竟大敞着领口喂奶，面前来了人也丝毫不遮掩。她怀中的婴儿只被一块烂布裹着，几不蔽体，衔着母亲干瘪的乳头却吮不出一滴奶水，急得直蹬腿，号哭不止。婴儿号得撕心裂肺，妇女也不哄，仍旧呆呆地坐着。

江寒一见妇女袒胸露乳，大惊失色，连忙默念着“非礼勿视”背过身去。听孩子哭得可怜，他鼻头发酸，伸手摸到自己兜里有两块现钱，正想往外掏，却被人隔着衣袋按住了。

“请问，郑海涛家是这户吗？”

阮露明扬声问道，神色和语气都平常，仿佛正用力按着江寒手的人不是她似的。

妇女毫无反应。阮露明又唤了几声，她才缓慢地转了转眼珠子，醒过神。

“哦。”她颠了颠怀中的婴孩，口中发出两个嘶哑的单音，“嗯。”

“你最近有没有见过他？”

又等了许久，妇女总算能说出稍长些的语句：“见着了，前天见着了。带着个女的，齐头整脸的太太，穿挺好的衣裳，不像我们这儿的人。姓郑的拎了许多行李，不晓得要往哪里去。”

齐头整脸的太太，穿挺好的衣裳——周露仪确实来过！

江寒心头一凛。他们找对地方了。

阮露明接着问：“那你看他们之间，像什么关系？”

妇女终于抬头，耷拉着眼皮打量二人：“你们是那太太家的人？来捉奸的？”她语气麻木，“不知道，反正不像姘头。女的走路模样别别扭扭，姓郑的还一直攥着她胳膊——狠劲啊，只差手里没把刀抵着那女的了。”

看来，周露仪并非自愿，而是被郑海涛胁迫至此的。

阮露明点点头，道了声“多谢”，转身去撩那铁皮屋顶下以破草席做成的门帘。妇女怀中静了片刻的婴儿忽然又干号起来，江寒实在不忍，想趁阮露明转身之际偷偷拿出钱来。可女明星背后竟像长了眼，他手还没来得及伸入袋中，就给精准地一把擒住了——江寒踉踉跄跄地被拖进了郑海涛蜗居的朽烂棚屋之中。

“为什么？！”他百思不得其解，又急又恼，“那孩子快饿死了！”

阮露明冷冷道：“你以为我们畅通无阻地进了这藩瓜弄，真是入了无人之境？”

江寒一愣。

沿途静悄悄的，他只当此处住户不多，或白天都外出做工了。难道——

“我们身后头，少说跟了十来个带刀的混混赖子。一片片芦席下面，也都是精光的眼睛。你若真给了她两块钱，母子俩都走不到街市口去买吃的，就会给人砍死。”

江寒听懂了，喉间一苦：“我以为自己做的善举，却是恶，却可能害了她？”

真正的慈心善行，绝非如此简单便利的事情。

他施舍了，得了一时的心安满足，甩手离去，利己的伪善而已。至于收受的一方后续如何，以往竟从未考虑过。

江寒一时间愧悔自责极了：“我再想想，或许还有更好的——”

阮露明打断了他，耸耸肩道：“也不知对她而言，活活饿死和被乱刀砍死，究竟哪个更疼、哪个更苦就是了。”

郑海涛家不愧是藩瓜弄的“豪宅”，里头竟还有家具。一张床、一张桌、一把板凳，一目了然，桌上放了一份数日前的《江城新报》。报纸摊开的那版，登载着往后一周从江城码头出发的货轮时刻表，其中某行被红笔画出。

“九月十七日下午两点，鲁城。”阮露明拿起报纸，念道。

这天便是九月十七日。江寒抬腕看了看表：“已快一点钟了！”

好在他们有车。由此处驱车赶往码头，应还来得及堵截郑海涛。江寒正着急地想催促阮露明快走，忽听外头一阵杂乱的脚步声由远及近。对门那妇女发出尖叫，孩子似乎受了惊，原已有气无力的干哑呜咽声也陡然拔高，刺得人两耳生疼。

伴着婴儿凄厉的啼哭声，一队高眉深目、头缠红巾的巡捕气汹汹地冲了进来。

为首的持着枪，枪口直指阮露明："放下物证！"

江寒愕然失色："干什么？！"他急忙大步迈去，要往阮露明身前护。

阮露明却拦开了江寒，淡然直面着黑洞洞的枪口，非但毫无惧色，竟反而微微扬起了唇角，露出一个意味深长的微笑。她极平静地将报纸放回桌上，然后举起双手。

"僭越了。"她说。

做的分明是一个投降的姿势，江寒从旁看来，却十足的高傲讥讽。

◇◇◇◇ 四 ◇◇◇◇

江城的民众们迎来了新一轮狂欢。

钱氏夫妇失踪案一波三折，演了半个多月，剧情竟还能大转弯——警方突然撤销了对钱维翰的通缉令，宣布全力搜捕郑海涛和周露仪。

郑海涛何许人也？哦哦，钱家少奶奶曾经的未婚夫呀！原来并非钱少爷因妒生恨，杀妻后弃尸江中，而是钱少奶奶那癞皮狗似的"旧情人"贪得无厌，敲诈多年犹不满足，竟做出了穷凶极恶的绑架之举。钱少爷竟是为保护爱妻，阻止郑海涛行凶，才惨遭了杀害！

八卦小报的记者们妙笔生花，生生将案件实录写成了言情小说。钱维翰则被塑造为悲剧的男主角，痴心苦情，催得读者纷纷潸然泪下，为之哀痛不已。商业嗅觉最敏锐的新华电影公司迅速以此案为蓝本拍出了一部浪漫爱情片，大受欢迎，获利甚丰。生死不明的钱维翰一夜间成了江城少女们的梦中情郎，饰演郑海涛的演员下戏后走在街上被扔了一头的烂鸡蛋。

"荒谬至极！"厚厚一摞各种小报，江寒刚翻了几页，就气得全丢开了。

"更更离谱的，江老师没瞧见呢。"阮露明捡起其中一份，递回江寒面前，嗤笑道，"虽然案情尚未完全清晰——究竟谁杀了人，又究竟谁被杀死了，都还无法确定，但至少郑海涛敲诈勒索周露仪多年是板上钉钉的事实。可我们亲爱的老朋友许大记者，非要标新立异。”

夜宫案后，许兆阳离开《江城新报》，自立门户。新创的报纸被他命名为《寻真报》，三日出版一期，融新闻与文艺于一体，销数相当可观。既是自创的报，少了老主编等严肃前辈的管束掣肘，许兆阳将他捕风捉影、胡编乱造的本领发挥得淋漓尽致。

比如眼前这新鲜出炉的一期，头版社论便坚称周露仪绝非良善女子，不是被挟持绑架的受害者，而是另一位凶手。她嫁入钱家后受着婆婆严格管束，身在金山银山近旁却占不到分毫，积怨已久，终于与郑海涛合谋杀了钱维翰。两人分赃不匀，才闹翻了脸。

他们正在江寒的公寓客厅里。

围绕矮几放置的一组软椅，左边单人椅上端坐着江寒，右边单人椅上斜倚着阮露明。而长椅正中的唐兴，往左看看师兄，再往右看看“阿阮”，蔫头耷脑，如坐针毡。

“我、我不是存心把调查进展透露给姑妈的。”唐公子心虚地对着手指，讪讪道，“师兄打电话来说的线索，我一下没听明白，就记在了字条上，想自己再慢慢捋清楚。表哥失踪以后，姑妈情绪不稳定，经常来找我哭诉，正好瞧见字条，擅自告诉了警方……”

“钱太太是我们的委托人，见情势对她儿子的名声有利，便想抛了虚幻的明侦探，请警方盖章认定，将钱维翰的清白无辜坐实了——这是她的自由。我们受托办事，无权质疑。”阮露明耸了耸肩，“但既然委托人用不上我们了，就散了吧。”

她施施然起身，往门外走去。

唐兴诧异：“哎？！阿阮你去哪儿？”

“穆导演那边的戏还在拍，《蓝天使》用在影片中也得改一改词，需重录一版，多的是事情要做呢。”阮露明道，“只不过，为钱家兜兜转转好几天，确实累了，真想休息放松片刻。丹隐寺那老和尚挺有意思的，开始工作之前，我准备去找他聊聊，顺便讨两杯酒喝。”

“阿阮，阿阮——”唐兴从长软椅上跳起来就想追，情急之下绊着了右边空的单人椅，“咚”地摔在地毯上，疼得“哎哟”叫唤。他龇牙咧嘴地揉着膝盖，还欲往外赶，被江寒叫住了。

“让阮小姐去忙吧。”

“师兄，阿阮说的什么寺、什么老和尚？”纨绔师弟满脸茫然，困惑极了，“真就这样散了吗？我们还有很多事没搞清楚呢……顶替表嫂的尸体是谁的？表哥到底是死是活？郑海涛究竟带表嫂去了哪里？”

他掰指头一一列数，越数越迷糊。

警方接到钱太太提供的线索后，立刻控制了码头，将港口停泊的所有货船翻了个底朝天，连已出港的船只也不放过，出动快艇追上去搜了个遍。

却仍未见周露仪和郑海涛的踪迹。

“从报刊到警方，说的犯案动机更加莫名其妙。谋财害命，谋财害命——姑妈家里一块钱都没有少，纱厂由表哥的副手暂时管着，也一切正常，这谋的什么财？我太不明白了，师兄，就这样散了，真的行吗？”

“当然不行。”江寒揉了揉眉心，“但先……等一等吧。”

“等什么？”

等什么呢？江寒也讲不清。只不过看阮露明临走时的神态，心中蓦地就领悟到了，她有所想法，而他该做的，便是信她、等她。

他仍未了解女子。可有些许瞬间，莫名地，他感觉自己又仿佛是能够理解她的。

“阿阮该不会瞒着我们什么重要的信息，想自己做傻事吧？”唐兴迟疑着问，“要不然，我们跟上去瞧一瞧？”

江寒摇头：“不。”

唐兴急得跺脚：“师兄！万一，万一阿阮她……”

“不会的。她不会做傻事。”江寒说，“阮小姐曾说过，无论多么为世事的残酷不公而愤怒，她都不会被愤怒所控制。”

她说了，他就信她。

阮露明走了，留下一份许兆阳新创的《寻真报》在他面前。江寒翻过刊着社论的首页，发现新报被女子一拿一放之间，当中夹入了一张旧画报。

那是江城最早的时事画报《点石堂画报》，将社会新闻及海内外奇闻绘制成图，辅以简略通俗的短文说明，图文并茂、雅俗共赏，畅销不衰。夹入《寻真报》的一张署着十年前的日期，纸面已生了霉斑，发黄发脆。石印的图画上，一名身穿妇人服、盘发髻的年轻女子被怪鸟叼起，高高飞在空中。

女子神情惊恐万状，嘴唇大张。画面虽无声，观者却仿佛能听见她求助的嘶喊。

背景里，地面有一座巍峨庄严的佛寺，正冒着袅袅的青烟。

画旁文字写道：近日怪谈，信女韦氏入永安禅寺进香，遇离奇事，消逝影踪。

◇◇◇◇ 五 ◇◇◇◇

九月末的江城。天刚蒙蒙亮，细雨如烟。

满地枯脆的落叶被雨水浸透了，重又泛出温润的光泽。它们一枚一枚的，湿漉漉地默然伏在灰石板上，宛如鸿爪踏过青泥所留的印迹。

干涩而悠长的“吱呀”一声，打破了荒弄之中冷冽凝滞的静谧。

丹隐寺的山门开了。身穿纯黑僧衣、足蹬草鞋的老和尚拖着一辆板车走了出来。

板车上坐两尊慈眉善目、双手施上品上生印的泥塑佛像。佛像未敷彩，素胎上洇开大片的水痕，实在辨不清那究竟是烟雨熏成的，还是细泥本身尚未干透。

泥像沉重，老和尚每一步都显得相当吃力，竟在秋日凌晨的凉雨里出了满脸的汗。好不容易将板车拉过了高高的门槛，和尚长出一口气，挽起僧衣宽大的袖口来抹了抹额头。

山门开而又合，荒弄回归沉寂。

这番沉寂却着实短暂。烟雨尽处突地传来了另一种声音。

“嗒嗒嗒……”

极清脆地回荡在荒弄里，竟似棰击木鱼之声，振醒尘寰。

老和尚回过头。

雨势倏忽大了些许。细密的银丝织在半空，织成了蒙蒙的纱帘。隔着纱帘，身穿一袭海棠红提花缎旗袍，手撑一柄油纸伞的女子正笑盈盈地望着他。

方才那冷脆的叩击声，原来是女子高跟皮鞋踏过弄道石板的响。

“大师，早上好呀。”阮露明弯眸道，“如此寒凉的雨天，怎么连伞也不打呢？”

“不是大师。”老和尚耷拉着眼皮，语气漠然，“贫僧浪迹天涯多年，风吹雨打都受过，不惧这点雨水。”

“您不怕淋雨，可别让佛祖着凉了。”

老和尚微微皱眉，抬眼回望女子，目光变得冷厉：“施主此言何意？”

“并没有什么特别的意味。先前月圆之夜来访，与大师聊得愉快，酒也醇美，一直念念不忘。今早起来见这雨下得颇有禅意，一时兴起，便想再来找您闲谈几句。”阮露明俏皮地歪了歪头，“如果大师现在有空的话。”

老和尚凝视了女子片刻，眼皮重又沉沉地耷下去。他将板车拉到墙角搁置稳当，走回丹隐寺那腐朽斑驳的匾额下，伸手推开山门：“请进吧。”

阮露明却没动。

“细想想，清晨饮酒似乎不太适宜。话很简单，就站在这门口说吧。”

雨越落越密，织得隔着二人的帘幕愈发厚重。老和尚看女子，女子瞧老和尚，彼此皆朦胧。

水滴打在油纸伞面上，毕剥作响。

老和尚的僧衣湿透，伫立雨中一动不动，比板车上那两尊泥佛更不像活物。

阮露明笑了笑，接着道：“大师若对世事略有听闻，应当知晓，从今年初夏起，我在机缘巧合之下被卷入了好几起案件。投毒案、密室案、纵火案，甚至连环杀人案，什么类型都有——可这一次的钱氏夫妇失踪案，却是最特殊、最使我迷惑的。案发至今，快一个月了，几位当事人竟没有一个露面的。警方先说钱维翰杀妻后弃尸江中，后说郑海涛杀害钱维翰、勒索绑架周露仪，还用一具无名女尸混淆视听，营造周露仪已死的假象。兜兜转转，推翻又推翻，写出了一大本糊涂的烂账。他们把自己绕晕了，忽略了最根本的问题……”

她说着渐渐压平了唇角，笑意散尽。

“钱维翰、周露仪、郑海涛，到底谁已死了，谁还活着？已死的人，尸体何在？活着的人，又去了何方？”

连被害人的身份都未查明，谈何缉凶？

女子收了伞，甩甩伞上的雨水，嗓音比秋晨的雨更冷。

“他们不知道，周露仪不在江里，郑海涛也没去鲁城，而钱维翰，却是真的上了黄泉路。”

阮露明骤然扬臂，老和尚措手不及，眼睁睁看着她将长伞重重击上了一尊泥佛的头部。

“哗啦——”

泥胎应声而碎。

半张被雨水浸透了的佛面依旧蔼然可亲，悲悯地垂着眸。而碎裂的另外半边，露出了钱维翰已开始腐烂的死不瞑目的脸孔。

泥佛的身躯仍完好，两手仍施着上品上生印。

据佛经记载，阿弥陀佛接引众生前往西方极乐净土时，会依众生资质品相，结九种不同的接引手印。上品上生印为九品手印中级别最高者，能止息一切狂乱妄念。

女子将伞换了一只手拿，毫不犹豫地再度扬起。伴着破风之声，另一尊佛头也粉碎了。这一次露出的，则是郑海涛凶恶狰狞的灰白面容。

老和尚皱纹满布的脸庞抽搐了几下，颤声道：“是我杀的！”

“不，不是你。”阮露明收了伞，不再撑起，双手支着它稳稳地立于荒弄的青石板道上，犹如持了一把斩断魔障愚痴的宝剑。黑云翻墨，暴雨如注。决河似的雨水冲得人睁不开眼，她却目光清明，定定地望着老和尚：“你心无戒。无戒，便无从犯戒，更何况杀生之戒？我想问大师的只有一件事，周露仪，到底藏在哪里？”

“阿弥陀佛。”

老和尚颔首低眉，合了掌，长诵一声佛号。

“近水楼，满城风。”

◇◇◇◇ 六 ◇◇◇◇

惦记着藩瓜弄里那对黄皮寡瘦的母子，江寒整晚辗转反侧，一刻不能成眠。

秋已深，阴云又厚，天光迟迟不亮，他索性摸黑早起了。先去街口卖早点的小贩处，小贩还在生炉子。江寒等不及，便问小贩要了隔夜的豆浆油条，请他上水蒸热，捂进怀里，拦下一辆黄包车，往北区去了。

江寒所住的公寓离藩瓜弄甚远，途中天色渐明，抵达目的地时已大亮了。

如烟细雨冲淡了贫民窟那股子熏天的腐恶之气。藩瓜弄竟不见前日的荒凉衰颓，冷雨里一派热火朝天之景。弄堂口架着一口巨大的铁锅，有位身穿粗布短打的壮汉拿长勺在锅中不断搅动，滚烫的米粥腾出浓郁的白气。

铁锅前排了长长的队。人们捧着破碗烂钵，面上皆是感恩戴德之色。

有个赖皮混混模样的青年排到队伍顶头，从壮汉手里抢了勺，掏出五六只带盖的大瓶大罐，喜滋滋地一口气注满拧紧了，抱着就要溜。青年抢勺盛粥，壮汉没阻拦，却在青年转身时一把揪住了他后衣领："不许带走！站这儿喝了！

江寒向长队末尾的老太搭话："请问，是哪位善人在此施粥？"

"柳四爷，安华的柳四爷！"老太两眼含泪，双手哆哆嗦嗦地合十向天连连拜着，"菩萨！真真的活菩萨啊！"

"一口为断一切恶，二口为修一切善，三口为度一切众生……"

老太口中喃喃念着偈语，随队伍的移动向前去了。

而江寒愣在原地。

柳四爷?!

日理万机的柳四爷，断不会无缘无故地突然来贫民区行善。定是阮露明那天后与四爷说了什么，又或干脆，是她借了柳四爷的名号，亲自做的此事。

江寒隔着人群看见那对母子也排在队列中，距离粥桶已不远了。

婴儿被妇女抱在怀中，似乎闻见了米香，兴奋地踢着腿，细若无骨的小手不断凭空够着。而妇女眼里有了光彩，一边将孩子颠哄着，自己也伸长了脖子直朝冒着滚滚热气的粥桶望。

江寒摸了摸怀中再度冷却的豆浆油条，轻笑了一声，放心地转身走了。

雨淅淅沥沥地下了起来。如烟细雨之外，遥遥传来云板声。

应是永安禅寺结束朝课，行粥的时间了。

江寒回到公寓楼下，恰巧报童将当天清晨新鲜出炉的《江城新报》投入门前的信箱。平日都由热心的房东老夫妇定时帮忙取送，但既然碰上了，他便想自己顺手捎上楼。一开信箱，拿起报，一张字条掉了出来。

地面刚刚濡湿，细雨还未来得及积成水洼。江寒赶紧弯腰捡起字条。

“晨、寺”。

字条上潦草地写着两个字。张牙舞爪，没头没脑。

江寒从未与阮露明通过信，根本不知晓对方的字迹是何模样，却下意识就断定了，这字条是她留下的。

如此塞一张语焉不详的字条进别人信箱里，也不管对方几时看见、看不看得懂——潜台词“爱懂不懂”“爱来不来”，这般我行我素的作风，只此一家，别无分号。

好在，江寒看懂了。

当他冒雨匆匆赶到丹隐寺所在的荒弄口时，正望见阮露明扬伞击碎佛像的场景。江寒一边大吃一惊，不知女子发的什么疯，一边怕老和尚被激怒，出手伤人，连忙加快脚步跑过去。而阮露明不带丝毫停顿地，又换手击碎了另一尊佛像。

跑到近前的江寒，因映入眼中的画面而愕然。

两尊佛像中，竟分别封藏着钱维翰和郑海涛的尸体！

“阿弥陀佛。”

萧萧雨声之中，整个天地间仿佛只剩了狭窄的荒弄。天地间回荡着老和尚庄严的佛号。

“这……这到底是怎么回事？！”好半晌，江寒才回神问道。

近水楼，满城风。无戒和尚的六字真言，又打的什么机锋？

待江寒终于从阮露明口中得知全部真相，已是好几天后了。

此时，警方已根据“神秘人士”提供的线索，在江城近郊的一座小渔村发现了周露仪。周露仪作村妇打扮，化了假名，见巡捕找来却丝毫不露惊恐诧异之色，坦然接受了逮捕，对自己杀害钱、郑二人的罪行供认不讳。老和尚无戒则因损毁尸体并协助凶犯逃匿，严重干扰搜查，作为从犯被捕。

江城各家小报又一次陷入狂欢。

因为钱太太在案发之初频频接受采访，民众早已知晓此案有“孤岛神探”介入。于是，不待江寒的连载新篇出炉，传说中的“明”侦探再度一举破获迷案的消息便已传遍全城。小报记者们妙笔生花，彻底将虚构的“明”侦探与现实中的江寒画了等号。

有敏锐者发觉钱家与唐公子是亲戚，又顺蔓摸瓜，摸到了唐兴和江寒的师兄弟关系。适逢《福尔摩斯探案集·小青传》热映，人们深信神探身边必然少不了一位“华生”式的搭档助手——唐公子便是“明”侦探的华生吗?!

舆论愈发欢腾了。

常年被批为“堕落可耻”“冷情薄幸”的富家少爷形象陡转，成了极具知性魅力的年轻绅士，在各种案件中协助师兄江寒，功绩斐然。唐公子顿时取代了痴心苦情的钱少爷，成为江城少女们的新一代梦中偶像。

人们对“明”侦探和贵公子“华生”的支持呈现出一边倒的样态，就连对江寒怀有私怨的许兆阳也无法再唱反调。《寻真报》顺应潮流，发表社论，不情不愿地肯定了师兄弟二人的成就——只不过极力抹淡了江寒的存在感，将功劳大半归于唐兴罢了。

《寻真报》如此笔法，是出于许兆阳的私心，却无心插柳，引发了另一种全新的猜测。

莫非唐公子才是真正的“明”侦探，而创作《推理实录》并曾学医多年的江寒，担任的是“华生”的角色?

新版流言传入江寒耳中，让他又好气又好笑。

气许兆阳及其《寻真报》一如既往地荒谬，笑则笑那荒谬所致的猜想，竟微妙地切中了一半真相。

多日不见纨绔师弟，舆论风暴之中对方的情状如何，江寒无从知晓。反正他本人惨遭小报记者围追堵截，实在被折腾得不轻。

而从一切版本的猜想中彻底隐身的真正的“明”侦探本人，正捧着一杯黑咖啡，悠然舒适地陷在江寒寓所客厅那松软的单人椅中。

“这次的案件里，没有无辜之人。”

她抿了一口咖啡，轻轻咽下了，淡淡道。

钱维翰对周露仪一往情深，确实不假，但他也因偏执的爱情而生出了暴戾的独占欲。

外人眼中的钱维翰，年轻有为，稳稳接下了父亲的“棉纱王国”并继续扩张事业版图。这盛名之下，却是巨大的压力。为排解压力，钱维翰开始酗酒，每每醉酒便会毒打周露仪——由头不是她走在路上多看了别的男子一眼，就是她多与旁人说了几句话。

“如果钱维翰真是彻头彻尾的暴力狂，事情可能还简单些。”阮露明道，“可他偏偏不是。”

酒醒之后，钱维翰总是愧悔不已，连连发誓说自己绝不再犯，甚至下跪求周露仪原谅。

但待他下一次被工作的焦虑所吞噬，再度烂醉，又会本能地向周露仪扬起巴掌，隔天清晨则又是涕泗横流地跪地忏悔。

对周露仪而言，这是一个永无止境的噩梦循环。

可她申诉无门，偷偷找过律师，律师也不信。毕竟，任谁看白天的钱维翰，都坚信这是一位世间难得的温柔体贴的好丈夫。她尝试过逃跑，没跑出多远，就被“热心”的邻居告诉了半天不见妻子就已急得发疯的钱维翰。自那以后，钱维翰便以周露仪身体柔弱、需休养备孕为由，将她变相软禁了起来。除了被钱维翰带出去“约会”之外，周露仪一步也踏不出卧房。

周露仪在家要忍耐丈夫的暴力和拘禁、挨婆婆欺侮，在外还要受郑海涛要挟敲诈，苦不堪言。

“她下定决心要和钱维翰离婚，但没有人听她、信她，这婚离不掉。她想鼓起勇气拒绝郑海涛的勒索，可郑海涛威胁她，如果不配合，就把两人曾有婚约的消息卖给小报记者，宣扬个满城风雨。以钱维翰的作风，若知道了周露仪和别的男子订过婚，定是会将她往死里打的——周露仪怎么敢暴露？只能偷偷典当嫁妆首饰，打点零工，勉强赚些钱来‘贴补’郑海涛，封住他的嘴。”

九月初，郑海涛赌运奇差，全部身家赔了个精光，又给周露仪递信。

周露仪被拘束家中，无法自由外出，只能回字条给郑海涛，约他趁自己与钱维翰去普罗斯佩西餐厅共度结婚纪念日的机会，到餐厅后门的荒弄里见面。

郑海涛平素敲诈周露仪，很懂得细水长流的道理，一次只要个三五块。偏偏那回，他突然狮子大开口，丢了周露仪预先准备的五块钱，恶狠狠道，若不给两百块来就别想走。

周露仪本就经济困窘，东拼西凑地勉强填着郑海涛这个无底洞，手头根本没有余钱，怎么可能拿得出两百块巨款？郑海涛却觍着脸，胡搅蛮缠。钱维翰久不见周露仪返回，出来找人。当时他已微醺，一见爱妻与陌生男子“密会”，当即勃然大怒，抬手便扇周露仪耳光。从不反抗还手的周露仪，那夜却神使鬼差地抓起了丹隐寺门前落的半块砖，砸上了钱维翰的额头。

钱维翰毫无提防，被击个正着，头破血流地昏倒在地。

对方的暴力停止了，急红了眼的周露仪却未能收手，咬着牙扑上去，用力补了一下又一下。待她终于从疯魔的状态中醒还，气喘吁吁地丢开砖块，钱维翰早已没了呼吸。

郑海涛是个外强中干的，一向欺软怕硬。周露仪发怒动手时他便傻了眼，见眼前闹出了人命，更是直接吓得软了腿，连滚带爬地逃了。

寂静的荒弄中只剩周露仪一人。

她跪坐在尸体旁，六神无主之际，忽听悠长嘶哑的“吱呀”一声。

丹隐寺的山门开了。

“无戒师父帮忙处理了尸体？”江寒瞪大了眼睛，“封进了佛像里?！”

多么疯狂的举动。

阮露明颔首：“只要藏住钱维翰的尸体，再找一具女尸来冒充周露仪，世人自然便会发挥他们丰富的想象力，传播出一段钱维翰杀妻后潜逃的剧情。事实证明，老和尚真懂人心，完全猜对了。”

她搁下了咖啡杯，两手虚虚地合拢起来，十指指尖相对，抵在唇上。

“而周露仪本人，蒙了面、披了斗篷，就躲在你我的眼皮子底下。”阮露明说着，自嘲地撇了撇嘴，“我们竟都没有察觉。”

江寒茫然地蹙起眉头，突然灵光一闪，失声惊呼：“丹隐寺中？无戒师父的徒弟！”

同一副严丝合缝的面罩、同一套灰扑扑的斗篷，任谁看，都料想不到内里换了人。

没有比这更好的伪装了。

待到风头过后，改换身份离开江城，寻一处安稳的地方落脚，也就终于实现了逃脱噩梦般的婚姻的愿望。

“如果不是我们介入，擅自重验尸体。如果不是郑海涛贪心不死，又回头纠缠。如果不是这些如果……说不定，他们真就成功了。”

江寒愣住了：“郑海涛，又？”

“混混赖子的胆量，你实在难说他究竟是大是小。那天晚上，他先是吓破了胆，一溜烟跑了。刚跑没多远，又生出个好念头——周露仪杀了钱维翰，岂不是个天大的把柄吗？被攥着这么个把柄，周露仪还不一辈子任他予取予求？利欲一蒙心，他立刻就忘了怕，悄悄折了回去。”

折回去，竟发现了更大的“惊喜”。

郑海涛和周露仪谈条件，只要以后每个月按时交出两百块钱，他就对老和尚藏尸的举动守口如瓶。而若不付钱，或钱断了，他便立刻报警。

周露仪自然不愿连累无辜的老和尚。

可她付不出那么多钱，更不想一辈子陷在郑海涛这个永远填不满的无底深渊里。

走投无路的绝望女子，既已下了一次杀手，再来一次，并非困难之事。

而无戒和尚发现周露仪冲动失控，又杀死了郑海涛，无可奈何，只好再救她一回。

“你究竟何时察觉无戒师父可疑的？”江寒忍不住问，“我们从普罗斯佩西餐厅的后门出去，发现了丹隐寺。那之后，你说要单独去找无戒师父聊聊。所以，第一次遇见时，你便意识到他不对劲了吗？”

“我在江老师心中，竟是如此料事如神的形象吗？”阮露明笑起来，“第一次见面，我是真觉得传说中疯疯癫癫的花和尚有趣，对他好奇罢了。登门讨了一杯酒喝，才真正发现蹊跷。”

初见老和尚时，透过寺庙虚掩的山门，他们曾窥见一尊周身青泥还未干透的佛像。

阮露明再访丹隐寺的那个月圆之夜，有如积水空明的庭下，仍是同样一尊泥胎濡湿的坐佛——双手施着上品上生印，低眉敛目，神情悲悯。

“但那不是同一尊佛像。”阮露明道，“中间已隔了好几天，又都是秋高气爽的晴朗天气，泥不可能还没有干。何况，小小一座丹隐寺，请两尊一模一样的坐佛像，有什么必要？往哪里供？”

除非，他根本没打算供。

那不是应受焚香供拜的慈悲真佛，而是他欲逐出净土并彻底毁灭的伪佛。

江寒还有一点没想明白。

“一切行动，都基于那具冒充周露仪的无名女尸。可那具尸体究竟从何而来？”

他试着查了查，江城近日并无其他年轻女性失踪，就连下等妓女聚居的最多身份不明女子的宝和弄，最近也出奇地太平。

阮露明歪了歪头：“江老师还记得那份陈年的《点石堂画报》吗？”

江寒猛地醒悟过来：“韦氏女？”

十年前入永安禅寺进香，离奇失踪的韦氏女。

“没错。”阮露明点了点头，“当年韦氏女的境况，与现今的周露仪相似——长期遭受丈夫暴力，还被婆婆欺辱，却离不了婚。她走投无路，只能趁着去永安禅寺烧香拜佛的机会，向佛门求援。”

大慈大悲的神佛僧侣们高高在上，竟都劝她忍耐宽恕，不要执着。

他们说，烦恼障品类众多，我执为根，生诸烦恼，若不执我，无烦恼故。

尚以“慈行”为名的老和尚，他所犯的戒，不过是在他人轻轻巧巧地劝诫韦氏女放下“我执”时，去细细聆听了女子的执念。

他拯救一名逃婚的女子，自己也成了犯下邪淫之戒的罪僧，被佛门驱逐。

佛门驱逐了“慈行”，“慈行”也毁弃了佛国。

他化身为破除一切清规戒律的“无戒”，带韦氏女离开江城，游历河山，让被家庭禁锢了半生的可怜女子看遍世界辽阔。

“只可惜，后来打起了仗，各地都不太平。再加上韦氏女患肺癌，需要先进的西医诊治，老和尚决定将她带回江城。”

十年过去，江城沦为“孤岛”，而韦氏女的夫家仍在。逃婚的韦氏女是家族之耻，他们为保全颜面，竟宁可编造出一段怪鸟掳掠的离奇故事来。夫家若知晓韦氏女回归，定是要清理门户以绝后患的。

无戒便让韦氏女蒙了面、披上斗篷，假称这是自己游历期间收的徒弟，生有会传人的恶疮，不能露面受风，他将其深藏于荒废的丹隐寺中。而周露仪失控杀害钱维翰的当晚，病入膏肓的韦氏女正在弥留之际。

“韦氏女留下遗言，愿以自己的尸身代周露仪，换周露仪自由。”

江寒心头漫上一阵冰封雪冻似的冷。那冷刺得他打了个寒战，甚至感觉到疼痛。

“你……有没有想过隐瞒？”

阮露明挑眉：“隐瞒什么？”

“隐瞒丹隐寺的真相，隐瞒无戒师父、韦氏女和周露仪所做的一切。”江寒喉间哽咽，颤着声道，“若隐瞒了，这片‘桃花源’还可能传承下去，未来便或许还有别的逃婚女子因此而获救。可现在……”

桃源已毁。

空留原地的丹隐寺，不过一座枯朽的空壳罢了。

“我的确为丹隐寺惋惜。”阮露明沉默良久，轻叹道，“但……杀生，终究是‘戒’。”

无论命运多么残酷，世界何等不公，都不可破此戒。

无戒，到底也只能是一个虚无的幻梦。

顿了顿，她又喃喃道：“如果当初便有丹隐寺……”

声音极低。

江寒听了半句，下意识地追问：“什么？”

“没什么。”阮露明摇摇头，重新拿起瓷杯，敛目抿了一口冷透的咖啡，自嘲似的笑了笑，“我只是，既希望世间能多一些丹隐寺，又希望从此无须再有丹隐寺。”

雨过天晴，秋阳乍现，窗外已大放光明。

寓所前的梧桐树，泛黄的宽叶上还储着雨水。雨水蜿蜒着，一滴滴地蔓延到叶尖，再向下跌落，在半空扯成了长长的银丝，被姗姗来迟的日光一照，熠熠生辉。

屋内寂静。江寒沉默地注视着女子，千言万语，一时间不知从何说起。

突然，客厅的门被敲响了。房东来送当天的晨报。

江寒开门接了，一眼扫去，头版头条仍是“桃花源”案告破的消息。无戒和尚被判死刑，却在押送途中离奇失踪。

他立于门边，良久未动。

“老和尚的美酒喝不着了，好在，江老师这里的咖啡也很不错。”在他身后，女子将冷咖啡饮尽，放下杯子，起身道，“今天还有拍摄，我先告辞——”

“阮小姐，你从洛城一带来，对吗？”

江寒打断了她。

他没有回头，背对着女子，垂眸久久地望着手中的晨报。报上还写道，警方发现周露仪的小渔村，名“台家村”。

那天，女子毁去伪佛后质问周露仪的所在，无戒和尚回答了六个字。

当时，江寒以为老和尚隐着什么深奥的禅机。

但很快他便明白过来，那根本不是待对的机锋，而只是一个再简单不过的哑谜。

“我年少时曾随老师收集研究南北民俗，在洛城方志中读到过，”江寒闭了闭眼，涩然道，“洛城西北山区，荒僻野蛮，民风彪悍，与外界文明不通。人们行商到此，为保财物安全，常借一种叫作‘缩尾法’的暗语进行交易。无戒师父回答你的话，用的正是‘缩尾法’。”

近水楼，满城风。

近水楼，缩去了末尾一个“台”字。

满城风，缩去了末尾一个“雨”字。

周露仪的藏身之所，便在名为“台家村”的小渔村。

女子说，名字可真是个奇妙的东西，无戒师父原是佛门净土之中守着清规戒律的“慈行”，一朝改名，就像换了一个人。那么她自己呢？张绍斐遗信之中唤她“楹楹”——从亭亭然孤立，旁无所依的“楹”，到如今的“露明”，她变了吗？

好半晌，也等不到女子的回应。江寒咬咬牙，回转身去。原以为对方未开口，应是躲避的态度，却不料一转身，蓦地撞上了对方直直投来的目光。阮露明所站的位置，恰巧在窗外梧桐树映入屋内的阴影之中。阴影里，女子的一双黑眸显得格外清亮。

她歪了歪头，语气轻快。

“‘孤岛神探’，名不虚传呀。”

◇◇◇◇ 七 ◇◇◇◇

这天晚上，江寒做了一个梦。

梦里北风呼啸，雪花纷飞，天地间一片干干净净的白茫茫。

不知为何，他竟孑然走在雪中。

大雪无边无际，他深一脚浅一脚地走着，并不感觉到冷，很奇妙。

风疾雾重，令人根本辨不清方向。不知自己从何处来，也不知该往何处去，只得茫然地不停走着。或许蹒跚行进了许久，也或许只走了短短片刻的工夫，忽然发现前头有一道单薄的人影。

江寒恍然醒悟了，这个场景他曾见过的。

正是联华公司八年前的影片《野草新花》开头的片段。

虽只在万象影院看过一次，但细枝末节都刻骨铭心。

冰天雪地里的那道身影是阮如玉。她饰演了一位逃荒的年轻母亲，怀中正抱着一名婴儿。

很快，她便将筋疲力尽地倒下，而婴儿则会因干渴饥饿而开始号哭。濒死的女子会被啼哭声唤出仅剩的最后一丝气力，咬破自己的手指，吮出血水来喂给她的孩子。

既是记忆，也是预想。每一个镜头、每一幅画面都格外清晰。

这只是电影。江寒告诉自己。

只是电影而已——可女子的孤寂与悲伤无比真实，真实得令他根本不忍袖手旁观。

江寒心急如焚，三步并作两步，跌跌撞撞地往前追去。明明相距不远，却如赶了千万里路似的疲惫。当他终于气喘吁吁地奔到女子身边时，女子也恰巧如记忆中一般，一脚陡然深陷入积雪里，狼狈地跌倒了。

女子瘦骨嶙峋，瘦得如一片枯叶。仿佛只需一阵风便能将她吹起，把她撕扯成齑粉，再卷个无影无踪。

“您没事吧？！”江寒一边问着，一边伸过手去，想搀扶女子一把。

他不知自己为何因电影中虚构的人物而如此焦急。焦急之余，心头还悬着一份沉甸甸的不安。

“啪！”

女子却头也不抬，一下挥开了他的手。

然后艰难地、缓慢地，自己爬了起来，踉踉跄跄地又向前走去。

梦境终结在女子回转过脸来的瞬间。

江寒猛地惊醒了。

夜色仍深沉，远处街口钟楼上的钟闷闷地敲了四声，正是黎明前最晦暗的时刻。他惊出了一身冷汗，努力平复急促的呼吸，摸黑去开台灯，却慌乱地碰掉了床头的书和茶杯。杯子坠在地上，清脆地响了一声碎裂了，也把江寒浸在混沌深渊之中的神志唤回了几分。

理应是阮如玉的那女子，在他的梦里，为何竟生着一张阮露明的面孔?

江寒起身，清理了满地的碎片，脑中仍一团乱麻。

耳边一会儿是“风凄凄雪花又纷飞”，一会儿是“失恋后重新做受尽失恋苦”。无休无止，混乱不堪，令他头痛欲裂。

一首《寻兄词》，阮如玉唱的，阮露明常挂在嘴边哼。

一首《蓝天使》，原是英文的电影插曲，因阮如玉钟爱而成了“孤岛”歌舞厅的保留曲目，新华刚请人重填了国语词，交给阮露明翻唱。

阮如玉，阮露明。阮如玉，阮露明。

两个“阿阮”。两个“阿阮”。

名字可真是个奇妙的东西，同一个人换了另一个名字，就像变了别的人。而倘若反过来，两个不同的人，叫着同一个名字，那她们——

江寒耳畔忽而响起了《蓝天使》国语版的后半段。

“……恨人们苦相扰，如蜂刺我肤。一而再再而三，几时能停住。

“我翼伤我心碎，医药不可补。我愿爱一人，无觅处。”

他浑浑噩噩地，不知何时又跌入了睡梦中。这一次的梦里，一片虚无的灰白，什么也没有。

次日清晨，一向克己自律的江寒破天荒地贪眠了。

他是被纨绔师弟摇醒的。

“师兄、师兄！快别睡了，大事不好啦！”

噩梦的残影还在，江寒头还痛着，被唐公子不由分说地拽起来一通猛晃，只觉耳鸣眼花，恶心欲呕。他用力揉了揉太阳穴，缓了好半晌，才哑声问：“怎么了？”

唐兴连皮鞋都顾不上脱，蹲在江寒床边，“唰”地展开一份当天新出的《江城新报》。

“许兆阳死啦！”

江寒骤然惊醒，劈手夺过报纸，一目十行地扫过头版头条的整篇报道。

许兆阳深夜离奇身亡，在他死亡的现场，一架留声机正播放着黑胶唱片。

“那张唱片里只有一首歌。”唐兴红着眼眶道，“阿阮新录的国语版《蓝天使》。”

看纨绔师弟的神情，江寒知道，他话还没说完。

果不其然，他哽咽了半晌，接着说：“许兆阳的尸体旁边，还写了一个字。”

以鲜血写成的，一个“露”字。

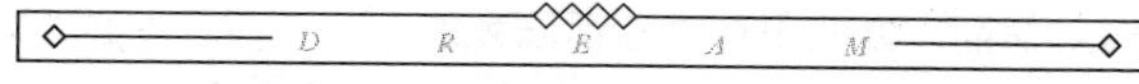

第七梦·木兰

问女何所思，问女何所忆。女亦无所思，女亦无所忆。

——《木兰辞》

◇◇◇◇ 一 ◇◇◇◇

许兆阳的死状相当离奇。

因在夜宫案中与“明”侦探竞争落败，许兆阳被迫公开发表投降书，作为江城青年记者领头人物的颜面大跌。他黯然离开《江城新报》报馆，自立门户，新创《寻真报》。据《寻真报》唯一的摄影师道，案发当晚，他九点钟下班时仍见许兆阳在伏案工作，一副打算彻夜忙碌的架势。

新创的报纸，人手尚未充足，许兆阳几乎夜夜通宵独守编辑部。摄影师习以为常，和许兆阳打了声招呼，便自行离开了。

谁料次日一早，他再到报社，竟见许兆阳死在了位置上。

新设的临时编辑部，简陋逼仄，几张桌、几张椅，到处堆满了资料书报。除了许兆阳手边搪瓷杯底残留的几口冷透的酽茶，现场再也找不出一滴水。

然而，许兆阳竟是活活溺死的。

从背后望去，他只是静静地坐在桌旁，身体歪靠着椅背，左右手里分别握了一摞稿纸、一支铅笔，仿佛只是忙累了，停下来休憩片刻。可正面一看，他瞳孔放大，嘴唇深紫，口鼻溢出淡红色的泡沫，典型的溺亡之状。

因着许兆阳的个人喜好，临时编辑部架设了一台留声机。摄影师发现尸体时，留声机正播放着阮露明为影片《福尔摩斯探案集·小青传》新录制的歌曲。

国语版《蓝天使》。

许兆阳手中的稿纸上，有一个鲜血写成的殷红的“露”字。

偌大江城里，手持生花妙笔的记者，不止许兆阳一人。

许兆阳含恨离开规模最大的《江城新报》报馆，新闻界核心地带少他一个，丝毫不见冷清。而如今，死了他一个，人们也不痛不痒。舆论甚至因他的死而呈现出异常的炙热之态——从来隐在文章背后编派他人的记者，一朝丧命，入了他人妙笔下，摇身一变，成了故事的主人公。

精彩的想象，层出不穷。

不知谁最先受到歌曲《蓝天使》的启发，把那血写的“露”字与阮露明联系了起来，言之凿凿地“推理”道，许兆阳曾多次撰文批判阮露明曲意媚世，是“旧女性”的代表，绝不可能深夜聆听她的最新唱片。定是阮露明受不得抨击，积怨成仇，对许兆阳痛下杀手，还故意留下信息挑衅。

简直目无法纪，狂妄大胆至极！

这套说辞太过荒诞，推理者只当一篇虚构的故事写出来，民众也未当真。不当真，却不等于不关注传扬。“孤岛”最红的女明星，对中伤自己的记者怀恨在心，制造血案并堂而皇之地留下标记——这剧情，实在比任何小说或影戏都引人入胜。

一时间，又是热议，又是狂欢。

实际的探案进展，警方讳莫如深。

所幸，他们尚未听信街头巷尾流传的“故事”，直接扣下杀人的罪名而发令通缉阮露明，目前仍在进行侦查。而江寒之所以能猜到这些许内情，是因警方查出了他和许兆阳的“过节儿”，气势汹汹地破门闯入公寓，做了好一番盘问。

案发当晚，江寒人在家中，一步没有离开，有楼下的房东老夫妇作证。送走头缠红巾、高眉深目的巡捕，江寒坐回书桌前，打开上锁的抽屉，取出深藏其中的一摞资料。

那是他对许兆阳过往经历的调查结果。

两人毕竟曾“竞争”一场，算是有所交集。再加上舆论热烈膨胀，牵扯到那位女子。江寒焦灼不安，久不见警方破案，平息谣言，便自己动手查了查。

他一查，惊讶地发现，许大记者舞文弄墨的事业竟始于“阿阮”。

不是他心中的那位女子，而是第一位“阿阮”。江城曾经的女神，阮如玉。

那时，江城还未沦为“孤岛”。

阮如玉出自江城一个贫寒的工薪阶层家庭。父亲过劳早逝，她与母亲相依为命，童年居无定所，甚至在藩瓜弄睡过几年破草席。直到母亲寻得某公馆的帮佣工作，才终于有了栖身之处。

幼小的阮如玉随母亲寄居公馆，一晃十几年过去。她岁数渐长，出落得愈发秀美可人。

公馆的庶出少爷垂涎她的美貌，展开了热烈的“追求”。

那少爷是个挥霍无度的败家子，贪杯好赌，绝非良人。可阮如玉寄人篱下，还需顾及日益老迈病弱的母亲，根本没有反抗拒绝的底气，无奈地接受了少爷的“求爱”。

但很快，她就拥有了底气。

十八岁那年，阮如玉出门为母亲抓药，在街市里偶然被电影公司的“探子”相中，受邀出演影片，开始了演艺生涯。

幼少时坎坷的经历，一方面使阮如玉尝透世态炎凉、看尽人间冷暖，能将任何剧本、任何角色的喜怒哀乐都演得入木三分，另一方面又让她极吃得苦，无论怎样艰辛的拍摄都从不偷懒退缩。寒冬腊月里北上拍摄《野草新花》，于漫天风雪中一遍遍地重拍孤身跋涉的镜头，冻得两脚生疮也毫无怨言。

而在精湛的演技和拼命的狠劲之外，她还生着一副人见人怜的柔媚姿容。

“阿阮”一出，惊动江城。

成了大明星的阮如玉，收入足以糊口并赡养母亲。

她以为自己终于能过上渴望已久的独立的新生活，迫不及待地向少爷提出分手。

——少爷不同意。

非但不同意，还威胁道，如果阮如玉执意分手，他就把两人早年的情信公之于众，让大家开开眼界，见识见识清纯女影星的“真面目”。

那些言辞火辣下流的情信，都是少爷的手笔，阮如玉厌恶极了，从未答应收过。

然而，世人却不会如此作想。

阮如玉不愿被无谓的流言毁了自己刚起步的事业，只好忍气吞声，继续和少爷相处。

六年前，战火波及江城，大批影坛人士南迁避难。阮如玉随电影公司迁至粤城，在那里邂逅了人生初次的自由恋爱。真爱给了她勇气，返回江城后态度坚决地正式与少爷分手，并和爱人在新桥路沁园里的一幢小洋楼里同居。

庶出的少爷没有继承权，亲爹一死，只能分到微薄的遗产。他早已坐吃山空，绝不想失掉阮如玉这棵摇钱树。

见阮如玉软硬不吃，哀求和威胁都不管用，少爷竟一纸诉状将她告上了法庭。

罪名是“红杏出墙”“有伤风化”。

刚入报馆，一心只求出人头地的许兆阳，抓住了这个机会。

他洋洋洒洒地撰写了一篇绝世奇文，详述了以阮如玉为中心的“三角恋情”的始末，以其情节之曲折、描写之生动，在舆论的狂欢中独领风骚。许兆阳妙笔下的阮如玉，是一个由坎坷身世而酿出深沉心机的恶女，哀怨可怜的外表只是伪装，她靠这般伪装来吸引和蒙骗男子，将男子玩弄于股掌之间。

事实如何，真正的阮如玉如何，江城民众并不在意。许兆阳塑造的“阿阮”

形象最复杂新颖，最使人感兴趣，他们便只热衷于这个“阿阮”罢了。

凭借此文，初出茅庐的许兆阳一跃成为江城青年记者的领头人物。

更令江寒惊讶的是，与阮如玉相关的前尘往事中，熟悉的角色并不止许兆阳一个。

另外还有两位。

阮母帮佣的张公馆，竟是“万象影院大火案”时出面为张绍斐等人操办后事的已故张老太爷兄弟家。那泼皮无赖的庶出少爷名叫张济明，正是江寒当日与阮露明登门打听张家内情时，粗声叫嚣着“家务事”不许外人插手并将他们轰出门的青年。

而阮如玉在粤城邂逅的真爱，则是江寒久闻大名却未有机会谋面的人物——新华电影公司股东、茶烟巨商，唐兴的小叔唐仲钰。

长久以来遍地散落的无形的一些什么东西，突然被串联了起来。

江寒猛地抓住了那根微光闪烁的纤细丝线，心头狂跳。

三年前，阮如玉留下遗书“人言可畏”，服安眠药自杀。许兆阳之死，莫非与她有关?!

一个大胆的猜测。由此出发，继续向前推演，长路上一片白茫茫的浓雾。

遇见难解的谜题，最可依靠的只有那位女子。江寒整理了手头的所有资料，去找阮露明。

阮露明失踪了。

二

那女子的名字还被拱在舆论的风口浪尖，她本人却不知何时消失了踪影。

江寒寻遍了所有与她相关的场所。

到了新华摄影场，穆导演苦笑着道，《福尔摩斯探案集·小青传》拍摄结束以来，他便再未见过“阿阮”。去凯尔登大戏院，舞台上的《自由花》居然换了一位女主角。去惠心女中，谈校长也说，阮露明许久没来听课了。

十一月末，江城已是初冬时节。

寒鸦鸣泣着掠过灰白的天空，江寒仰头目送那几道剪影消逝于天尽头，心底算了算，距他最后一次见阮露明，竟已一月有余了。

那天，他破解了无戒和尚的暗语，质问阮露明的来历。阮露明没有正面回答，只笑了笑说，“孤岛神探”，名不虚传。

江寒以为，女子那句话是在讥讽他。也以为，他们是不欢而散。

许兆阳死亡案一出，阮露明被传成了头号嫌疑人。江寒一面心急如焚，担忧对方因此受困，一面也冒出个极不该的念头——他总算有了个“正当”的理由，可以主动突破僵局，与阮露明联络。

可他找不到那女子了。

阮露明家住何处，电话号码为何，竟一概无人知晓。江寒恍然惊觉，若非对方笑眯眯地主动现身，若非这样那样的巧合偶遇，他原来是根本找不到她的。

她一切平安吗？天气乍寒，身体还好吗？舆论的风波影响到她了吗？

牵挂于怀，日日忧虑，眨眼间竟已几十天过去，江城从秋到冬。

江寒心事重重，但该上的课还是要上。

他的文学讲义已进行到宋词部分，这节课说婉约词派。江寒走下讲台，带领女学生们读欧阳修的《蝶恋花·庭院深深深几许》：“庭院深深深几许，杨柳堆烟，帘幕无重数……泪眼问花花不语，乱红飞过——”

突然一道尖厉的抗议声，打断了众人朗朗的诵读。

“老师，我们不该学这首词！”

江寒朝来声处望去，诧异地发现，对方面貌大变。

惠心女中以年轻女子的独立精神为立校之本，谈校长尊重女孩们的自由，对着装管束不严，并不要求穿统一的制服。举手提出抗议的那位女学生，原是班上最爱追赶时髦的。报刊上新出了妆发或衣服样式，总是她最先钻研模仿，再热心地教给其他女孩。

可这位摩登少女，竟陡然将精心烫卷的长发铰至了及耳短，素面朝天，穿一身质朴的青灰色棉衫长裤。莫非她今晨睡过了头，没来得及照常装扮吗？又或者，这是最新的流行？

江寒糊涂了。

再细看去才发现，外表的变化尚是其次。她给人印象翻天覆地的关键，在于神情。

原本活泼开朗的一个女孩子，突然戴上了肃穆悲苦——悲苦得几近刚毅的面具。

是的，刚毅。江寒起先觉得，不该把这样“粗”的一个词安在如花年纪的少女身上，但思来想去，都找不到更贴切的形容了。

女学生拍案而起，傲然挑着眉头，双目圆睁，视线直勾勾地瞪向前方，仿佛那里正站着她恨不得挫骨扬灰的敌人。

可她面前分明没有任何人。

女学生厉声道：“如今已是一个崭新的时代，应提倡培养女子独立之精神、强健之体魄，引导其成长为真正的‘新女性’。我们身处新式的学堂，更要时刻警醒注意。这种闺怨诗词，是有毒性的，必须排除！”

江寒耐心地听她说完，温声问：“那么，你以为，新式课堂该讲些什么呢？”

“譬如《木兰辞》便是极好的！”女学生斩钉截铁地道。

万里赴戎机，关山度若飞——具备这般“安能辨我是雄雌”的孤勇气概，心怀民族大义者，才算真正的“新女性”。

至于深深庭院中只知伤春感怀的寂寞怨妇，她们自甘堕落，不值得同情。落后于时代的旧物已无存在的价值，活该被抛弃。

江寒听懂了女孩的观点，轻叹一口气，正要与她讲解，到了嘴边的话却被教室后方突然嚷嚷起来的不速之客堵回了。

“凭什么?！”唐兴怒道。

纨绔师弟什么时候来的?！江寒惊愕万分。

突然来了，在课堂上大吵大闹了，竟还穿了一身极惹眼的亮紫色西式夹克。

唐公子眼中丝毫没有课堂秩序，把桌拍得比女学生还要响：“凭什么‘庭院深深’活该被时代抛弃？凭什么‘木兰’的价值一定高于‘庭院深深’？深闺女子的不幸又不是她们自找的，苦头都给她们吃了，你不同情、不拯救也就算了，还把骂名也推给她们背——同为女子，你没有心！”

这话太重了，江寒连忙想阻止。

不料女学生冷静地反诘：“若不是自找自愿的，为何不反抗，为何不逃？”

纨绔师弟的斤两，江寒知道的。洋洋洒洒一通质问，全靠热血上头。一旦对方反客为主，将问题抛回来，他立刻语塞。

女学生环臂冷笑，接着道：“易卜生先生的剧作《玩偶之家》，不知您可曾读过？女主人公娜拉说，‘首先我是一个人，跟你一样的一个人——至少我要学做一个人。’同样被婚姻束缚，为何欧美女子便能觉醒，为争取自由平等而勇敢地斗争，我国女子却只知‘泪眼问花’？这不是自甘堕落，又是什么？！”

女学生有理有据，步步紧逼。唐公子走投无路，支吾半晌，只能蛮不讲理地再度拍桌：“反正你说得不对！不对就是不对！”

直到下了课，教室里只剩师兄弟二人，唐兴还气鼓鼓的。

“不对就是不对，不对就是不对啊！”

“好了，我懂你的意思。”江寒无奈地安抚道，“女性觉醒‘自我’，追求自由平等，是时代进步的标志，当然应该大力提倡。但新兴的观念难免青涩稚嫩，有其不完善之处。比如，只见娜拉勇敢地逃离家庭，却没有进一步想，娜拉走后将会怎样。”

黑暗压抑的家庭之外，是一个更黑暗压抑的社会。

社会若不变革，离家出走的娜拉便只是从一个小的囚笼逃进了一个略大的囚笼罢了。在外面略大的囚笼等着她的，只有更可怖的不幸。

而社会的变革，却不是靠某位女子一人的觉醒和出走就能实现的。

“没错、没错！我就是这样想的！”唐兴恍然大悟，热烈点头，“师兄英明！”

顿了顿，他又嘀咕道：“哼，都怪木兰煽风点火！瞧嘛，好好的女学生，都疯魔成什么样啦！”

不待纨绔师弟多说，江寒早已明白了，他之所以如此恼怒，原因并不在“庭院深深”的闺怨诗词被抨击这件事本身。而女学生样貌陡变，恐怕亦与木兰相关。

木兰是近期出现在江城各大报刊上的一位神秘作者。

此人身份成谜，是男是女、是何职业，大家一概不知。木兰的文章皆以“新女性”为主题，倡议女子如男儿般剪短发、着裤装，抵制化妆美容，抛弃一切物质欲望，过简朴生活，并注意强身健体，锻炼成古时替父从军的花木兰一般的英武勇猛。木兰使用通俗易懂的白话文写作，话语极具煽动性，非但吸引了大批底层劳动妇女，还得到许多受过西式教育的富家千金、摩登女学生的拥护。

要加强内部的团结，最有效的方法，便是立个外敌做靶子。

木兰显然深谙此道，宣传“新女性”的第一步，就将矛头直指当红的女影星们，痛批她们引领消费主义风潮，浮夸肤浅，是无可救药的“旧女性”。而“旧女性”之中最典型也最具恶劣影响的人物，木兰一口咬定，当数江城的头号巨星阮露明。

这天新出的晨报上，木兰再度发文批判阮露明，称她近期参演的《福尔摩斯探案集·小青传》一味展示深闺怨妇的感伤情怀，乃是一部粗制滥造的无聊影片，对年轻女性的思想有着“极大的毒性”，呼吁江城众女子团结起来，抵制该片。

竟与许兆阳若干旧文的观点出奇地一致。

距许兆阳之死已一月有余，人们将“阮露明仇杀许大记者”的剧情推演到极致，编无可编，逐渐丧失了兴趣，纷纷转向更新鲜有趣的话题。木兰新作一出，又将世人的目光拉回了阮露明身上。

目无法纪、狂妄大胆的女魔头，为泄私愤而杀了进步的许记者，会不会食髓知味，再犯罪孽？她的下一个目标，可能就是木兰了吧？

人们兴致勃勃地猜测着，仍不当真，纯做个精彩的谈资，口耳相传。

“木兰不分青红皂白地针对阿阮，就是故意蹭阿阮的热度嘛！”唐兴恼火得直跺脚，“阿阮又没演哭哭啼啼的幽怨小青，她可是机智锐利的艾琳·艾德勒，让大侦探福尔摩斯输得心服口服的‘那位女士’！”

“这不是“新女性”最好的例子?！”唐兴愤然道。

江寒一早也已读过木兰的新作。文章一味批判闺怨，而无丝毫对旧时代女子不幸命运的同情，犀利激进有余，人情味不足。女学生崇拜木兰，那般表现也就不足为怪了。

“木兰鼓励女子觉醒独立，初衷是好的，但言辞过激，对学生并非全然有益。”

“索性禁了这些乱七八糟的小报算啦！”唐兴一拍手，想出了好主意，“学堂立个规矩，禁止学生看木兰，不就一句话的事?”

江寒笑了笑，摇摇头：“不能的。”

唐兴无法理解：“老师管束学生，天经地义，怎么不能呢?”

“正因我为人师，才更不能制造障碍。我希望她们自由地接触各种各样的言论观点，自己思考并学习取舍，在此过程中逐渐觉醒树立自我。由旁人预先选择好的观念所塑造而成的，不是她们真正的自我。”江寒顿了顿，“倒是师弟你……”

“你唐家与第一位‘阿阮’有旧，我竟从未听你提过。”

江寒记忆犹新，他刚回江城，初见阮露明之日，纨绔师弟热心介绍心爱的“阿阮”，曾谈到前后两位“阿阮”名号更迭的逸事。当时，唐兴说着阮如玉的名字，口吻只像提及一个陌生人。

纨绔师弟无辜地眨了眨眼：“嗯?”

江寒轻叹了一口气，转了话题：“师弟你，今天到底来做什么的?”

不料这话题一转，纨绔师弟立刻垮了表情，愁眉苦脸，快要落泪：“师兄，我已一个多月不见阿阮了！到处都找不着她，我实在担心极了！”

江寒深感意外。

热烈追着那女子跑了几年的唐公子，竟也不比他多知几分阮露明个人的信息。

“不如，我们一道再去新华的摄影场瞧瞧吧。”唐兴提议道。

电影公司的摄影场门口一向热闹。

新华麾下众星云集，男女明星各有大批忠实疯狂的影迷。“孤岛”之中的生活，说多姿多彩也多姿多彩，说沉闷无聊也沉闷无聊，影迷们最爱的娱乐消遣便是成群结队地蹲守摄影场门前，只求远望自己钟爱的大明星一眼。

江寒坐在汽车里，见前方人头攒动，起初并不为奇。待车开得近了些，他便察觉到异常。

外面人声鼎沸，吵嚷之声却不是兴奋愉悦的。

人群后排，影迷们个个神情恐慌，一边交头接耳，一边翘首眺望，连各自支持的影星名牌、画报落在地上踩满了脚印也未察觉。前面则是手持镁光灯和相机的记者，他们将镜头直冲摄影场大门，严阵以待。而那宽阔庞大的铁皮门关得牢牢的，竟还横拉着数条明黄色的隔离带，只留一道狭窄的边门，许多穿黑衣、配长棍的巡捕正忙碌地进进出出。

师兄弟二人对视一眼，连忙开门下车。

唐兴那乌漆锃亮的福特汽车实在高调惹眼，刚一靠近就引起了大家的注意。二人下车露面，立刻被眼尖者认了出来，信息传开，人群骚动——

“明侦探！明侦探来啦！”

“还有‘华生’，唐公子也在呢！”

“江城的‘福尔摩斯’、江城的‘华生’，两位正义的化身，请尽快查明真相！”人们纷纷道。

两人冷不丁被团团围住，寸步难行，一头雾水。江寒茫然间，余光忽然瞥见远远的角落里，摄影场高墙下，有位熟人正悄悄冲他招手。江寒会意，朝唐兴使了个眼色。唐兴难得与师兄心有灵犀了一回，往道路的反方向一指：“哇，阿阮！”

“噢？！”

众人应声扭头。

唐兴机灵地飞快脱了外套，翻转披上——他那西式夹克竟还是两面穿，一面亮紫、一面深灰的新鲜款式——衣服换了低调颜色的唐公子，趁人们不注意，拽过江寒便往墙角溜去。

路过的是穆汉生穆导演，他身边还站了一位气质如菊、知性优雅的女子。穆导演比了个“嘘”的手势，领着他们避人耳目，沿墙根偷偷绕到了摄影场后门。

新建的摄影场，构造尚未被外人彻底摸透，后门清净，虚虚地掩着。

唐兴夸张地长舒一口气，迫不及待地把夹克外套翻回亮紫的一面，一边往身上套，一边好奇地问：“出什么事啦？”

“实不相瞒，”穆导演苦笑道，“摄影场里出了命案。”

◇◇◇◇ 三 ◇◇◇◇

江寒虽时常到访摄影场，多次见识这座水晶宫般瑰丽巍峨的玻璃摄影棚，却还是头一回进入其内部。初冬正午的阳光，明媚却无温度，冷冽地洒落人世，可“水晶宫”中竟暖洋洋的。金色的晴光自挑高的玻璃屋顶一泻而下，映得宽阔空间一览无余。

近期没有新片动用此处，偌大“水晶宫”里除了《福尔摩斯探案集·小青传》拍摄完成后未收尽的一些道具设备，以及倒卧正中央地上的一具女尸之外，别无他物。

师兄弟二人走入时，警方刚完成初步的勘验工作，现场仍维持着原状。

场面颇为骇人。

满地血迹大半已干了，转为阴沉的暗色，仅剩尸体周边一小片新鲜的殷红。殷红血泊中的女尸身穿青灰布衫长裤，麻布染血而呈斑驳的黑。最可怖的是死者的面容，竟被砸得稀烂，连五官的位置都难以分辨。

唐兴猛地闭眼捂嘴，煞白着脸，发出干呕之声。

江寒这边，女子凄惨死状所带来的冲击压过了他的洁癖，他看过尸体后又仔细观察起了周围情况。不远处的地面落了半截钢筋，钢筋上有呈喷溅状的血迹，尖角及断面处还粘着大量破皮碎肉——定是砸烂尸体脸孔的凶器无疑。

法医给尸体脸部蒙了白布，将其搬上担架，往外抬去。

唐兴略微缓过劲来，受好奇心驱使，在担架经过面前时忍不住又睁开了眼。女尸仅面部损毁严重，躯干大体完好，没有明显的外伤，连颈侧一块形状不规则的胎记也丝毫无损。不血腥，唐公子便不怕了，多瞧了几眼，瞧着瞧着，口中“咦”了一声。

江寒问：“怎么了？”

“她穿的是裕生纱厂的工服。”唐兴道，“我听表哥提过，那是他继承纱厂后才做的改革。为方便管理，全厂统一着装，并给每个工人编了专属的号码，就绣在工服的胸口上。”

换言之，死者虽面目全非，但只要衣物未被调包，便可凭工号迅速确认其身份。

江寒急忙要追法医：“请等一等——”

“六六七三乙。”一道陌生的女声拉住了他的脚步。

江寒回头一看，开口的竟是穆导演身边那位女子。

女子一身浅雾绿色的半开襟上衣、白绸裙，衣着适体而朴素，妆容清淡，神情谦而不卑，给人以高尚圣洁之感。她与穆导演同行，一路走来始终默不作声。乍一开口，吸引了江寒和唐兴的目光，女子还像为着自己惊扰了旁人似的充满歉意，解释道：“方才恰巧瞥见，脑子里便记下了。”

江寒瞧她眼生，而唐兴歪头打量了半晌，蓦地一拍手：“叶美青？你是叶美青对不对？”

“真不好意思，我竟忘了介绍！”穆导演忙道，“唐公子说得不错，这位便是夏绿蒂品牌的创始人叶美青女士，今日来商谈夏绿蒂美容饮品与我司影片的广告合作事宜。”

江城近来最受瞩目的公众人物，除了木兰，便数叶美青了。

叶美青的职业生涯堪称传奇。

她早年从影，也曾是木兰痛批的那类“旧女性”。只可惜，她的长相在银幕上显得过于素淡，一直得不到关注，长期做配角。与电影公司的合约期满，叶美青果断离开影坛，自创事业。她先是开设面向女子的专题讲座，以自己做“旧女性”期间卑微压抑的亲身经历为例，教育女子们觉醒并积极进行自我提升。靠讲座吸引大批忠实的拥护者后，叶美青又创建夏绿蒂品牌，专营健康美容饮品，督促拥护者们购买服用，将“自我提升”的理念落实到行动中，靠严格的自我管理来提高自身的女性魅力。在此之上，还鼓励她们多囤聚货品，自力更生开拓客群进行转卖——如此一来，即便陷于深闺之中，也可拥有一份独立的事业及稳定的收入。

息影创业的叶美青，正是木兰赞不绝口的“新女性”的代表人物。

“广告合作？饮品与影片？”唐兴没听懂。

江寒也有同样的疑惑。

“我听说穆导演要将江先生著作的《推理实录》系列拍成影片，便想出了这个主意。”叶美青温声说明道，“让明侦探在片中饮用夏绿蒂，于侦探一方，可彰显其自律健康的形象。于夏绿蒂，则相当于有了明侦探的推荐，能使更多人知晓并放心购买。”

“实在是双赢的主意！”穆导演笑道，“叶女士的智慧，每多接触一回，都使我更折服一分。”

这确实是厉害的生意头脑，但称得上“智慧”吗？江寒不敢苟同。

至少，他身为原作者，实在很难想象他的“明”侦探——阮露明喝什么美容饮品的模样。

一个纱厂女工，突然面目全非地死在了戒备森严的新华摄影场，门口的看客热烈呼称他们为“正义的化身”，请他们尽快查明真相。但江寒有自知之明，且认定唐兴亦知晓，没有阮露明，仅凭他们二人，根本无法破解任何谜题。

他为那不知名女子的枉死而痛惜。但既然无能，便只有无奈。

向穆导演问清阮露明近日仍未露面，也就告辞了。

无能无奈，却终究免不了牵挂焦虑。某天深夜，江寒辗转反侧，实在难以成眠，索性披了大衣出门散步。冬夜寒冷，更深露重，走着走着便湿了眉梢发尾。他一抬头，发现自己竟到了柳公馆门前。

凤荷案后，倏忽已过小半年。

久违的柳公馆，深深地浸在一片浓郁沉重的漆黑里。

周遭阒寂无声。

阮露明不见了，怎么柳四爷也不在家吗？疑问闪过脑海，但长路耗尽了体力，困倦袭来，江寒拦了一辆通宵拉客的人力车回公寓睡下，并未深思。

他原以为，自己只能作为一个局外人，等待警方对新华摄影场无名女尸案的调查结果，通过报纸杂志关注破案进展。却不料，很快，一种惊人的可能性浮出水面，猝然将他拉入了迷局之中。

——那身份不明的死者，疑为神秘作者木兰。

死亡时间推测为前一晚的午夜。摄影场某位值夜小工提供证词道，夜半时分，他曾见一道极像阮露明的身影闪过“水晶宫”门外。

◇◇◇◇ 四 ◇◇◇◇

裕生纱厂工号“六六七三乙”所对应的女工，真名吕文勤。

尸体惊现新华摄影场的当天清晨，裕生纱厂那边，吕文勤无故旷工。车间组长以为她睡懒觉未起，当即震怒，赶到女工宿舍寻人，扬言要狠罚吕文勤，以儆效尤。

却不料，宿舍区也到处不见吕文勤的踪影。

纱厂包食宿，纪律极为严苛。女工们做九休一，工作日只能在宿舍和纱厂的两点一线间活动，清早六点出工、深夜十点下工，早中晚三次点到，毫无偷懒喘息的机会。要外出理发、就医，采购生活用品，或要休闲娱乐，都只能挤在十天一次的休息日里进行。

吕文勤住双人间，她室友在其他工组，接到通知匆匆赶回。

据她室友回忆，当夜下工后，女工们被吕文勤同组的阿丹召集聚会。阿丹美貌，谈了一个在附近裁缝铺做伙计的男朋友，对方常隔着宿舍铁栏偷递新鲜的点心酒饮进来，让阿丹与众人分享——这让阿丹成了宿舍里最受欢迎的人物，她的恋情也被传为女工们人人羡慕的美谈。

纱厂食堂的工餐寡淡，有好吃的好喝的解馋，没人愿意错过的。唯独吕文勤，说自己读报写作繁忙，时间宝贵，顾自走开了。

吕文勤身在纱厂，做一个平凡的女工，却很清高，众人早就习惯了她的不合群。她室友参与欢聚，喝多了酒，直接在阿丹屋里打地铺睡了，次日凌晨回房发现隔壁床铺平平整整，也只当吕文勤已早起去上工，并没有多想。

直到吕文勤的组长冲进宿舍扑了个空，一通电话打到车间，她室友才恍然大悟。

以上，便是警方初步调查裕生纱厂所得的全部信息。

见过吕文勤的人都知道，其颈侧生有一大块形状不规则的胎记，那也是她孤僻自卑的根源所在。新华摄影场“水晶宫”里的凄惨女尸，确是吕文勤无误。

有唐公子这位尊贵的表少爷在，要探听警方在裕生纱厂的行动，再容易不过。

“那些红巾子巡捕把吕文勤的私人物品翻了个底朝天，师兄你猜怎么着？她竟曾是阿阮的影迷！”唐兴激动得嗓音高了八个度，“她把阿阮从影至今秋刊登在报纸杂志上的相片、新闻、广告，甚至记者们的各种评论文章，都剪贴收集了起来，整理得完完全全的——可真是全啊，连我做的都不如她齐全！”

“等等，你还做了阿阮的剪报？”江寒一愣，哭笑不得。

看唐兴的模样，江寒猜到，事情远不止如此简单。

果然，纨绔师弟接着道：“奇怪的是，吕文勤的剪报上，阿阮的肖像和姓名都被画花了。”

警方还在吕文勤上锁的柜子里发现了“惊喜”——其中藏有大量批判阮露明的杂文手稿。

“手稿落款时间正是从今年秋天，她停止收集阿阮的剪报开始的。”

简而言之，直到秋天为止，吕文勤都还迷恋支持着阮露明。但不知是什么原因，她态度陡变，非但毁尽了收藏，还执笔撰文，大肆抨击自己曾经的偶像。

参与纱厂搜查的巡捕都是深肤色、大胡子、高眉深目的异邦人，国语水平有限，只粗略翻了翻便将手稿作为证物封箱收押了。箱子带回巡捕房，其他巡捕偶然打开，瞧见其中一页，惊诧道：“这不是木兰的文章吗？”

警方这才开始仔细查阅吕文勤的文稿。

与数月以来木兰发表的篇目完全一致。

“于是警方便认定了死者吕姑娘即为木兰？”江寒皱眉，“阮小姐被木兰批判，很有可能怀恨在心，也就有了犯案的动机。”

竟与坊间胡编乱造的荒谬情节合上了。

阮露明失踪已久，无从查证她的不在场证明。又有摄影场小工作证，案发当晚曾见到身形极像阮露明的人影。情势对那女子极为不利。

“阿阮、阿阮该不会被通缉吧？”唐兴慌得舌头打结，结结巴巴地问。

警方尚未传讯阮露明，应当还没有发现她的消失。

但这不过是迟早的事。

一旦发现了……江寒闭了闭眼。

曾被“通缉”二字沾了身的女明星，即便根本清白无辜，即便日后真相大白于天下，都再不可能从流言蜚语的深渊解脱。女子曾朗声道：人言可畏，但我偏不畏它——可他又怎能眼睁睁地看着她跌入那万丈深渊?

万万不能。万万不能。江寒反复告诉自己。

尽管那女子从来坚韧独立。连在他梦里筋疲力尽地跌倒在茫茫风雪中，也会固执地挥开他伸去的手，踉踉跄跄地自己爬起来，咬牙继续向前蹒跚行去。

她挥开我的手，却不意味着我就不该向她伸出手去。

我必须帮助和拯救她。我无比渴望帮助和拯救她。

“师兄，我们救救阿阮吧！”耳边，纨绔师弟带着哭腔喊道。

江寒恍惚了。那既是唐兴的泣声，也仿佛是他自己心底里传来的声音。

然而我——我做得到吗？我只是个一再偶然入局的旁观记录者。迷局正中的思想者，须得挺直脊背，坦然直面一切谜题。谜题的背后，还有更复杂难解的社会的黑暗沉疴。“明”侦探背负了许久的如此重担，我接得住、背得起吗?

遮天蔽日的浓厚迷雾中，一道力量猛地攫住了他。

江寒猝然回神，正对上唐兴微红却目光坚定的双眼。

“师兄，人们都以为你才是明侦探，不信阿阮身为女子的智慧。但我一路看来，无比清楚，阿阮并非惊艳现身一次就永远退场的艾琳·艾德勒，而是英明睿智的歇洛克·福尔摩斯，真正的明侦探。师兄你，则是明侦探最默契的搭档，最真诚的记录者。

“你是她的‘华生’。”

唐兴攥着江寒的手腕，哑声道。

“大侦探有难，华生怎能犹豫退缩？师兄，如果迷局里没了福尔摩斯，一位华生的力量不够，就由我来做你华生的华生吧。

“我们两个一起，救救阿阮。”

游戏人间的纨绔公子，以此生前所未有的庄严神情注视着他。

“好。”江寒咬紧牙关，点了点头。

◇◇◇◇ 五 ◇◇◇◇

两位“华生”合力，行动却也不见得多顺利。

江寒与唐兴商议后，根据彼此各自的长处，确定了两条调查路线。一用江寒的医学知识，从尸体本身的情状入手，推理凶手的作案手法；二用唐兴和裕生纱厂的关系，深入调查吕文勤的人脉关系，寻找更具确实杀人动机的人物。

但真正起步实施，发现两条路都困难重重。

以往与阮露明共同经历的案件中，他们不是靠柳四爷或贺老的关系获取验尸报告，就是大胆潜入验尸所，亲手重验尸体。但“孤岛”近来愈发动荡，当局与反动势力勾结，竟对协助其情报工作的柳四爷倒打一耙，给他扣上了一顶“卖国贼”的帽子，并展开暗杀行动。早先接受政府安排迁至内地的贺老，则被划为怯懦自私的“守旧党”，只知自己逃命而置江城民众于不顾。

柳四爷及贺老的名号，已是不能借了。

而吕文勤的遗体，因案件受到法院格外的关注，没有如常转到验尸所。和地处近郊、周遭荒无人烟的验尸所不同，法院的鉴定室戒备森严，根本不容外人擅闯。

“我、我去找找小叔的手下！小叔在法院肯定也有人脉！”

唐兴把心一横，也不怕挨唐股东教训了，重拿出任性纨绔的派头，大摇大摆地出去了。

他出去转了一圈，返回时垂头丧气。

原来，唐仲钰已将粤城的产业安置妥当，不日便将正式返回江城，并长期定居于此。唐股东铁腕手段，刚刚遥控整肃了唐家在江城的人手，唐兴戴个纨绔面具大吵大闹，却连一兵一卒也调用不了。

至于另一边，裕生纱厂。

创办和经营纱厂的钱氏家族，是唐兴的姑妈家。前不久，当家少爷钱维翰及妻子周露仪失踪，“明”侦探洗清了钱维翰的杀人嫌疑，使其母钱太太感激不尽。师兄弟二人提出进入纱厂，尤其是要破例进入女工宿舍查访，钱太太毫不犹豫，满口答应。

却没料到，调查行动的阻碍，竟来自已故的吕文勤本人。

“怎么会有人缘这么差的女孩子啊？！”唐兴把自己精致油亮的背头揉得乱七八糟，崩溃地大叫。

江寒也头痛不已。

亲身探访纱厂，他们看到了比警方调查结果所描述的更具象立体的吕文勤。

一个既自卑又高傲的矛盾综合体。

她特立独行，也被其余女工联合起来孤立。并且，难以判断哪边是因，哪边是果。

女工宿舍门口装裱着纱厂周年庆典时女工们的集体留影，吕文勤站在末排角落里，五官糊成一团，还被相框压住了大半张脸。江寒请车间组长再找找她单人的相片，组长翻了半天，才从全厂女工名簿里翻出一张吕文勤的半身照。

小眼睛、塌鼻梁，微胖的宽脸盘。

颈侧大片深色胎记，在黑白对比鲜明的相片上更加显眼。

这样一位女子，心中怀着光鲜亮丽的美梦。她的美梦，先是关于外貌的，再是关于思想与文学的。

“这女子，不安分啊！”组长谈及吕文勤，语气极为恼火，“做工偷懒，也不团结其他工人，心思全花在歪处！不是研究模仿女明星的打扮，就是拿腔作势地读书、写文章，还往报纸投稿呢！也不看看自己什么相貌、什么身份！”

组长提到的，是吕文勤刚入厂不久时发生的事。她偷了车间的布料，仿制阮露明在新剧《自由花》中穿着的戏服。

“如果吕姑娘真是从盲目崇拜追求外表之美，到实现精神独立的心灵之美，觉醒自我，热心阅读写作，成为木兰，可谓一段佳话。”江寒叹道。

“可我越瞧她，越不像木兰。”唐兴说，“我虽讨厌木兰不分青红皂白地攻击阿阮，但不得不承认，这人连面都不露，就能在短短一两个月里吸引大批追随者，本事是不小的。”

而女工宿舍里最孤僻、最不讨喜并为此所苦，做了种种挣扎努力却只让自己在泥淖里越陷越深的吕文勤，真有可能是木兰吗?

“我看啊，吕姑娘是死是活，在这里都根本无人在意。”唐兴摊手道。

他们借了宿舍食堂的一角空间，请组长通知众位女工，若有吕文勤相关的信息，可主动前来告知。可左等右等，一个人影也不见。唐公子耐心告罄，溜出去打听了一圈，回来说，那位最漂亮、最受欢迎的阿丹姑娘突然病倒了，女工们都挤在她房里探望安慰呢。

惨死的吕文勤，大家没空理会，也毫不关心。

唐兴道：“师兄，我们走吧，别在这里耗着——”

话没说完，就被一道低沉的女声打断了：“两位同志，是来调查吕文勤的？”

他们循声望去。

一名高大壮实的女子从食堂另一侧门走入，嗓音如洪钟，隔着偌大空间，字字掷地有声。

女子大步流星地横穿过食堂，朝二人走来，至他们面前环臂立定，双脚与肩同宽，站姿沉稳如松。她留齐耳短发，深褐肤色，脸颊有晒伤的暗红疮痕，目光锐利如剑。

身着裕生工服，却没有去陪伴阿丹。看来，这是女工宿舍中另一位特立独行的人物。

而她的特立独行，与吕文勤的，给人感觉迥然不同。

江寒正在翻阅车间组长提供的全厂女工名簿。与名簿上的相片一比对，便知来者名叫沈如英。

“如果是的话，趁早走吧。你们在这里打听不到什么的。”

唐公子处惯了温柔乡，从未见过这样“粗”的女子，一时间惊得目瞪口呆，说不出话来。江寒预感这将是一大突破口，连忙问：“沈姑……同志，此话怎……这话怎么说？”

“她们一不想来，二不敢来。来了，就是和阿丹作对，就会像吕文勤一样，被全宿舍排挤。血淋淋的例子摆在前头，谁还有胆量冒险？”沈如英冷哼道。

“是阿丹姑娘带头孤立吕姑娘的？”江寒不解，“为什么？”

“阿丹在和附近裁缝铺的伙计小杜谈恋爱，你们知道吧?”

阿丹美艳，小杜英俊，两人光看外貌便极为般配，是裕生纱厂女工们人人称羡的天作之合。江寒点点头。

沈如英嗤笑道：“但其实，先认识小杜并向他表白心意的，是吕文勤。姓杜的长得人模狗样，却是个品性低劣的小人。吕文勤诚心诚意写的情书，他竟当作笑话到处宣扬，讽刺吕文勤‘癞蛤蟆想吃天鹅肉’。在厂里，吕文勤本就常被阿丹拿脖子上的胎记取笑，姓杜的明知道吕文勤惧怕阿丹，还故意和阿丹勾搭在一起。”

结果，吕文勤大受刺激，更加阴郁自闭。

阿丹则将她视为不知天高地厚地垂涎着自己男友的贱人，日益公开明白地针对欺侮吕文勤。而围聚在阿丹身边的女孩们，有了吕文勤这一共同的“敌人”，愈发地“团结”了。

“吕姑娘停止收集剪报，画花阮小姐的肖像，专注读书写作，便是从那时开始的吗？”

吕文勤被排挤孤立，却终究不想承认自己真沦落到如此可悲可怜的境地。于是，她想了个法子，反过来主动疏远以阿丹为核心的女工团体。然而，贫困如她，被严苛的工厂纪律彻底剥夺了日常自由如她，能做的实在有限。

唯有阅读写作，不要成本，也不受时空限制。

它带来的回馈却是无限高贵的。

思想与文学的光照，投稿所获的认可，让吕文勤深感慰藉。她甚至产生了一种幻觉——觉得自己高于那些只知追求外貌和情爱的浮浅女工们。

被江寒如此一问，性格爽直的沈如英不知为何突然皱眉沉默了片刻："总之，吕文勤尝到了'自我觉醒'的甜头。正好这时候，她休息日出去，遇见了叶美青的讲座。"

在这场合，这番对话的脉络中，怎会突然出现叶美青的名字？

看似南辕北辙的两条线突然交会，江寒愣住了。

叶美青的讲座说，女子光是觉醒还远远不够。觉醒之后，应进一步提升。

吕文勤被叶美青的理念所吸引，开始饮用夏绿蒂，并倾尽积蓄批量进货，试图在裕生纱厂的女工宿舍转售，以夏绿蒂为载体，宣传女性自我提升的精神。

江寒谨慎地提出疑问："可是，警方调查吕姑娘的私人物品，并没有发现夏绿蒂。"

沈如英冷笑："当然找不到了。她在宿舍卖夏绿蒂，是抢阿丹的生意啊。"

浮浅的阿丹，只知追求外貌和情爱的阿丹，竟也是叶美青的"信徒"。

吕文勤成箱的货，被阿丹带着几个手提水桶的女工，佯装不当心，狠狠泼了个湿透。纸包的粉末状的夏绿蒂，轻易地尽毁了。

而沈如英之所以对吕文勤的情况如此了解，正是因为那日，被逼绝望的吕文勤尖叫着冲向阿丹，被阿丹随从的几名女工揪住头发往粗糙的砖墙推搡去，眼看着就要重创脸孔时，沈如英恰巧路过，大喝一声，吓跑了她们。

唐公子噎了半晌，终究怀着对全体女子一视同仁的怜香惜玉之心，颤声问："你为吕姑娘打抱不平，现在又不去看望阿丹，独自来找我们，不要紧吗？"

"能有什么要紧？"沈如英撇撇嘴，捋起袖子拍了拍胳膊——只见那麦色的小臂上肌肉隆起，青筋随着她捏拳的动作而暴突，"我懒得搭理她们，她们娇滴滴的小姑娘，也没胆量招惹我。"

唐公子倒吸一口凉气，又歇了声。

沈如英见状，轻蔑地“哈”了一声，显然极瞧不起富家少爷的娇弱之态。唐兴又羞又恼，却被她的肌肉震慑得根本不敢抗议，撇着嘴，整张脸都憋青了。江寒看纨绔师弟可怜，接过话头道：“总之，此番多谢您了。”

“不客气。”沈如英似乎很敬重读书人，对江寒态度好多了，爽快地摆摆手，“你们调查，可得再抓紧些。叶美青一早也来过。这宿舍里的人，大半跟着阿丹喝夏绿蒂，相信‘自我提升’的理念。叶美青问话，得到的待遇和你们可完全不一样。我方才说的，其他人肯定已经给她倒了个底朝天。”

叶美青也在追查吕文勤之死?！为什么?

江寒和唐兴对视一眼，彼此脸上俱是惊愕之色。

险阻重重的两条路之间，突然岔出了第三条路。

那条路狭窄，且前方大雾弥漫，难辨走下去将是宽阔坦途还是悬崖峭壁。

但江寒决定走去试一试。

师兄做的决定，师弟没有不乖巧答应的。乌漆锃亮的福特汽车轰鸣着，驶向了叶美青住宅兼夏绿蒂品牌办公处所在的霞霏路。

那是一幢颇具历史感的花园洋房，三层砖木结构，孟莎式的坡屋顶，红瓦屋顶与路旁常青树叶片的浓绿极相宜。门前两个弧形楼梯，直达二楼，一边通向叶美青私人的居所，一边通向夏绿蒂品牌的办公处。

叶美青在办公处那侧接待了他们。

女子穿着一身窄腰高领的素色轻绸大衣，既显得体态亭亭婀娜，又十分端庄清雅。她请江寒和唐兴在会客厅的长软椅落座，亲自泡了咖啡，配好牛奶、白砂糖，一切准备妥帖，才与两人相对而坐，进入正题。

“不瞒二位先生，我与吕姑娘确实曾有交集。”叶美青道，“三个月前，吕姑娘来听我的讲座，大受启发，过后又单独找我谈心，深入做了思想方面的交流。我定期开设讲座并经营夏绿蒂品牌，接触的年轻女子何其多，如吕姑娘那般积极上进的着实罕见。目睹她惨死，而案件迟迟未破，我坐立难安，只想贡献自己的一份力量，找出真凶，好让一位原可能有光明未来的新女性在九泉之下瞑目。”

叶美青说得情真意切，甚至几度哽咽。听者再是铁石心肠，也难不动容。

她拈着一方雪白的帕子，揩了揩泪，又接着说道："其实，我与阮小姐也算故交。吕姑娘被害，阮小姐成为嫌疑人，实在是我最不愿看到的局面。我相信阮小姐的清白——追查真相，既是为吕姑娘安魂，也是为阮小姐洗刷冤屈。"

叶美青和阮露明？是她早年从影时的交情吗？

江寒正欲追问，却被会客厅里侧传来的动静打断了。那里竟藏有一扇小门，门开了，走出个身穿衬衣西裤、外罩白大褂的青年男子来。江寒和唐兴意外，突然走出的男子似乎也没料到厅中有客来访，猛地愣在原地。

"抱歉，打扰了。"男子的视线掠过唐兴，在江寒身上停了片刻，随后匆匆垂下眼皮。

"正巧，我来介绍一下。这位是我的助手，英国留学回来的周医生。他刚加入夏绿蒂，主要负责新品的研发工作。"意外的场面，打不破叶美青的端庄得体，她嫣然笑着，起身走到男子身旁，"周医生才思敏捷，非但专业水平高超，逻辑推理能力也十分了得。吕姑娘一事，多亏他协助我。"

叶美青说着，望向江寒，温声道："听说江先生也留洋学医多年，两位皆是一时俊杰，请务必多多交流，共谋我国医药事业的进步。"

周医生找叶美青，定是有工作要忙。江寒拉上唐兴，礼貌地告辞。

刚走下花园洋房的弧形楼梯，唐兴就憋不住了。

"什么'共谋我国医药事业的进步'，说得冠冕堂皇，不就是做饮料嘛！"纨绔师弟热血冲头，连骂带嚷，"那个叶美青，假惺惺的，她会还阿阮清白才怪！"

方才一番会面，从头至尾，唠叨碎嘴的唐公子竟都默不作声，只用精明的目光一直打量叶美青。江寒早已察觉异样，这才终于问："师弟你对叶女士似乎有偏见？"

"不是偏见，是事实！我想起来了，叶美青和阿阮的故交，交的是仇。她恨死了阿阮，怎么可能为阿阮主持公道？"

叶美青从影，比阮露明早得多。

早在无声片时代，她就已现身银幕了，但受素淡的长相所限，一直没能引起观众的注意。叶美青长期做配角，从无声片配到有声片，默默配着一位又一位女主角登上银幕大放异彩。三年前，叶美青终于得到一次主演的机会——她与新华的合约即将到期，公司已决定不再续约，那是叶美青最后的翻身之机。

恰巧那时，阮露明出现了。

新华从刚成立不久的安华电影公司挖走了阮露明，仓促之间来不及为她量身定制新片，便挪用了原准备给叶美青主演的角色。阮露明演了，红遍江城。

“阿阮刚进新华，哪知道背后的弯弯绕绕？她若知道，定不会同意演那角色的。”

但在叶美青看来，却是阮露明故意抢了她的主角之位，抢了她大红大紫的命运。

叶美青合约期满，求新华续约不成，黯然退出影坛。但她怀着光鲜亮丽的主角梦，不愿就此泯然众人矣，苦苦思索着破局之法。某天她偶然看见一种西洋美容保健药品的广告，受到启发，抓住最时髦的“新女性”话题，创办夏绿蒂，一夜成名。

“什么人淡如菊，我呸！假面具罢了。叶美青根本就是个可怕的野心家。”

“虽然她后来另辟蹊径，有了一番新的事业，但她一定还记着当初的仇。”唐兴很肯定地说。

因嫉生恨——江寒这端方君子，实在难以理解这种逻辑。

“对了，师兄，那个周医生是不是认识你啊？”唐兴好奇道，“他看你的眼神可真奇怪。”

身穿白大褂的周医生，甫一露面，视线从他们身上掠过，只一瞬的工夫便垂下了眼皮。唐兴一说，江寒细细一琢磨，猛地反应过来。

那人与他，还真是旧相识。

留洋的最后一年，江寒曾有机会获得一笔不菲的奖学金。他学业优异，各种嘉奖排着队找上门来，他习以为常，并不放在心上，照旧埋头专注于书本和研究。不久后，江城沦陷，恩师慷慨书写的革命诗漂洋过海，传到伦敦，江寒读后大受震动，当即决定弃医从文，启程回国。临走时听说，因为他的退学，奖学金自动落到了隔壁班名次仅次于他的一位同胞头上。

同胞的名字，江寒记得，应该是叫周若亭。

奖学金意味着异邦学府的肯定，同胞优秀，替补江寒得了，江寒很是欣慰，以为结果圆满，安心地离开了伦敦。如今看周若亭的情态，当年之事在他眼中似乎并不“圆满”。

“原来如此——不就和叶美青对阿阮的态度一样嘛！他俩还真是凑了一双，天作之合。”唐兴说着，突然八卦地嘿嘿笑起来，“话说回来，学医的在夏绿蒂能干什么？他该不会只挂了个虚名，实际上是叶美青养的小白脸吧？”

“师弟。”

“好好好，我知道，‘非礼勿言’嘛。”说话间，他们已走到了车旁。唐兴笑嘻嘻地举起左右两根食指，比了个叉抵在唇上，又回头看了一眼绿荫掩映间的花园洋房，愉悦扬着的唇角压平了：“要再快些了。”

江寒亦以为然。

他们的调查，不仅要和警方赛跑，还必须抢先于叶美青和周若亭。

毕竟，基于半吊子的“真实”，向着某个预设的“主旨”补充而成的故事——半真半假、半虚半实，最容易取信于人。

也最可怕。

因嫉生恨，被如此情绪摆布的叶美青和周若亭，他们打算讲的故事，可想而知。

再快些，再快一些。可狭窄的第三条路上仍是弥天漫地的浓雾，江寒真欲不顾一切地向前狂奔而去，又怕步子急了，错了方向，拖累得师弟一起跌个粉身碎骨。

◇◇◇◇ 六 ◇◇◇◇

师兄弟两位“华生”只顾追赶警方及叶、周二人的调查进度，竟粗心地忘却了，以“孤岛”的常理，他们需提防和竞争的对象还有一方。

因阮露明久久不露面而再无新情节可编的小报记者们，不知从何得知叶美青——夏绿蒂健康美容饮品创始人、新女性的代表人物——也参与调查新华摄影场毁容女尸案，这一大针强心剂让萎靡疲倦的他们瞬间振奋起来。记者们不吝赞美之词，誉叶美青为江城的“阿加莎·克里斯蒂”，并将她与江城的“歇洛克·福尔摩斯”对立起来，批判“明”侦探此番不力，令人失望。

在“孤岛”之中，被捧上神坛或从神坛跌落，都不过是顷刻间的事情。

叶美青参与调查，很快交出了极令看客们满意的成果。

——她指出，杀害木兰吕文勤并将其毁容的凶手，是同纱厂的女工阿丹。

裕生纱厂女工宿舍最美丽的女子阿丹，空有一副好皮囊，内里是蛇蝎似的狠毒心肠，以带头排挤欺侮相貌平平的吕文勤为乐。而吕文勤受夏绿蒂女性自我提升思想的影响，心怀大志，并不与浮浅恶毒的阿丹一般见识，于逆境中坚强地展开写作，化身为木兰，将夏绿蒂的先进理念传递给更多女子。

阿丹却根本理解不了吕文勤的思想高度。她与附近兴乐裁缝铺的英俊伙计小杜恋爱，不满丑女垂涎自己的男友，起了杀心。

可阿丹一个普通的纱厂女工，和电影公司八竿子打不着，她怎么想到，又是怎么能把尸体扔进新华摄影场的“水晶宫”里的？有细心的读者回顾了前情提要，谨慎地提出疑问。

哦哦，这个问题嘛——别忘了还有个目无法纪、狂妄大胆的女魔头“阿阮”呀！

阮露明频频被木兰批判，积怨已久，只恨不知其真实身份。她巧遇阿丹，知晓了吕文勤便是木兰，便以自己协助弃尸“水晶宫”为条件，怂恿阿丹动手。

记者们轻轻巧巧地补充了一段，便把剧情的漏洞给圆上了。

这故事，要言情有言情，要推理有推理，甚至能上升到思想道德的高度，探讨新旧女性的对比问题，并且，幕布背后还隐着一位运筹帷幄的大魔头！总之，一切引人眼球、吊人胃口、惹人热议的元素，尽在其中。

精彩，太精彩了。看客们拊掌慨叹。

江城众女子都将自己代入了木兰吕文勤的角色，哀怜她心比天高、命比纸薄，对阴毒的蛇蝎美女同仇敌忾。

原来枉死的吕文勤是这般可怜又可敬的人物，原来叶美青及其夏绿蒂品牌是木兰远见卓识的原点。叶美青愈发受到关注和拥护，江寒到惠心女中上课，竟见女学生们人手一瓶夏绿蒂最新推出的冬季暖饮。

至于幕后操控全局的大魔头，人们对她又惧又畏。

她真是好高超的手段，好刁滑的计谋！既能除了眼中钉木兰，又不脏自己一根指头。

人们对阿丹肆意谩骂，而对凌驾于故事舞台之上的神秘“魔女”，却只敢远远仰望——仰望着他们想象中的那个“侦探”与“魔女”，叶美青和阮露明相对而立的画面。

清雅圣洁的白，浓稠阴郁的黑。

极端的对比色对峙，既令观者不寒而栗，又呈现出一种近乎妖冶的美丽。

异常高涨的狂欢浪潮，吞没了一些原该受到注意的关键水花。

各家报纸杂志连篇累牍地编撰刊载故事，民众热心追读议论，竟至于《江城新报》发表的木兰新作无人问津。

那是一篇极具木兰个人特征的文章。篇幅简短，语言精练平白，富有煽动性，令人读来热血沸腾、斗志昂扬。文章的主旨仍是新女性，号召女子们停止追求肤浅的外貌之美，停止穿着打扮方面的消费，重视强身健体，培养“安能辨我是雄雌”的英雄气概。

文中种种，都是木兰已呼吁无数次的口号。没有更新颖的论调，不能引发世人激辩，这在情理之中。可此文最大的意义，不在其内容，而在其发表本身。

它释放出一个无比重要的信号——木兰仍在。

吕文勤死了，木兰仍在。

那么，吕文勤便不可能是木兰。而若吕文勤不是木兰，舆论咬定的阮露明对吕文勤的杀机也就不复存在。

多么简单的逻辑推理。

可狂欢的热潮一浪高过一浪，竟将这一关键的信息连同木兰的新作一起淹没了。

一再被推回舆论旋涡正中的阮露明本人，仍旧杳无音讯。

江寒忧心忡忡，寝食难安。

冬渐深，江城一日更比一日地冷了。夜里实在无法成眠，他索性起身，点燃了炉火，坐到书桌前，铺展开方格稿纸，提笔写了下去。

写的不是数月以来投注最多精力的《推理实录》，而是久违的私人信件。

在进步党派的组织下，又将有一批文化界人士撤离“孤岛”，迁往内地，《江城新报》老主编名列其中。此次迁移的目的地，恰巧是江寒的恩师贺老所在的渝城。老主编来找江寒，问他是否有信要带。

江寒回国小半年，被卷入一桩又一桩血案。每桩案件深处都藏着血淋淋的社会问题，问题的背后则是时代的风云激变。他虽一次次地参与和见证了谜案的破解，心头的困惑却越攒越多。但他又无法如年少时一般，及时从恩师处得到解答点拨，只能背着愈发沉重的行囊独自跋涉在茫茫“孤岛”，早已疲惫不堪。

原本，他还有“明”侦探。

那聪慧睿智的女子，凛然持着言语和思想的利剑，引领他向前。剑刃所及之处，漫天迷雾似乎也被破开了口子。

可女子倏忽就不见了影踪。隐约显出轮廓的前路，也随着她的失踪而重又浸入浓雾之中。

与恩师恢复联系的契机，来得太是时候。

千言万语涌到笔尖，江寒一时不知从何写起。而当第一个字落下，便一发不可收拾，不知不觉间，就写到了天光大亮时分。

“师兄、师兄！大事不好啦！”唐兴嚷嚷着，熟门熟路地冲了进来。

曾经日日昼伏夜出的浪荡公子，江寒竟也习惯了见他清早便出现在自己的公寓里。

信已至末尾，江寒将纸张倒扣了，问：“又怎么了？”

舆论的巨浪，在言语的汪洋里翻涌推移，日夜疾行，终于扑到了岸上。

警方采纳了叶美青的“成果”，再次前往裕生纱厂及周边区域展开调查。吕文勤被害当天，恰逢阿丹的休息日，阿丹称自己整日在小杜的住处，有不在场证明。警方找小杜核实，小杜竟矢口否认，连连摇头说两人已许久没见面了。

阿丹的谎言被戳破，嫌疑陡增，当即遭到拘捕。

“这不对啊！”唐兴既愤懑又糊涂，“按师兄你说的，吕文勤不是木兰，阿阮与她无冤无仇，没有动机介入她和阿丹之间。阿丹没了阿阮的关系，也就不可能把尸体抛进新华的摄影场。没道理啊！”

是的，没道理。

但他们身在混乱无比的“孤岛”，一个本就常理不通的奇异之地。

唐公子好像有两颗心。一颗牵挂着“阿阮”和案件，义愤填膺，另一颗向着八卦，也丝毫没耽误——

“我好奇那个周医生，偷偷去打听了一下。结果可真精彩极了！”唐兴激动得直拍桌，“他回国原是打算做个正经西医大展身手的，但在江城各家医院跑了一遍后，没有一家愿意要他。周若亭走投无路，正好叶美青想拉个医生装点门面，给夏绿蒂饮品的科学性背书。两人一拍即合，周若亭就进了夏绿蒂，成了叶美青的助手。”

“什么‘一时俊杰’‘共谋进步’，可真有脸和我师兄相提并论呢！”纨绔师弟怒道。

江寒回想留洋期间的往事。

西医本就是最难的科学，学校里都是洋人，远渡重洋而来的江寒比他们多一重语言的障碍，要想取得好的成绩便只有付出更大的努力。于是，他只顾埋首于书本和实验，争分夺秒地学习研究，再多时间也嫌不够用，根本无心与人交际。

十五岁出国，半年前回国。八年间，他连泰晤士河畔那座标志性的大本钟也未看过。

不记得是在伦敦的第几年了，江寒听说，隔壁班来了一位同胞。

他虽无暇交游，但持着君子之心，认为同胞应当友爱互助，怕对方初来乍到，人生地不熟，便立即寻了过去。不料同胞竟已迅速和洋人同学打成了一片，他满脸春风得意之色，被金发碧眼、肤白高大的伙伴们簇拥着，在走廊上和江寒擦肩而过，脚步不停，甚至连一个眼神也没有分给江寒。

看来，同胞过得很不错，无须他帮助。

江寒也不恼，只如此思量着，安心继续专注忙自己的学业。

那位备受洋人同学欢迎的同胞，原来便是周若亭。

江寒埋头苦学，同胞的事迹偶尔闯入耳中。听说，对方虽交游广阔，以成为群体的焦点为乐，但也有一身铮铮傲骨，愿以实实在在的成绩自证。他与江寒可谓截然相反的两个极端——江寒性格沉稳，书斋里坐得住，更擅长理论研究和论文写作；擅长交际的周若亭则是临床的奇才，靠高超的技巧吸引和折服了洋人同学。

这样一个人，再落魄失意，至于彻底放弃专业的尊严，去做毫无科学依据的健康美容饮品吗?

周若亭在夏绿蒂，到底是干什么的?

江寒有种直觉，破解此案最关键的一把钥匙，便藏在这个问题背后。

但要拨开笼罩着周若亭和夏绿蒂的迷雾，还需时间。被捕的阿丹却等不了这些时间了——人言可畏。不论怎样的女子，都不能让她蒙着不白之冤，往绝望的深渊里跌去。

江寒一抬眼，忽然发现，唐兴打扮得怪模怪样。

纨绔师弟最爱漂亮，向来只穿最时兴的洋服，油头纹丝不乱。今日的他，却一身胸襟、袖口都开了线的破烂粗布短打，头发干枯，发尾乱翘，唇上粘了一截假胡须，竟还满脸红红紫紫的伤。

“警方听叶美青瞎说，抓了阿丹姑娘。我想不通，就学歇洛克·福尔摩斯的变装术，去探了探那姓杜的。”唐兴边说边撕下胶水粘的假胡须，扯动了嘴角尚未凝透的血痂，疼得倒吸一口凉气，“他最常在北区的小都会舞厅厮混。混舞厅可是我的老本行，我熟啊！就假扮成小都会的新客，去跟他套近乎，请他喝遍了店里所有的好酒。可恶那姓杜的是个卑劣的油子，喝酒时与你称兄道弟，一提到正事，嘴就闭得比河蚌还紧！

“我劝了他一整夜的酒，说了一整夜的好话，竟什么有用的也没问到！

“求我陪酒的人，能从这里排队到江滩呢！姓杜的何德何能?！”

唐公子越想越委屈。

底层舞场鱼蛇混杂，常有醉鬼闹事，唐兴倒霉地撞上了，还莫名其妙挨了几拳头。

江寒沉默了片刻：“你怎么问的？”

“师兄，我又不傻，当然不会直说了。我假扮纱厂女工的远方亲戚，刚来江城投奔，听闻命案，假装不知道姓杜的身份，跟他闲扯呢。”

唐兴摆着手道。开线的袖口松松垮垮，随着唐公子一抬手，直接耷拉到了胳膊肘。

腕间金属光芒闪过。

衔金含玉的唐公子，十里洋场最顶级的舞厅也小心翼翼伺候着的贵客，为深入贫民窟的下等娱乐场所，变装不可谓不用心仔细，可他唯独忽略了一处细节。

“师弟，你的洋表没摘。”

市井里弄打滚的伙计，早就练出了一双火眼金睛，只怕一下就认出了唐兴的伪装。认出了，却不动声色地陪他演戏，白蹭他的酒呢。

“啊！”唐兴如梦初醒，惨叫了一声，“我白忙活啦！”

“师兄，这可怎么办呀？”纨绔师弟眼泪汪汪，可怜兮兮地蹲在江寒书桌旁，仰脸哀声问。

江寒轻叹一口气，取来药箱，帮他处理了伤口，然后拍了拍师弟难得乱糟糟、毛茸茸的发顶：“熬了一夜，你也累坏了。快回家好好睡吧。”

“别担心，接下来交给我。”他说。

唐兴噙着泪，眨了眨眼：“师兄，你什么打算？”

江寒没有回答，只温和地笑了一笑。

◇◇◇◇ 七 ◇◇◇◇

留洋八年，江寒埋头苦学，不分昼夜，心无旁骛。读书和研究之外，他只做一件事情——为让自己较洋人同学清瘦单薄的身体能承受住长期高强度的用功，而练了巴顿术。

同一座“孤岛”，同样的夜。江滩的十里洋场霓虹璀璨，亮如白昼，北区的贫民窟则沉在一片浓得化不开的黑暗之中，仅有星点微光闪烁。

譬如陋巷深处的小都会舞厅招牌上挂的廉价劣质灯串。

灯光是媚俗的艳梅粉色，因电路接触不良而明明灭灭。

小都会名为舞厅，建筑本身却只是一座矮破的老平房。大门紧闭，给房里沸腾的声响牢牢扣上了一层盖子，使其含糊低闷，反衬得外头陋巷更加寂静。

突然，门被人由内推开了。

盖子掀开了缝隙，昏暗暧昧的光线和酒客们的喧嚣吵嚷之声一齐汹涌而出。踏着光与声走出来的，是一个五官英俊标致却莫名显得贼眉鼠目的青年。他脸色酡红，脚步虚浮，过门槛时险些绊倒，显然已醉得不轻。

一绊，他扶着门框稳住身体，回头指向屋里其余人，嬉皮笑脸而口齿不清地道：“你、你们等我……我去方便一下，马上就来，再来一杯……”

“吱呀——”盖子重又扣牢了。

陋巷重归死寂的浓黑。

青年吹着口哨，踉踉跄跄地走到墙角，抬手正要解裤腰带，冷不丁被人从后攫住了头发，猛地抵按在了墙上。

巴顿术，源自古典柔术，是一种以力抗力的格斗术。

陋巷中的墙未经粉刷，粗糙砖石尽数裸露着。青年半张脸狠狠蹭过砖面，疼得尖声哀叫。

尖叫声刚出口，就被一块布巾堵了回去。

“你是兴乐裁缝铺的伙计小杜，对吧。”

身后之人的嗓音坚冷如冰，投来的似乎是个问句，语气却是笃定的。

小杜使尽全身解数，试图反抗挣脱对方的束缚。可他使的劲宛如泥牛入海，白白在冬夜里折腾出满头大汗而未能撼动对方分毫。绝对的力量差距让他惊恐万分，一下子醒了酒，抖如筛糠。

“你回答我的问题，不要说多余的话，我便松开你。”

小杜整张脸憋得通红，英俊的五官已完全扭曲了。

“好、好——”他乖乖地用力点头，并隔着布巾子奋力发出模糊的声音。

来人终于大发慈悲，放松了力气。小杜吓得两腿酸软，失了钳制竟独自站立不住，直接瘫坐在地，裤裆一阵潮热。

这夜月明，匪徒并未蒙面，坦坦荡荡地低头望着他。小杜仰视对方，愕然发现，有着冰冷声音和致命力量的这个人，居然生着一张清俊疏朗的脸孔，穿一身黛色长衫，乍一看去根本就是个斯文的旧式文人。

“十一月八日，立冬之夜，你身在何处、做了什么、同谁一道？”

“……”

江寒皱了皱眉，刚往前迈了半步，小杜就又惊弓之鸟似的号叫起来。

“等等，我说！我说！”他哭丧着脸，高举起双手，不待江寒再多追问，自动自发地一口气把真相倒了个底朝天，“那天晚上，阿丹在我家里！她白天来，第二天早上才走的。我、我听说给命案做证人，要到巡捕房做笔录——我以前犯过事，不敢去巡捕房，就没有承认！”

原来如此。

怕惹事上身，牵连自己，便将危机全部推给了女子。

好一个英俊贴心的男朋友。好一个粗鄙可恶的小人。

阿丹有明确的不在场证明，绝不可能行凶。确认了这一点，也就无须再与小人浪费时间。江寒今夜决定独自来小都会，持了二十多年的端方君子风度已是彻底不要了。他垂眸望了青年片刻，沉声说了句“你好自为之”，转身便走。

市井里弄摸爬滚打的赖子，自有一番独特的胆识和眼光。见江寒不再构成威胁，小杜吓破的胆顿时圆了回来，竟扬声喊：“昨天晚上，搞了一副蹩脚伪装来找我演戏的那位少爷，和你是一起的吗？”

江寒脚步一停，回过头。

“先声明啊，小少爷请我喝酒，是他自愿掏的腰包，我可没逼他！”小杜扯着嗓子道，“他莫名其妙动手打人，撞碎了小都会的酒柜就跑了。老板以为我和他熟，找不到罪魁祸首，要把账记在我头上呢！如果你们一起的，麻烦转告他一声，记得来赔钱！”

他说着往地上啐了一口，骂了声“晦气”。

唐兴脸上的伤，不是倒霉遭殃来的，而是他主动招惹所致？江寒诧异极了。

“为什么？”

唐兴绝非蛮不讲理的暴戾之人。放眼江城，在豪门公子中傻乎乎的纨绔师弟甚至算得上格外心软好说话的，江寒不觉得他会无缘无故与人争执斗殴。

“我怎么知道？！”小杜没好气地道，“人家张公子一进门，什么也没干呢，小少爷突然就红了眼，冲上去就揍。张公子可是小都会出手最阔绰的常客，动不动结全场酒钱的。小少爷几拳头过去，不但让我背了酒柜的债，还彻底惹怒了张公子，人家说以后再也不来小都会了！我没了免费的酒喝，这损失，他也得赔我！”

小杜越说越觉得自己损失惨重，完全忘却了方才的惊惧，唠叨个没完没了。

江寒捉住了其中最关键的信息：“张公子？哪位张公子？”

“张”姓再寻常不过，江城满大街都是，应不至于那般巧合——

“几个月前的万象影院大火案，你知道吧？便是当时灭门那户张家的亲戚家庶出的二少爷——张济明。”

江寒披着夜雾回到公寓时，正打响两点的钟。

他虽已筋疲力尽，但心乱如麻，根本不能安寝。

一边，吕文勤之死还未真相大白，更久以前的许兆阳溺亡案也仍无头绪。另一边，意外得知唐兴和张济明的纷争，使他心头涌起了新的疑云。

江寒疲惫地坐在书桌前，久久未动。他没有开灯，冰冷的月光透过楼前梧桐树的枯叶间隙照来，再被起雾的窗玻璃过滤，斑驳地映在桌面上。给恩师的信还倒扣着，已洋洋洒洒写了几页纸，只差个结尾而已，他却失了重新提笔的力气。

几篇《推理实录》的原稿锁在抽屉里，丹隐寺藏尸案完结后便无新章。报纸等着连载，穆导演等着改编剧本，双方都来催了好几回，可江寒再也写不出新的章节。

路太长，雾太重。恩师远走，那名女子失踪，他踽踽独行，被雾气沾了衣裳，双肩湿透，竟似千斤重。

咬牙勉强继续向前走了一段，现今，却是真的快要不堪重负。

狠心抛了谦谦君子的外衣，去向姓杜的小人逼问一番真话，也不过是压抑到极致后的破格之举。先破己，再破局，本以为如此便会轻松痛快许多，哪知道，竟让长路上的迷雾更浓了。

江寒忽然想问，那女子独自一人，又是在茫茫雪雾里孤零零走了多久？她于人前总是冷静泰然的模样，可曾有这般寂寥茫然、不堪忍受的时刻？

还未确认她有，江寒就已先忍不住为她痛彻肺腑。

“阮小姐……”

长久以来沉甸甸地压在心底最深处的称呼，在这深夜里倏忽剧烈地膨胀起来。它膨胀着，滋长蔓延，不知不觉溢出了唇边。

他真挂念她——或者应该说，想念她。

可他与女子相识，才不过短短半年时间。君子之交淡如水，他饮了小半生的清水，唯独与阮露明的一杯，酿成了烈酒，他醉得心甘情愿。

“丁零丁零——”

黑沉沉的房里蓦地响起电话铃声，震得江寒猛然回过了神。

这深更半夜，会是谁？江寒疑惑地接起了。

听筒那头许久没有声音。

恶作剧电话吗？不，虽然没有任何根据，但江寒心头狂跳，无端地感应到了某种可能性：“阮小姐？”

他小心翼翼地，极轻声地问。轻得就像怕震碎了一片午夜的幻梦。

听筒那头仍是沉默。沉默良久，久得江寒恍惚起来，真以为自己坐得睡着了，做了梦了，才终于传出一声熟悉的笑。

“几天不见，江老师把自己搞得很狼狈呀。”

伴着细微的电流声，熟悉的微微调侃的笑，熟悉的嗓音。

也是熟悉的——似曾相识的一句话。

江寒记得，那是他刚与女子相识不久，共同经历一起密室杀人案时，对方曾揶揄他的话语。意外与尸体同处密室的唐兴被警方拘捕，他为给纨绔师弟洗刷冤屈而东奔西走，急得焦头烂额。女明星睿智过人，先他一步勘破了真相，却守口如瓶，不肯透露丝毫，只让他等待时机到来便断了音讯。案件即将开庭，唐兴情况危急，江寒不敢安然等那不知何时到来的时机，独自继续调查，走入了绝境。在他走投无路的最后关键时刻，阮露明突然带着真凶现身时，便是如此调侃他的。

当时，江寒又惊又恼，忍不住直瞪那任性的女明星。如今隔着电话机再度听见熟悉的话语，他竟只觉得眼眶发烫。

“咦，江老师怎么不说话呢？该不会委屈得偷偷哭了吧？”

江寒按着酸涩的双眼，一下子又被女子气笑了。

“岂止几天不见！”他哑声道，“一个多月了，阮小姐到底去了哪里？”

你现在怎么样？吃得饱吗、穿得暖吗，一切都安好吗？身在何处，又将何时回来呢？

霎时间，一切谜题都飞到了九霄云外，江寒心头只余无数个对阮露明的疑问。他的担忧急切，阮露明听了，却不正面回应，只淡淡地道：“一些小事，意外多花了些工夫处理罢了。江老师放心，不必……为我紧张。”

顿了顿，她又道：“但是，谢谢。”

谢谢你，为我紧张。

江寒脸上一热，竟语塞。

而阮露明不多在自身的问题上停留，径直将话头转向了当下的谜案："我近日翻阅《江城新报》，见江老师的连载停了许久，不知是遇到写作瓶颈了，还是明侦探的行动被困住了呢？"

这女子，事到如今，竟还坦然把自己择得干干净净。江寒无奈地道："明侦探本人不在，'华生'如何写得下去？"

"怎会写不下去呢？笔一直都在'华生'手里。"

这番强词夺理的论调，也是久违了。

"可是，'华生'不会推理、不会创作，他只会忠实地记录。"江寒苦涩地道，"他曾不自量力地尝试过两次。第一次自以为是，冤枉了他的侦探，第二次……这次，又是走投无路。只靠'华生'一人，救不了任何人。"

他甚至连吕文勤的死因都未能确定。

试着从过往与"明"侦探共同经历的案件中汲取经验，亦无果。同为毁容的尸体，吕文勤和被调包隐身的周露仪不同。脖颈那片胎记作不了假，死去的必是吕文勤本人无疑。

"我尝试了各种途径，都接触不到吕姑娘的遗体。可即便触着了，恐怕也无济于事。摄影场里瞧过尸体一回，躯干没有致命伤，关键还在头上。可头颅被砸烂了，一切证据都已彻底毁了。"江寒悲观地道。

离了"明"侦探，"华生"什么也做不到。

没有阮露明，他什么也做不到。

听筒里静了片刻，阮露明再开口，突然又把话题扯向了别处："江老师，你有没有听说过，柳公馆闹鬼？"

江寒一愣。

又一句似曾相识的话语。乃是两人邂逅之初，在柳公馆被卷入毒杀案，他误指女子为凶手并彻夜看守对方时，她突然冒出的一句话——导向真相的最关键的一句话。

“我是坚定的唯物主义者。”江寒闭了闭眼，“我没有听说过，但我记得。”

阮露明笑了：“是啊，我们要用辩证的眼光看待问题。江老师是坚定的唯物主义者，和柳公馆半夜闹鬼，两件事并不矛盾。少与多，有时也不矛盾。”

“少即是多。”“明”侦探平静地道。

长路上弥天漫地的茫茫浓雾，又一次破开了口子。

吕文勤之死，少了她完好的头颅，多了什么呢?

——多此一举。

多了一个明明无须遮掩死者身份，却将其面容彻底损毁的动作。

少即是多，反过来说，多亦是少。

此案之中又有什么看似多了，实则虚无欠缺的元素呢?

——周若亭。

身穿白大褂的周医生突然现身叶美青的别墅中，登上了故事舞台。他存在着，却始终没有参与情节，幽灵似的游走于舞台边缘。没有人知道他为什么在那里，也没有人知道他在那里做什么。

迷雾被言语的利刃所破开的缝隙，虽细如蛛丝，却已足够让明亮的光芒倾泻而下。

光耀四野，大地震颤。江寒紧攥着听筒，一时间忘却了呼吸。

“看啊，江老师，你这不就自己想明白了吗？”耳畔传来那女子带笑的声音。

江寒如梦初醒，急忙喊道：“阮小姐，等一等——”

女子打断了他，淡淡道：“江老师，去吧。”

话音刚落，她便顾自挂断了电话。江寒红着眼眶怔立原地，听了许久的忙音，终于咬咬牙，抛了听筒冲出门去。

日间清雅可爱的花园洋房，红的屋瓦、淡黄的墙面、屋前浓绿的叶片，浸入深夜，都被染上灰黑的颜色。这灰黑，待日头一出、天光一亮，又会被彻底洗净，事物回归它们各自明丽的色彩，仿佛夜里阴污黯淡的模样从未存在过一般。

然而，这一夜浸透了它们的灰黑，却是怎样的光明都再也洗不去的。

本该万籁俱寂的午夜时分，霞霏路一片杂沓骚乱之声。

江寒赶到路口，见状，心头一慌，急忙朝叶美青的花园洋房跑过去。滚滚浓烟自洋房的几面弧形大窗涌出，窗玻璃上跃动着橙红的火光。火星迸溅，不断发出“噼啪”爆裂之声，空气中弥漫着焦煳的腥气。

消防车和警车都已赶到。

大批巡捕将洋房团团围住。而消防员分为两队，一队拖着沉重的水泵，将水阀开到最大，水柱激烈地喷向高处；另一队全副武装的，则趁火势稍被抑制时冲进了楼里。

江寒一眼便找见了人群中的叶美青和周若亭。

淡雅如菊的女子已彻底失了她的端庄矜持，面若死灰地颓然跌坐在地，痴痴望着腾空的烟与火，仿佛魂灵也抽离了身体而被卷入火焰中燃烧殆尽。周若亭则疯魔了似的，野兽般号叫着，直要往火场里闯，被三四个巡捕死死摁着还在拼命挣扎。

深入火场的消防队员，突然跑了一个出来。

护具将其面容遮得严严实实，却还是能看出他万分的惊惧。

他抬手直指洋房，嘶声大喊：“不好了，地下！地下！”

不必再看下去。

周边住民被喧嚣之声吵醒，纷纷跑出来瞧热闹，洋房周围逐渐挤得水泄不通。汹涌的人潮里，江寒沉默地转身，逆着人流，向远离火场的方向走去。

他走到霞霏路口，拐了个弯，转入里弄住宅间一条狭窄的小道。

小道与火场相隔不远，却黑暗寂静得像另一个世界。

“师弟。”

应着江寒的唤，窄道尽头的那个人微微一颤——然后，慢慢地转过了脸来。

澄明的月光下，唐兴咧嘴笑了。他唇角的血痂还未脱落，颊上的乌青已发了黑，又蹭了满面尘灰，整张脸花得像调色盘似的。一笑，衬得一口整齐的牙齿白得森然。

“师兄，我找到吕姑娘的‘头’啦。”

他语气轻快地道。

◇◇◇◇ 八 ◇◇◇◇

唐兴一把火放得阵势惊人，但并未造成人员伤亡，建筑也没有严重的损毁。

“我的目的是逼叶美青和周若亭出来，引消防员或巡捕进楼查看，怎么可能把藏着关键证据的洋房烧坍了！”纨绔师弟得意扬扬，“我点的是一种特殊的蒿草，烟雾厉害，火焰却很小，看着吓人罢了。”

火苗虽小，可也不是什么也没烧着。

夏绿蒂和叶美青的假面被焚烧殆尽，真貌大白于天下，世人皆惊。

叶美青以女性自我提升为卖点，开设讲座、贩售健康美容饮品。夏绿蒂品牌看似风光，实际销售额却一直在走下坡路。江城的人们最爱新鲜事物，也最健忘，一阵流行来了，热烈追捧一阵，扭头见了更新颖有趣的，便立刻将先前的弃了、忘了。夏绿蒂饮品亦不能幸免，只能靠不断推出时令新品来维持热度。

可这做法治标不治本，还造成了恶性循环，越是着力宣传新品，就越是动摇品牌初始的根基。结果，夏绿蒂成了无根之萍，摇摇欲坠。

叶美青的野心，却不允许她自己止步于此。

要开拓更新的——更大胆也更具革命性的事业。在“孤岛”，这是唯一的出路。

比内服饮品更大胆直接的健康美容手段，是整容手术。叶美青邀约走投无路的周若亭加入的，正是这项“新事业”。

夏绿蒂品牌没有行医资质，周若亭也毫无整容方面的临床经验，“新事业”的起步暂需隐秘进行，并急缺大量的实验尝试。满心虚荣美梦的吕文勤，便是受了叶美青蛊惑而主动“献祭”自己的第一个实验品。

花园洋房的地下，藏有一间秘密的手术室。

吕文勤满心以为，她可以在那手术室中实现华丽的蜕变，被赋予比阿丹更美的美貌。

化茧成蝶，她便再也不用装模作样地看毫无兴趣的思想文学，假装自己未因相貌丑陋而遭人排挤。

拥有了靓丽容貌的她，一定会成为集体中最受欢迎的女子。

吕文勤殷切期盼着，怀着美梦躺上了手术台，然后，再没能从梦中醒来。

手术失败，吕文勤毁容，并因失血过多而死。

周若亭心比天高，却怯懦软弱，见吕文勤死在自己手术刀下，顿时慌得六神无主。叶美青则是个心细手辣的狠角色，联想到与穆导演商谈品牌广告合作时听他提及的许久不见阮露明之事，脑中立即有了“剧本”。她趁夜驱车将尸体丢进了新华摄影场的“水晶宫”，并用现场的半截钢筋砸烂了吕文勤的脸，彻底掩去了手术失败的痕迹。

染着吕文勤血迹的手术床不便销毁，仍藏在洋房地下。

消防队员被唐兴的火引入洋房后愕然发现的，正是那隐秘的空间及其中血淋淋的关键证物。

“虽是为破案，蓄意纵火终究——”江寒想想还是觉得应该好好教育纨绔师弟一番。

唐兴眨眨眼，无辜地道：“我是想着，既然两位‘华生’走到了绝路，试一试模仿大侦探福尔摩斯的举动，或许就能突破困境呢。”

江寒一怔，随即反应过来。

唐兴指的，是歇洛克·福尔摩斯系列故事的《波西米亚丑闻》一篇中，大侦探与“那位女士”对决时，为引出对方的破绽而采取的行动。

师弟如此堂皇的理由，堵得师兄哑口无言。

罢了，罢了。纨绔师弟欠教育的事，反正也不差这一桩了。江寒无奈地想。

等恩师的回信来，再说吧。

“话说回来，师兄，我还有一件事想不明白。”唐兴话锋一转，正色问道，“木兰突然发表的那篇文章，简直像是专为证明木兰仍在而刻意作的。证明了木兰仍在，已死的吕文勤就不可能是木兰，阿阮的嫌疑就失去了根据——可木兰分明那般反对阿阮，为什么会帮助我们？”

江寒道：“你还记得纱厂宿舍里那位沈如英姑娘吗？”

提及那位高大健壮、性格爽直的女同志，纨绔师弟纤细脆弱的神经顿时又像被粗砂纸擦了似的。他大声哀叹：“记得，怎么可能不记得！”

同一座裕生纱厂中，吕文勤高调张扬自己读书写作，却只会写些无病呻吟的小文，只有伤春悲秋的情绪而无深刻的思想内涵，零星投稿无一被采用发表。真正执笔为匕首投枪的，另有人在。

“她，才是真正的木兰女士。”

至于木兰为何突然转变了态度——

叶美青及其夏绿蒂品牌的丑恶面貌暴露后，沈如英曾登门找过江寒一次。

她是带着一封信来的。信封雪白，表面没有邮票和戳记，只端端正正地写着收件人姓名，“木兰女史亲启”。

“你应该猜得到，这封信是谁寄给我的。”

除了那位女子，不作他人想。

可信封上端正稳重的字迹，与江寒记忆中张牙舞爪的潦草笔迹大不相同。

“我原以为，女子只有抹去一切娇柔的性别特质，以‘安能辨我是雄雌’的健壮勇武，才能获得力量，与男性抗争。可她告诉我，女子之新，不在外貌体格，而在精神。女子觉醒自立的方式，也不在为女子划分新旧，打倒所谓旧的。”

“女性之所以为女性，自有我们的强处。

“我们也不是非要靠打倒什么旧者、他者才能站起来的。世界如此之大，我们所有人一起稳稳站着，也站得下的。”

沈如英长叹道：“她才是真正的新女性，我心服口服。”

◇◇◇◇ 九 ◇◇◇◇

风波终于止息，人们仿佛也忘了新华摄影场“水晶宫”的毁容女尸案之前还有一个离奇溺亡的许兆阳，已纷纷转头追逐更新鲜的流行了。

一片风平浪静的闲暇中，那女子仍未回归。

江寒隐约感到，眼前的风平浪静，只不过是迅雷暴雨前最后的安宁罢了。

水天尽头，黑云已悄然涌起。

在此期间，柳公馆竟又一次“闹鬼”了。

曾协助“孤岛”当局情报工作的柳四爷，近来被扣上了“卖国贼”的罪名，遭到恐怖暗杀。为避风头，柳四爷称病隐居，不再公开露面。江城的政局风向一天一变，人们习以为常，都以为柳四爷只是一时低调，不久后定将重新成为当局的重要人物。

谁也没料到，一个北风疾卷的寒夜，柳公馆突然起了大火。

不是唐兴给叶美青的花园洋房演的那种戏，而是真正映红了半边天的熊熊烈火。火烧了整整一夜，消防队同时开了七八台水泵，也根本压不住那狂焰。待到天色熹微时分，火势终于渐弱，公馆被焚得仅剩一副骨架，消防队员冒险进去查看了一番，发现偌大宅邸里只有一人，或者准确地说——一具焦尸。

经法院鉴定，那是隐身幽居多日的柳四爷。

江寒从报上读到柳四爷的死讯，一时间陷入了恍惚。

不等他重踏上祖国的土地便从江上捞了他的柳四爷，在《推理实录》数起案件中都留下了痕迹的柳四爷——还没有机会正面见到，怎么就死了呢?

感觉实在太不真实。

柳四爷一死，其名下产业尽数被当局没收。安华电影公司因拍摄多部违反当局文化方针的腐朽影片，宣传有毒思想，被勒令即刻歇业解体。“孤岛”影坛三大巨头，轻易地坍塌了一角。

如此重磅的消息，舆论却不敢狂欢。

人们不谈论，内心却都明白，“孤岛”将被重新洗牌的，绝不仅仅是影坛势力而已。

黑云翻涌，只是暴风雨的前奏。

江寒公寓的电话铃声又响了。

“师兄！我小叔回江城啦！”接起来，听筒那头是纨绔师弟兴冲冲的声音，“圣诞节快到了，小叔打算举办一场盛大的舞会，既庆祝节日，也正式宣布唐氏的回归。师兄也来参加吧？”

新华电影公司股东、茶烟巨商——阮如玉曾经的“真爱”唐仲钰，终于重归江城。

此时，距离阮如玉自杀，唐仲钰孤身返回生意根基所在的南方粤城，已整整三年。

D R E A M

终梦·浮世

昔者庄周梦为蝴蝶，栩栩然蝴蝶也，自喻适志与，不知周也。俄然觉，则蘧蘧然周也。不知周之梦为蝴蝶与？蝴蝶之梦为周与？

——《庄子·齐物论》

庄周梦为蝴蝶，庄周之幸也；蝴蝶梦为庄周，蝴蝶之不幸也。

——张潮《幽梦影》

一

江寒匆匆赶到港口码头时，唐兴早已等在舷梯下了。

他穿着一身纯黑镶缎戗驳领的燕尾洋服，衬衫翼领上系白领结，戴白手套，持玫瑰木配玳瑁柄的直手杖，油头梳得一丝不乱。若站立不动，整个人浑然便似一位极庄重的绅士。

只可惜，一动，就现了原形——只见纨绔师弟不时抬腕看表，急得抓耳挠腮。遥遥望见江寒抵达，立刻激动得把象征着品位与优雅的直柄手杖挥得呼呼作响。

“师兄、师兄！快，快开船啦！”

深冬时节，白昼愈发地短了。天色已暮，晚风乍起，卷得浊黄的江水涌起波浪，不断奔向远方。视线所及的尽头，海天相接处，浑圆落日已沉沉地吻上了水面。

江寒赶到唐兴面前时，恰巧响起了悠长的汽笛声。

唐公子二话不说，拽起江寒就往舷梯上奔。

巨轮长鸣着，徐徐离港。

远方，吻了江海的夕阳倾醉在水中，化成一片融融的柔金，再被愈发迅疾的风打碎了，伴着一峰又一峰不断被送回船边的波浪而来。

柔弱的唐公子狂奔了一段路，体力不支，靠着护栏气喘吁吁。

江寒这才有机会开口道："抱歉，有事耽搁了。"

新华电影公司股东、茶烟巨商唐仲钰南下粤城三年，近日终于回归江城。为正式宣布这一消息，并庆祝正好到来的圣诞节，唐仲钰决定举办一场盛大的宴会。

他们乘上的这艘"新世界号"豪华游轮，正是宴会的舞台。

"新世界号"吨位十万余、体长三百多米，可承载数千人。船上除数百间客房及众多餐厅、酒吧外，还配有泳池、赌场、影厅等各种娱乐设施，另设无数小型戏台，轮番表演歌舞或杂耍，热闹一刻不歇。舱内处处装点着价值连城的艺术品，装潢之富丽堂皇，堪比法兰西的凡尔赛宫。江寒随唐兴一路行走，移步换景，沿途水声潺潺，竟有许多人工的喷泉瀑布。

最具特色的，是船头甲板上一座由十二根圆立柱构成的四层六角形尖塔。

"铛——铛——"

尖塔顶上传来洪亮的钟声。

那竟是一座钟塔。

"今天可是'新世界号'的处女航呢。"唐兴缓过劲头，又神气活现起来，"师兄还记得粤城造船厂的周董事一家吗？"

当然记得。

那是盛夏时节，江寒刚回国不久时经历的一起密室杀人案中出现的人物。

新华电影公司导演沈司渝在家中遇害，其女友——江南路矿公司宋主席的独生女宋安妮为反抗父亲安排的相亲，欲与沈司渝私奔，清晨到访沈寓，发现尸体并报警。粤城造船厂周董事家的公子，正是宋小姐的相亲对象。

唐兴神秘兮兮地八卦道："宋、周两家计划联姻，是因周家新造'新世界号'，急需大量投资，而宋主席正巧有意扩张事业版图。可宋小姐利用周公子制造不在场证明，惹怒了周董事，合作便泡了汤。"

这时候，唐仲钰出现了。

他替代了宋氏的角色，成为周家新的合作伙伴。

为示合作诚意，周家向唐股东借出了全新的"新世界号"。

唐股东广发请帖，各方名流没有不欣然到场的。

江寒边走，边听纨绔师弟叽叽咕咕指点——这边是执掌"孤岛"财政大权的当局政要及其第八房姨太太，那边是一个方块字也不识的某国公使，再那边是某大商行董事会主任——诸位贵客皆洋装在身，打扮得极隆重，江寒惊觉自己竟是唯一一个登船而着长衫的人。

他与众人格格不入的，不只是衣着打扮。

江寒知道，自己这般两袖清风的读书人，定入不了唐股东的眼。能上"新世界"来增长见识，恐怕还是借着唐公子师兄之名的光。

可没想到，与此处格格不入的除他之外还有一人。

"江先生！唐公子！"

听闻身后一声高呼，江寒回头，只见穆汉生面带喜色，大步朝他们走来："太好了，总算见了熟人！此等奢华场所，可真折杀我这穷导演了。"

穆汉生执导《福尔摩斯探案集·小青传》，大获成功，作为新华电影公司的重要人才受邀赴宴。志向进步的年轻导演苦笑着道，他早知自己不能适应"上等人"的场合，决定登船，只因圣诞节是阮如玉的生日兼忌日，唐仲钰这场宴会还有纪念"阿阮"之意。

阮如玉自杀前不久，穆汉生与其合作影片《新女性》，志趣相投，结为挚友。

《新女性》讲了一个觉醒自我并追求独立的女子被各方面封建腐朽力量逼得走投无路，最终含恨服药自杀的悲剧——阮如玉饰演的，正是这位可敬可怜的女主人公。一部早先完成的影片，竟与阮如玉现实的人生末路重合了，以至于遗留人间的旁者观之，像个预言。

穆导演叹道，没能阻止阿阮自杀，是他此生最大的遗憾。

光阴似箭，眨眼间，阿阮竟已故去三年。

“晚上的舞会，我想就不参与了。听说这船上有个规模极大的影厅，用的全世界最先进的放映设备。”穆导演邀约道，“江先生不如和我一起去开开眼界？”

江寒被纨绔师弟硬拉来，原也无心掺和达官贵人们的交际。他对穆导演的提议颇感兴趣，但作为客人，终归要和唐兴打声招呼——几位路过的太太小姐发现了唐公子，惊喜地将他团团围住了。唐公子一向是贴心可亲的妇女之友，正眉飞色舞，妙语连珠，逗得太太小姐们娇笑连连。

实在不是个插话的好时机。

“抱歉，穆先生……”江寒无奈地转过头，话刚起首，忽被远处一道一闪而过的身影引开了目光，他困惑地皱起眉，“咦？”

载着千余名贵客的巨轮启航，所需船员的人数更多。

但“上流”的人们几乎察觉不到他们的存在。众多船员往来奔忙，皆沉默地匆匆穿行于贵客们视线所不及的暗处，维系着这艘庞大复杂的巨物的安然运行。

统一的蓝白制服穿着、窄檐帽扣着，他们愈发像彼此无别的透明人。

江寒遥遥一瞥，不敢相信自己的眼睛。毕竟，他与对方当面相见，也不过许久以前的那一回而已。

穆汉生问：“江先生，怎么了？”

江寒猛然回神：“没什么，好像看见一个熟人。”说着又摇了摇头，“不可能。应该是看错了吧。”

那般粗鄙低劣的小人，应不能出现在这崭新的“新世界号”上。

穆汉生道：“江先生和唐公子多忙，我先不打扰了。江先生若也对影厅感兴趣，就九点钟见吧。今天这样特殊的日子，在唐股东举办宴会的船上重映《新女性》，我想是有很大的意义的。”

他说完便挥挥手，径直走开了。

独留江寒在原地，情不自禁地叹息。

唐仲钰回归，将被江城遗忘许久的第一位“阿阮”推回了舆论的峰顶。人们健忘，热烈地重新谈论起第一位“阿阮”，又把消失月余的另一位“阿阮”给忘却了。就连刚拍完《福尔摩斯探案集·小青传》的穆汉生，张口闭口也都是阮如玉，而丝毫不提使他的新片大受欢迎的最关键的那女子。

——阮露明。

报纸杂志，街头巷尾，哪里都不再有第二位“阿阮”的踪影。

江寒恍惚着产生了一种错觉，那女子来过“孤岛”一遭，却好像除了他心底里，没有在别处任何地方留下痕迹。

甚至曾经热切发誓此生非“阿阮”不可的唐兴，也许久未提及阮露明了。

落日在水天尽头融尽了，天幕彻底漆黑。

甲板上金碧辉煌，灯火通明。灯串上装点着叶子生刺而带有殷红果子的枸骨叶冬青，披红袍子的圣诞老人手摇铃铛、身背巨大的红绒布口袋，带着满面笑容穿行于贵客们中间，不住地从绒布袋里掏出精致的礼盒，惹得人们欢腾喜悦，嬉笑连连。

江寒远离人群，独自站在栏杆旁，垂眸凝望水面。

江水被船下的涡轮激出大朵浑浊的泡沫，泡沫又很快被疾行的巨轮远远抛在身后。晚风一吹，便碎散于宽阔无际的水面。

世事皆如此。

皆如这水中的泡与影，亦如天边的露与电，不过一瞬罢了。

江寒的母亲是虔诚的佛教徒，他幼时常听母亲念诵佛经，虽不信宗教，却对经文倒背如流。望着船下的水沫，江寒脑中倏忽浮现出亡母最常念叨的《金刚般若波罗蜜经》卷末四句偈文。

——一切有为法，如梦幻泡影，如露亦如电，应作如是观。

“师兄，发什么呆呢？”

太太小姐们被圣诞老人的礼物吸引，纨绔师弟终于得以脱身。他凑到江寒面前，好奇地问。江寒尚未应答，就感到人群又一阵骚动——紧接着，一道极具威严的嗓音在距离他们不远处响起。

“诺亚。”

唐兴背朝着来人，而江寒与之正面相对。

原本愉悦地弯着眉眼，没骨头似的懒洋洋倚在栏杆上的青年，闻声竟如触了电般，身体剧烈地一震颤，脊背立刻绷直了。

若是一根弦，绷得那般紧，只怕下一秒钟便会断裂。

他脸上盈盈的笑意则如船下的水沫，瞬息之间碎散无踪，亮晶晶的充满活气的眼里也消失了光彩。

江寒从未瞧过唐兴这副神情。

只见他喉结动了动，剧烈地吞咽了几口唾液，然后，僵硬而缓慢地一点点转过身去。

来人被众多手下簇拥着，严肃地立于黑夜的最光亮处。

他穿一身挺括的洋装，双手稳稳持着镶玉的重铜手杖，个高而身形精悍有力。看脸是四十多岁模样，五官深邃，唇上蓄须，面庞虽有岁月的痕迹，纵横沟壑却并未折损其英俊，而只为他增添了成熟的威严。

不动声色，便已令人胆寒。

他所在之处，方圆数米内，一切轻快热闹都归为沉郁的寂静。

正视着来人，唐兴嘴唇颤了颤，自喉咙深处挤出了干涩的两个字。

“小叔。”

原来这便是唐仲钰——江寒恍然大悟。

唐仲钰抬起镶玉铜手杖，一击地面。声音不大，却击得唐兴又一哆嗦，脸色蓦地煞白。

“又在胡闹。”唐仲钰淡淡道。

按唐兴一贯的作风，江寒以为他会委屈地辩解一句“没有”，或扮个乖巧可爱的笑脸，化解冰冻的气氛。未料纨绔师弟只依然绷着脊背，低头道：“对不起。”

唐仲钰冷哼一声，不再搭唐兴的腔，视线移向一旁的江寒。

“这位便是江先生吗？”

唐仲钰的眼窝极深，双瞳陷在灯光的暗影里，目光因而显得阴鸷。江寒君子坦荡，却也被他盯得全身发凉。

“是的。”江寒礼貌地答应道，“您好，唐先生。”

唐仲钰又一次以手杖击了击地面：“侄儿任性，还请多包涵。”

说完，不待江寒再开口，便大步离去。而簇拥着他的众多手下，自始至终不发一言，宛如一群沉默而忠诚的影子，随其来，又随其远去了。

直到视野里已彻底不见唐仲钰的身影，空气中都仍留着他带来的威压。

“呜！”唐兴忽地嘤咛一声，身体里紧绷的那根弦骤然松了下去。江寒眼疾手快地搀住他，纨绔师弟索性赖住了师兄，瘫在江寒肩膀上呜呜咽咽：“我没骗你吧，我小叔可吓人了！”

江寒知道，唐兴父母早逝，刚会走路就被唐仲钰收养了。

看来，唐公子这半生成长确实不易。但换个角度说，他在如此威压下还能长成今日这般纨绔轻佻的性情，亦可谓天赋异禀。

“我陪你到房里歇歇吧。”江寒无奈地道。

◇◇◇◇ 二 ◇◇◇◇

舞会定于晚上九点钟开始。在那之前，并未安排统一的餐会。

“新世界号”提供各国美食，品类和形式都多样，宾客们可尽情自由选择——正装入豪华餐厅优雅享用全餐亦可，轻松在摊台前随意体验种种风味小吃亦可。

如唐公子一般，被威严的家长吓唬得胃口尽失，直接回房休息亦可。

“诺亚是你的表字？”

江寒把手脚绵软的纨绔师弟拖到客房软椅上安顿好了，给他倒来一杯安神的热茶，随口问。

“我家是暴发户，哪讲究什么表字。只是小名啦。”

唐兴垂头丧气地答道。

大名的“兴”字，为愿祖国复兴崛起之意。“诺亚”二字与大名相呼应，向东方许诺愿景成真。如此观来，唐公子的姓名寓意可算极正经大气的。

“你若留学西洋，外文名倒是现成的了。”见师弟惊魂未定，可怜兮兮，江寒想转移他的注意力，难得地主动开了个玩笑。

他话一转，提醒唐兴想起了“正事”。

“对了，师兄，我为你准备了今晚舞会所用的衣装！”纨绔师弟的心眼实在大得能跑马，想起一桩，另一桩便立即被马蹄踹到了九霄云外。他霎时间又有了活力，从软椅里一跃而起，按铃唤人将衣物送了来：“我专请江城手艺最好的老师傅，按师兄的身量裁剪的。快试试合不合身？”

江寒虽学的最先进的科学，汲取最先进的思想，个人的生活习惯却始终是古典传统的。甚至在留学的几年里，他也从未穿过洋装，始终做长衫马褂的打扮。

唐兴硬塞过来的洋礼服，他下意识便要推拒。

一推，碰得洋服下掉出一样更令他诧异的物品。

“面具？”

“咦，我没有与师兄说明吗？”唐兴眨了眨眼，“今晚举办的，是假面舞会。”

他没说。

不着调的纨绔师弟，忘了说明的重要信息还有一个。

“犯罪预告?！”江寒惊得目瞪口呆。

这惊愕的成分极为复杂。一惊纨绔师弟忘性之大，重点之错乱，无关紧要的闲言扯了一堆，却没提这最关键的信息。二惊既有这等恐怖的内情，舞会竟照常举行，而不见主人唐仲钰显露丝毫焦虑紧张之态。

由报刊铅字剪切拼贴而成的信函，是在舞会请柬发出后的某天下午送来的。

信中称，若不取消“新世界号”的圣诞舞会，船上便将布满炸弹，于平安的午夜轰然沉没。

那人胆大心细——以唐家的权势，信件若通过邮务系统寄送，难免被追查到线索。正因唐仲钰的回归而夹起尾巴扮乖的唐公子，惨遭利用，成了那人递信的通道。

唐兴害怕严厉的唐股东再拿他夜游玩乐的劣迹“做文章”，便决定痛改前非，全心全意扮演一个积极进取的有志青年。他早睡早起，勤跑唐氏各家工厂，每晚下班后主动向唐仲钰汇报当日的学习体会。

那人所选的时机，便是在一个微雨的傍晚，唐兴下班途中。

勤奋刻苦的进步青年，定是不能再开那浮夸高调的福特汽车了。唐公馆位于“孤岛”最繁华的核心地带，唐兴每日步行出入，与匆匆跑过路口的报童撞了个正着。

新出的晚报散落一地。

“地上积水，报纸都脏了。我看小孩子可怜，就把他的报都买了，打发他早点收工歇着。可打发他走了，报纸总不能就散在地上吧？天黑了，雨大起来，绊着人可怎么办呢！”

于是，富贵的唐公子捋起袖子，蹲在街边，“吭哧吭哧”地亲自拾了半晌。

预告函便夹在报纸当中——那人竟把唐公子的单纯心软也算计得透透的。

“那信函呢？”江寒问，“带来了吗？”

唐兴两手一摊：“没了。”

“没了？”

“我瞧见‘炸弹’两个字，吓都吓死了，马上把信带回家给小叔看。可小叔根本不当回事，直接撕了，训我大惊小怪。”唐公子委屈得直撇嘴，“炸弹！当然宁可信其有，不可信其无呀！”

他难得硬气地顶撞了唐股东。

“我跟小叔说，若不取消舞会，就让我请人帮忙。管他是故弄玄虚也好，真对‘新世界号’动了手脚也罢，总该把那幕后之人揪出来！”

“你想找谁？”江寒顿了顿，观察着他的表情，懂了，“明侦探，对吗？”

唐兴哭丧着脸咕哝道：“可阿阮还不回来。”

还好，“孤岛”中仍记着那女子的人，不止他一人。江寒心想。

他也终于明白了唐兴请自己登船的真正用意。唐兴请的不是师兄，而是“华生”。是因“福尔摩斯”的不在场，欲再度凑起两个“华生”，化解“新世界”潜藏的危机。

“江城人不知阿阮的英明睿智，都以为师兄才是明侦探，也知道师兄惯穿长衫。那人见师兄上了船，一定会提高警惕的。”唐兴捡起假面，递给江寒，“师兄换上洋装，戴上假面，便是最好的隐藏和伪装。”

既能迷惑敌人，也便于观察寻找线索。

纨绔师弟说得头头是道，逻辑难得如此清晰缜密。

显然是预先备好的一套说辞。

江寒听他有理有据，便也不再反对。

他接过洋装，正要去换，忽听极响亮的“咕噜”一声。

纨绔师弟脸一红，急忙捂住肚皮，迎着江寒无可奈何的眼神，挠头嘿嘿笑了——一下被威严的家长震慑得胃口尽失，一下放松又立即饿了，实在是孩子脾气。他拉住江寒：“也不急，舞会要九点钟才开始呢！我们先去吃些东西吧，这船底有个装潢极新鲜奇特的餐厅，四面玻璃，可以尽情观赏水下之景。”

“新世界号”已然由江入海。

唐兴说着，夺了江寒手中的洋装假面，直把他往门口推。

被炸弹吓个半死，煞有介事地请人来探案缉凶的是唐公子；玩心一起，便立马忘却了潜在危机的也是唐公子。真不知唐公子究竟是急还是不急?

江寒无言以对。

房门忽然被人敲响了，门外传来几位太太小姐的娇声：“唐公子在吗？我们想去水下餐厅看看海景，陪我们一起吧！”

唐公子最是怜香惜玉，一刻也不会让女士们多等，当即扬声回应：“在的在的！好的好的！”随后，眼巴巴地盯住江寒，“师兄？”

江寒却没有纨绔师弟这般的兴趣和才能，见有人邀约，不会使他落单寂寞了，便干脆地摇头道：“我昨夜熬晚了，困乏得很，想歇一歇。你去吧。”

◇◇◇◇ 三 ◇◇◇◇

熬夜困乏，是真的。

但江寒并没有当即歇下。

长路漫漫，浓雾遮天。冷不丁出现的一封“犯罪预告”，或许是某人装神弄鬼的恶作剧，也或许是真的凶案的前兆。而凶险危难的前兆，换个角度看，也是线索。

自浓雾之中伸出的，不管是绳索，还是荆棘，只要能指引方向，他都敢伸手抓住。

听闻“犯罪预告”的存在，再回想甲板上那道一闪而过的身影，江寒愈发坐立难安。

唐兴刚陪女士们离开，他便也出了房间。

贵客们正用餐，巨轮平稳入海后，船员也开始轮休。江寒独自在船舱各处转了转，沿途都较先前冷清安静许多。

“新世界号”规模之大，他一人不可能彻查。先大致看过贮藏舱室、中央电气室、锅炉装置等最可能被放置炸弹的关键地点，均未见异常。

只检查这寥寥几处，竟也足足花了一个钟头。江寒走得双脚酸疼不已。

过度行走带来的疲惫，加上彻夜未眠导致的困乏，使他神倦力竭。江寒回到房间，连一口水都顾不上喝，往软椅上一靠，就昏睡了过去。

深而沉的睡眠，甚至容不下梦境。

他是被房外的骚动惊醒的。

左右开门的震动声，人们纷沓的脚步声，既惊恐又兴奋的呼喊声，种种杂声被密闭的四方壁垒过滤，变得沉闷模糊。江寒睁开眼，只觉脖颈酸痛，脑中混沌，一时间搞不清自己身处何地。

忽然，一道声音冲破壁垒，清晰地抵达他耳中。

“不好了！水下餐厅出事了！”

江寒浑身一凛，神志乍明。

四面玻璃、可观海景的水下餐厅，不正是唐兴的去处？他连忙爬起，开门向外奔去。

庞大的“新世界号”，道路四通八达，一不留神便会迷路。

但此刻，江寒并不需要询问水下餐厅所在何处。随着汹涌的人潮往前，便是了。

水下餐厅与富丽堂皇的上部环境不同，呈现出另一种奢华的样态。

船肚被全部打通，室顶挑高而无一根立柱，形成一个极开阔的巨大空间。灯光昏黄黯淡，只刚刚好照亮脚下的路，四面玻璃之外则有光束向远处投射，光束吸纳了水底的幽蓝再倒映回舱内。数十组原木餐桌椅被粼粼的蓝光托着，犹如汪洋中漂泊的一叶叶扁舟。

眼前，一叶叶扁舟既漂泊在汪洋，也深陷于人海。

看客们将现场挤得水泄不通。人群里，江寒一眼就找见了唐兴。他仍和那几位太太小姐一块儿，女士们吓得花容失色，最怜香惜玉的纨绔师弟却一反常态，非但不做宽慰安抚，甚至像根本没听见她们惊惧的啜泣声似的。

——只瞪圆了双眼，目光直勾勾地望着东面玻璃幕墙的方向。

江寒随他的视线朝外望去——

只见融融的昏黄与粼粼的幽蓝间，正弥漫开一片可怖的猩红。

猩红之中漂浮着一道穿船员制服的人影。他被粗绳捆缚着，扭动挣扎，疯狂地用身体撞击水下餐厅的巨幅玻璃。可“新世界号”之大，一人即便豁出了命去，也不可能撼动丝毫。

他白白耗尽了精气，挣扎的力量愈发微弱。

最终，在水中踉跄一跌，面庞重重贴上了玻璃。那因恐惧绝望而变形的五官，几乎已不成人样。

却正是江寒刚登船时，隔着人群远远瞥见的一张脸。

江寒找到最近的阶梯，径直冲上了甲板。

他途中抬腕看了手表，时间正是夜间的八点五十分。

他来到船舱东面，发现船侧栏杆上缠绕着碗口粗的麻绳，探头朝下一看，绳索入水处浮着一片血红。江寒赶紧唤来值班的船员，几人合力，将落水者拉了上来。

唐兴跟来，恰巧见其出水。

那副躯体的情状之凄惨，让经历多起命案后逐渐习惯血腥场面的唐公子瞬间回归原点，哆嗦着惊叫出声：“啊！”

江寒紧赶慢赶，终究还是晚了。

非但没救得了落水者，甚至，他的尸体只剩下了半边。

“我、我们刚刚在船底看他，不还活的吗？”唐兴颤声道。

大副解下缠绕尸体的麻绳，他们才发现那绳端带钩。死者应是被钩子钩住了后衣领，坠海后惊惶挣扎，导致绳索缠住手脚，打了死结。

“可他不是溺死的。”江寒严肃地道，“他是被鲨鱼活活咬死的。”

尸体残留的半边，可见脖颈被尖锐的绳钩划得血肉外翻。而不见的半边，断口处碎肉粘连，边缘呈锯齿状。

幸好，制服胸口所绣的船员编号，在残留的半边。

“三八八四丁，”不料大副道，“该编号对应的船员摔断了腿，还在养伤，并未登上‘新世界号’。”

且那船员身形矮胖，和尸体的体形差距甚大。

死者假冒船员，定有所图。

“这是我们系在船边，固定救生艇用的麻绳。”大副经验丰富，很笃定地道，“贵人们乘豪华游轮出航，引得匪徒混入船中，搞些小偷小摸的勾当，很常有的事。我猜，他是偷完了东西，打算卸下救生艇逃走，因不熟悉器具操作而被绳索钩缠住了，跌进海里，血气引来鲨鱼，才倒霉地丢了性命罢了。”

一场意外而已。大副当场下了结论。

“噢噢！”唐兴拍拍胸口，顿时安心了。

大副的结论，能说服天真无邪的唐公子，能说服界线外围观的人群，但说服不了江寒。

江寒依然眉头紧锁，注视着尸体仅剩的半张血肉模糊的脸孔。

他并非与唐家毫无交集，纯受钱财吸引的无名小贼。甚至极有可能，和那神秘的“犯罪预告”有所关联。

江寒瞥了唐兴一眼。

只见纨绔师弟虽已消除了紧张恐惧之色，但仍不敢多看尸体，背着身躲得远远的。

是因不敢仔细打量而没认出吗？又或者——

江寒轻吁了一口气，强行将那个念头按了下去。

船上出了命案，自然要向主人报告。跑腿的船员去而复返，带回唐股东的口信：“唐先生说，混进一个小毛贼，死了而已，不必失惊倒怪。尽快清理了，不要扰了各位贵客，不要影响稍后的舞会。”

冷漠的，轻描淡写的，仿佛要清理的不过是一坨脏污碍眼的垃圾。

唐股东有令，船员们麻利地用防水布将尸体裹了，搬至贮藏舱室。甲板上的血迹，几台水泵齐开，顷刻间也就冲得干干净净了。

清闲的看客们一听是意外，便都失了兴趣。九点将至，平安夜最重头的戏码即将开始，他们谈笑着散了，各自回房去取自己的假面。

同一处地方，一时人声鼎沸，一时阒静无声。

若非寒凉的海风中还混着浓郁的血腥气，江寒险些以为自己只是梦游了一场。

“师兄，怎么又在发呆？”

原地只留师兄弟二人。眼前没了尸体，唐兴顿时放松下来，好奇地观察着江寒。

江寒沉默了许久，终于开口：“方才那人，你瞧着眼熟吗？”

唐兴眨了眨眼：“咦？”

“我想你是眼熟的。”江寒低声道，“毕竟前些天，小都会舞厅里，你刚揍过他几拳。”

那具被鲨鱼啃噬得只剩了半边的尸体，是张济明。

唐兴倒吸一口凉气："张济明?！"他慌愕万分，不知所措，竟原地团团打转，"那是张济明？太血腥了，我眼晕，没细瞧……怎么会？张济明上这'新世界号'做什么?！"

话语顿了顿，他脸色又一白。

"师兄，你知道我认识张济明？也知道我在小都会揍过他？"

江寒叹息："以唐股东和阮如玉小姐的关系，你与阮小姐等于做过一家人。阮小姐的前夫，你认识，不很自然吗？"

至于他如何知晓唐兴和张济明在小都会争执之事，却略过不提了。

所幸，唐兴被揭了底，方寸大乱，并未察觉江寒刻意略过的问题。

"我、我不是故意隐瞒的。君子动口不动手，我在外面打架，怕师兄谦谦君子，知道了生气。"唐兴拧着手，小心翼翼地道，"阿阮姐姐——阮如玉，是六年前江城遭轰炸时南迁粤城，才和我小叔认识的。后来，小叔陪她回江城定居，我好奇江城的洋气繁华，硬跟了来。阿阮姐姐的前夫，我听她提过，真觉得是个渣滓，但从没有见到本人。"

那天夜晚，小都会舞厅偶遇，唐兴并未认出张济明。

是张济明厚颜无耻，拿已故的阮如玉当谈资，粗言秽语，口无遮拦。唐兴一听，立刻明白了对方的身份。陈年的旧账和当下的新火相加，气得他脑袋"嗡嗡"，一时失控，便动了手。

江寒蹙眉。

不对。

按小杜的描述，张公子一进门，唐兴当即红了眼，二话不说，冲上去就揍。与唐兴自己讲的，有些微妙的出入。

但小杜是个与张济明不相上下的赖皮小人，他的话，不能尽信。

江寒犹豫了片刻，没再追问，却忍不住想，阮如玉和唐仲钰恋爱，身为侄儿的唐兴竟叫她"阿阮姐姐"。这唐家里的辈分称呼，可真乱得滑稽。

唐兴坦白完毕，怯怯地瞄着江寒："师兄，我瞒你小都会的事，你生气吗？"

江寒失笑："这是你自家的隐私。你若不想提，旁人有什么好气的呢？"

他并不欲打探别人的家务事，只想知道张济明之死与唐家、与阮如玉是否有关。

“我知道了！”唐兴得了江寒的承诺，心神一定，思路打开，恍然大悟地猛一拍手，“张济明是个好吃懒做的赌棍，经济状况一塌糊涂，至今还借着阿阮姐姐的风光到处吹牛胡混。见小叔回了江城，举办舞会纪念阿阮姐姐，他便打算故技重施，再威胁勒索一回。”

于是，送出了那所谓的“犯罪预告”，并变装潜入“新世界号”。

不料“新世界号”纪律严明，每个船员都有相应的编号。张济明的伪装被戳破，想乘救生艇逃走，慌乱间绳索缠身，坠海丧命。

“张济明半辈子坏事做尽，落得这个下场，真算活该。”唐兴道，“以他的胆量和手段，定是不敢也不能搞到大量炸弹并布满‘新世界号’的。那劳什子‘犯罪预告’，肯定只是唬人的东西！哼，我还真被姓张的渣滓骗住了。”

“罪人已死，危机解除，可以好好祝贺圣诞节啦！”唐兴轻快地道。

——果真如此吗？江寒却只觉得笼罩着“新世界号”的疑云愈发浓重了。

若说张济明一个愚笨怯懦的小人，没有胆量也没有能力炸毁“新世界”号，他又怎么可能想出那般巧妙的法子，算计得唐兴亲手将“犯罪预告”带给了唐仲钰？

矛盾，太矛盾了。

“舞会要开始了！”唐兴抬腕一看表，着急道，“师兄赶快回房换装吧。”

江寒这才猛然想起，穆汉生导演与他有约。穆导演说，九点钟，影厅见，当时他未拒绝。现在不论去或不去，都该与穆导演打声招呼，以免晾着人家空等。

从此处到影厅，再回房换装，终至舞会现场，定过了开场的九点了。

唐公子身为唐氏唯一的继承人，可算唐股东主办舞会的最重要角色之一，万万不能迟到。江寒便想让唐兴独自先去，自己将各项事情处理妥当，再与他碰面。未料唐兴满不在乎地道：“舞会一开，小叔必定忙得很，顾不上盯我的。反正顺路，我与师兄一起吧。”

江寒原打算利用这个间隙，独自思考片刻。但纨绔师弟黏人，他无奈，只好任唐兴拖着袖口，两人一块儿去了。

配有世界最先进放映设备的影厅，隔音效果一流。格外厚重的两扇大门紧闭，江寒用力推开，一股异样的馨香扑鼻而来。

厅内灯光通明，银幕上竟已放映着影片了。

并且，刚巧放完了一本拷贝。

将“明”侦探的《推理实录》系列交予穆汉生改编后，江寒曾找了几部他的代表作来看，由阮如玉扮演女主人公的《新女性》是其中之一。片中有个不倒翁的道具——是一位女性站在地球上的模样，名叫“不倒的女性”——令江寒印象极深刻。

影片的拷贝，为一本十余分钟。阮如玉取出不倒翁，“不倒的女性”被压倒后猛然弹起立定的画面，恰巧在第一本的末尾。投映并定格于银幕上的，正是这个画面。

穆汉生戴银丝边圆眼镜，梳齐整的中分头，穿白棉衬衣。光看外表，真像个误入了浮华“新世界”的进步青年学生。他独坐影厅正中，闭着眼，神态安详，嘴角竟微微带笑。

就仿佛观着影而一不小心睡着了，做了什么美梦。

“穆先生？”

江寒走到近前，发现穆汉生手中握着一样东西。

“不倒的女性”。

同一时刻，银幕内外，“不倒的女性”都凛然站立着。

瞬息之间，影与实的两重世界倒错相融。江寒猝然惊醒，扭头向唐兴大喊：“快闭气，将门敞开！”

穆汉生的身体还温热，但已没了鼻息脉搏。影厅正中的座椅下，一大束夹竹桃即将燃成灰烬。

夹竹桃燃烧可生致命的毒烟，影厅中浓郁的馨香即来自于此。

“穆导演死了？！”唐兴找东西撑住了门，慌忙奔来，抽出洋礼服胸口的装饰巾撕开，一半塞给江寒，另一半捂住自己的口鼻，“怎么会？！”

影厅的门没上锁，穆导演也未遭捆绑束缚。他怎么就乖乖吸着毒雾死在这里了呢？

难道，是自杀的吗？

江寒无法回答唐兴的问题。

“铛——铛——铛——”

钟声响起，悠长而洪亮地在黑夜的海天之间荡开，自敞开的大门传入原本密闭隔音的影厅，荡得剧毒的馨香也散淡了许多。

九点整。

假面舞会应已开始了。

江寒默然静立，大脑飞速转动着，无数念头闪过，但没有一个足以破开周遭迷雾的。“新世界”并不给他时间多做思索，忽然一声“轰隆”巨响，船身随之剧震，猛地朝一侧倾斜。唐兴没提防，直接狠狠摔坐在地。

张济明拼了性命也撼动不了丝毫的“新世界”，竟被轰得瞬间失去了平衡。

“炸、炸弹？”船身很快恢复水平，但轰隆之声未绝。唐兴狼狈地爬起来，瞠目结舌。

而江寒只来得及脱下外褂，盖住穆导演逐渐僵冷的遗体，便冲出了影厅。

◇◇◇◇ 四 ◇◇◇◇

舞池之中衣香鬓影，男男女女、双双对对，如穿花蛱蝶般欣然翩飞。突然闯入的江寒，是唯一一个穿着长衫而未戴假面的人。

外界，令人心惊胆寒的“轰隆”震动连绵不绝。可舞会上缠绵嘹亮的乐声蒙蔽了人们的耳，甚至有男客对女伴道：“外头好像放着烟花呢。”

“唐先生多高的身份，要怎样的天仙女子没有？阿阮故去三年，仍为她举办如此一场豪华的舞会，纪念兼具其生死两重意义的圣诞佳节，唐先生实在情深义重！”男客感慨道。

女伴娇嗔：“若我死了，你也这样纪念我吗？”

男客开怀大笑：“当然、当然！”

"Ladies and gentlemen（先生们，女士们）——"

司仪一声高呼，吸引了全场的目光。

"接下来，将由我们的主人唐仲钰先生，为大家献上今夜的第一支舞。"

最隆重的开场之舞。

厅堂顶的巨型水晶灯骤然熄灭了光芒，众人兴奋地向四面退开，让出舞池。

脸戴白羽面具、身着燕尾服的唐仲钰步入其中，而对面的人群中徐徐走出一个戴黑羽面具、穿墨色夜宴长旗袍的女子。女子的旗袍是纯墨丝绒的底子，领口系了镶银色贝壳片的丝巾，开衩滚着猩红的边，袍脚随她婀娜的步伐生出血色的轻波。

妖冶艳丽的女子与稳重成熟的绅士相对而立。

绅士向女子伸出手去。

女子唇角微扬，指尖触上绅士的掌心。

华灯再起，乐声乍响——江寒闯入舞会，第一眼所见的，便是这样一幅画面。

金碧辉煌的奢华空间，乌泱涌动的人潮，一切都再入不了江寒的视野。他的双目被舞池正中那女子紧紧攫住了，心脏狂跳，竟连呼吸也忘却了。

唐兴落后江寒一步，见状亦惊诧，轻轻"咦"了一声。

震动仍在持续，却干扰不了舞池中央的二人。华尔兹的舞曲奏着，绅士揽住女子的纤腰，女子自然地倾入对方怀中，但随即一个转体，又轻盈地旋步远离了。绅士以一种一切尽在掌握的威姿，原地扬手，等待女子再乖乖回到他的掌控下。

然而，他的等待落空了。

居高临下的威严面具亦被女子扯落，女子甚至抬起高跟鞋将那面具踹碎了。

——女子并未回他怀中。

非但没有，还极轻蔑地用力挥开了绅士的大掌。

她在距离对方几步远处站定，猝然抬臂，手中赫然是一把枪。

众人哗然。

司仪惊惶地扑向红绒帘幕后的乐队，叫停了奏乐。而乐声一停，贵宾们才终于反应过来，外面“轰隆隆”的，似乎不是欢庆的烟火。

女子右手稳稳地持着枪，黑洞洞的枪口直指唐仲钰，左手也缓缓抬起，立起了三根指头。她随着自己的手势，压下无名指悠然道：“三。”

众人迷惘间，她压下了左手的中指：“二。”

最后，只余一根竖直的食指。

“一。”

女子红唇轻启。

伴着这个无声的口型，船下一声巨响，船身再次猛烈地侧倾。衣冠楚楚的上等人们纷纷寻找倚仗之物，而有一些格外恐慌胆怯的，已尖叫着“炸弹”向外奔去。

余者胆大，猎奇地继续观望舞池中央的“戏”。

唐仲钰也因“新世界”的颠簸而踉跄了几步，脸色铁青地瞪着女子。

“你是谁?！”

这是仍在场的所有人内心共同的疑问。

他们的想象力活跃起来——莫非阮如玉不舍与情郎死别，留了一缕香魂游荡人间，见唐仲钰返回江城，迫不及待地现形来与他共舞一曲？等等，不对呀，若真是阮如玉魂游“新世界”，拥着情深意切的唐股东倾诉衷肠还来不及，怎会举枪向他呢?

“摘下面具！”如众人所愿，唐仲钰厉声喝道。

可唐股东威严的面具已被女子扯落踩碎了，根本吓不住她。

她仍然笑盈盈地扬着唇。

“我是阿阮呀。”

说着，揭下了蕾丝黑羽的面具。

屋顶投向舞池正中的光束之下，女子的面容一点点地展露出来。英挺的浓眉，圆亮而尾端微微上挑的双目，高傲凛然，美艳近妖——一位看客失声惊叫：“阿阮?！”顿了顿，又立即改口，“阮、阮露明……”

正是隐踪月余的那女子。

她戴黑羽面具遮住眉眼时，旁人见她唇角扬着，都以为女子是始终带笑的样子。待她揭了面具才发现，原来那笑意根本没有传到眼底。

女子未露真容时，唐仲钰大为动摇，不过强作镇定罢了。可一见面具下竟是阮露明的脸孔，他倏忽陷入茫然。然而，铁血精明的商人亦是最出色的演员，仅仅一瞬，唐仲钰便将自己的迷茫不解藏好了，冷声质问："那'犯罪预告'是你寄的？外面的炸弹，也是你搞的鬼？

"我唐家与你无冤无仇，新华也待你不薄。你此举何意？！"

江寒站在人群边缘，遥遥凝视那女子。唐仲钰的质问，看客们的指点议论，扰攘声音都已入不了他的耳。他只专注地望着许久不见的"明"侦探，眼眶发热。

而他身边，唐兴颤着音，喃喃叫了一声："阿阮……"

自言自语似的，语气既困惑又哀伤。

舞池中央，阮露明不置可否地歪了歪头，并未回答唐仲钰的问题，徐徐抬脚，一步步地朝他逼近，直至森冷的枪口抵住其太阳穴。

"劳驾唐股东，跟我走吧。"

阮露明右手持枪抵着唐仲钰，左手轻轻环住了对方的脖颈——那动作轻柔缠绵，若不看她另一只手上的枪，若不听她寒冰似的话，竟像个痴情的拥抱。

"船上安了多少炸弹，我已记不清了，但肯定还有的。装都装了，不全用上，岂不浪费？"

她声音不大，但在乐声已止、余者屏息的舞会现场，振聋发聩。

话音刚落，又听外头"轰隆"巨响。这一回的震动影响了船上电路，投向舞池正中的光束几番明灭，终究"啪"地彻底暗了下去。

炸弹还没完！

并且，威力似乎愈发地大了。

有逃出舞会的贵客去而复返，惊恐地呼喊："船开始漏水了！"停留原地看戏的胆大之人终于也慌张恐惧了起来。

恰巧，阮露明接着道："但若唐股东乖乖跟我走，我得了更大的'宝贝'，区区些许炸弹，浪费也就浪费了。"

若唐仲钰随她走，她便不再引爆剩余的炸弹。

“唐股东深明大义，应当知道该怎么做吧。”女子淡淡道。

此言一出，落入各位开罪不起的政要富贾耳中，唐仲钰如何不情愿，也别无选择。

“好，我跟你走。”唐仲钰咬牙切齿地道。

江寒突然发现，身边的唐兴不知何时消失了踪影。

阮露明解下镶银色贝壳片的丝巾，反剪住唐仲钰的双腕，枪口抵着他后脑勺，驱他出了舞会现场。二人一走，贵客们大松了一口气，竟有的彻底抛了光鲜体面，直接一屁股瘫坐在了地上。

没事了吧？这下总该没事了吧？

他们惶惑地相互确认着。

再怎样好事猎奇，也没人敢跟去看热闹了。唯独江寒，原地静立数秒，咬咬牙，拔腿追了出去。

阮露明已驱着唐仲钰来到船侧——正是一个多钟头之前，捞上张济明尸体的地点。

令人作呕的血腥味已被迅疾的海风彻底吹散了，涌入鼻腔的只剩无尽洋流的咸腥湿气。

女子在风口停了停步，回过头。

狂风吹乱了她的长发，也吹得她眯起眼。

在舞会现场，女子的视线未触及阴暗角落里的江寒哪怕一瞬。此刻眯着眼，半掩去眼底的冰冷狠戾之色，神情显得柔和许多，唇角一扬，便好像真的笑着了。

“江老师，好久不见。”她语气轻快地道，“气色还不错嘛。”

“……”千言万语哽在心口，哽得江寒从喉间到鼻头都酸疼着，根本无法成言。

长久不见，女明星还是老样子，我行我素，任性至极。江寒不说话，她也不在意，径自支使道：“江老师既然来了，就帮帮忙吧。”

她制着唐仲钰，腾不出手，朝栏杆上缠系的绳索努了努嘴。

“帮我放两艘救生艇下去。”

◇◇◇◇ 五 ◇◇◇◇

江寒毫不意外地发现，无论相隔多久，无论事态多么离奇，女子的指示又多么使人匪夷所思，自己的第一反应都是照办。

完完全全地信她，绝不质疑，顶多确认一句："两艘？"

"嗯，两艘。"

按照阮露明的要求，江寒卸下两艘救生艇，用绳索牵连了起来。检查过救生艇的里外情况，他站在一边的小艇中，朝"新世界"上的阮露明点了点头。阮露明颔首，收了枪，猛然一抬腿，狠狠一脚踹上了唐仲钰的后心。

鞋跟尖锐，唐仲钰吃痛，哀叫着摔进了另一边的小艇中。

"啊！"

江寒："……"

唐股东的威风和尊严，愈发地稀碎了。

紧接着，阮露明自己也轻巧跃入小艇，顺带又补了一脚，让艰难爬坐起来的唐仲钰又翻倒在地。然后，她对江寒道："江老师，开船吧。"

这个寒冷彻骨的平安夜，正值旧历的初三。

烈风吹散了浓云，弦月细细地镶在天边，散发出浅淡的冷辉。

眼前波涛万顷，江寒独乘一艘小艇，持桨带着阮露明和唐仲钰所乘的另一艘艇，逐渐远离汪洋之中那益发倾斜的名为"新世界"的庞然巨物。

隔得远了，依稀可闻大船上忽然人声沸腾。江寒回头一看，只见众多救生艇接连入水，大批乘客有秩序地分队上艇，和他们一样划桨驶离"新世界"。

"新世界"的主人唐仲钰不在，能组织宾客们这般大规模逃生的别无他人——江寒忽然明白了唐兴消失的原因。

不着调的纨绔师弟竟有如此英勇举动，他身为师兄，内心油然而生一丝欣慰。

更遥远的岸上，"孤岛"正沉沉地浸在比午夜的江海更浓郁的黑暗里。

唯独江水两旁霓虹璀璨。可那身处其中时炫目的人造的光辉，从远方眺望，根本胜不过周遭无边无际的大片漆黑。

狭小的人造的光辉，只有被吞噬的命运罢了。

江寒一边沉默地继续朝远离“新世界”的方向划着，一边忍不住侧头瞧向阮露明。

月辉与波光掩映之间，女子恰巧也转过了脸，与他目光相接。

女子扬眉勾唇，霎时间，画面仿佛回到了两人初见的深夜。

只不过，那夜安然坐着的是女子与柳四爷，被捆了手脚丢在舟里的是江寒。而如今，角色彻底改换了。

唐仲钰双手缚于身后，身体极难取得平衡。他拼命蠕动着，连滚带爬，费尽气力，折腾得精心抹的油头蓬乱，才终于勉强坐起，恼怒地喝道：“你究竟是什么人?！”

“一个孤身闯荡江城的女子，一个命运系于人言的女演员，绝不可能拥有这样大的能量，惹出这等恐怖的风波！”

“听说你与洛城帮会头目、安华电影公司的老板柳四爷关系匪浅。可柳四爷已被当局暗杀，烧死在自家公馆里了。这是谁指使你的?！”唐仲钰咬牙切齿地问。

阮露明撇了撇唇：“可我就是有这么大的能量，就是自己来的，怎么样呢？”

唐仲钰闻言，愕然瞪圆了眼睛。

“至于我的身份嘛……”阮露明笑了笑，忽然唤江寒，“或许，江老师能代我说说吗？”

江寒一愣，手中的桨骤停。

他僵硬地扭过头去，毫无提防地迎上了女子坦然的目光：“江老师已经猜到了，不是吗？”

江寒苦涩地道：“我不——”

“不, 你知道。”阮露明打断他,“江老师谦谦君子，撒不了谎的。你知道。”

江寒闭了闭眼，搁下船桨，缓缓站起身。他两手垂于身侧，不自觉地攥紧了，指甲深深掐入皮肉却丝毫感觉不到疼——如果可能的话，他真不想亲口戳破这个真相。

“洛城西北山区常用一种名为缩尾法的暗语。”江寒哑然道，每说一个字，喉咙都像被粗砂纸狠狠磨过似的疼，“柳四爷，安华电影公司。柳、安华——柳暗花……明。”

“阮小姐，你不是柳四爷的情人。

“而正是那神龙见首不见尾的‘柳四爷’本人。”

唐仲钰勃然变色：“什么?！”他难以置信地上下打量阮露明，“柳四爷杀伐决断，手腕了得。若非遭了当局暗杀，定是我回归江城后的头号劲敌。你，一个女子——”

“怎么可能！”他失声惊叫。

阮露明根本懒得理会唐仲钰，对着江寒轻轻拍了拍手掌心。

“太好了，江老师真没让我失望。”她笑眯眯地道，“猜对啦。”

“夜宫案时我曾想，你怎会对于曼丽女士隐瞒身份、请职业经理人出面营业舞厅的做法那般理解？原来，阮小姐自己亦是如此。”

但“柳四爷”怎么“死”了呢?

阮露明耸耸肩：“本就是个为行事方便而造的傀儡罢了。既然当局想拿他开刀，我索性主动弃了、毁了，杜绝后患。”

杀伐决断的，不是舞台上虚构的“柳四爷”，而是幕后操控傀儡的这女子。

唐仲钰还不信：“柳公馆大火，警方发现一具焦尸。若你是——那焦尸又是谁？”

无须阮露明亲自开口，江寒代她答了：“无戒大师。”

“桃花源”案后被判死刑，却在押送途中离奇失踪的无戒大师。

如今想来，应是那痛快毁灭了一切清规戒律而大彻大悟的老僧，于某个无人知晓的时刻勘破了女子的命运。既然同样都是死，老僧更希望用这种方式来赎自己“桃花源”藏尸的“罪孽”。

十年前，无戒大师从不幸的深渊中救出了韦氏女。十年后，韦氏女自愿以将死之身代替周露仪，再救了另一个沉沦于家庭苦海的女性。同样的，无戒大师用他的性命，换了“柳四爷”自由。

丹隐寺虽已坍圮，高僧却以其血肉之躯筑成了最后的“桃花源”。

于是，虚构的“柳四爷”完美消失了。

阮露明微微笑了：“瞧，‘华生’这不是很能干吗？”

“不。”江寒摇头，“‘华生’还有许多没能想通的事。”

阮露明扬眉：“比如？”

“比如，表面的一重柳四爷是假身份，那么柳四爷背后的阮小姐呢？”江寒低声道，“我坚信你不会被愤怒所控制而放任罪恶，更不可能亲手制造罪恶。可我也想不通，在一连串事件里，你究竟扮演了什么角色？成了第二位‘阿阮’的你……与第一位‘阿阮’，阮如玉小姐，到底有怎样的关联？”

阮露明静静地听着，面上平淡无波，唯独“信”字入耳时起了微澜。

“江老师，请记住。”她叹道，“是因你信我，所以我才决定告诉你。”

阮露明称呼阮如玉，竟也是叫“阿阮姐姐”。

“阿阮姐姐为我带来了生平所见的第一缕光明。我到江城，确是为她复仇而来。”阮露明说。

“逼死她的，有底层的出身，有不幸的婚姻恋情，有胡编乱造的舆论。而最终最直接的凶手，是这戴着深情假面的伪君子。”阮露明指住唐仲钰，声若寒霜。

阮如玉和唐仲钰相识于六年前。

那年初，战火波及江城，影坛人士纷纷南迁粤城避难，阮如玉也在其中。

粤城做茶烟生意发家的唐仲钰正想扩张事业版图，投资新兴的电影业。听说来了一批江城的编导、演员，他当即有了计划。

唐仲钰以当地商会主席的名义举办了一场接风宴，迅速与南迁的众人拉近了关系。正是在那场宴会上，他看中了阮如玉。

一来，当红女影星可作为他深入江城影戏业的绝佳跳板；二来，阮如玉年轻美貌，又性格纯良，容易控制，作为一时消遣的伴侣，再合适不过。

于是，花言巧语，温柔小意。

不费丝毫的真心，便骗住了女子。

被张济明折磨得心力交瘁的阮如玉，以为自己终于邂逅了真正自由的爱情。

待战火暂时平息，唐仲钰陪阮如玉返回江城，并参与投资新华电影公司。他在新桥路沁园里租了一栋小洋楼，作为两人同居的爱巢。

随后，是一段梦幻般的恩爱时光。

阮如玉只愿余生与唐仲钰安然相守，希望彻底和张济明划清界限。她筹措了手头全部的现钱，找到张济明，再次正式提出分手。张济明经济困窘，好不容易盼到了自己的“摇钱树”归来，怎肯轻易放过她？这个无赖，当面答应了阮如玉，收了巨额分手费，转头就以“红杏出墙”“有伤风化”的罪名将她告上了法庭。

“许兆阳借机造谣，将阿阮姐姐的名声败坏得一塌糊涂。一个女子，在舆论的风口浪尖上，而她的‘真爱’——”阮露明咬牙道，“竟丝毫不信她，不帮她。”

此时，唐仲钰已与阮如玉同居半年有余。

他在江城的生意站稳了脚跟，无须再借当红女影星的风光名头。而最摩登的都市，多的是时髦奔放的女郎，唐仲钰逐渐对柔顺内向的阮如玉失去了兴趣，开始大肆出轨。

他一边大肆出轨，一边还说，没有把“以前的男人”处理好，是阮如玉自己的问题。

自此之后，他动辄殴打辱骂阮如玉，骂她丢脸下贱，连累唐家也被小报编派，丢尽颜面。

阮如玉虽痴情，但不傻。她看清了唐仲钰的真面貌，毅然决定逃离这个恐怖的伪君子。可唐仲钰一面嫌阮如玉如敝屣，一面又将她看作自己的私人物品，认为她的举动攸关唐氏脸面。区区“物品”，竟敢逃离和背叛主人，这无异于将唐仲钰最看重的面子撕碎了丢在地上踩。

唐仲钰勃然大怒。

他倾尽全力抓回了阮如玉，那一次，毒打得女子奄奄一息。

“她选择在平安夜服安眠药自杀，留了一封遗书，控诉你的种种罪恶。”阮露明道，“可她服药的剂量不大。若非你为窜改遗书而耽误了送医救治，阿阮姐姐……原可以活下来的。”

阮如玉服药，是在平安夜的晚上七点钟。

唐仲钰发现后大惊，更被遗书内容吓出一身冷汗。他连忙着手窜改，抹去关于自己的词句，只保留“人言可畏”四字，将阮如玉自杀的责任全盘推给了舆论。

当他完成一切，终于将阮如玉送至医院时，已近午夜了。

阮如玉没能听到那年圣诞节零点的钟声——她的时间，永远停留在了二十五岁的最后一秒钟。

江城的女神，风华绝代的“阿阮”，在仁济医院的大门口断了气。

“而我们深情的唐股东，借口留在江城便会触景生情，徒增伤心，迅速回了粤城。一回，就是整整三年。”阮露明讽笑道，“我看你怕的不是徒增伤心，而是徒增人言。毕竟，你没有真心，却比谁都知道人言可畏。”

三年间，江城人因阮露明的出现而逐渐忘却了第一位“阿阮”。忘却了第一位“阿阮”，也就不会再将其死亡的责任与唐仲钰联系起来。直到这时，唐仲钰才终于返回江城，戴上思念“阿阮”的假面，大办舞会，博一个深情重义的好名声，重新开启唐家在江城的事业。

往事种种，江寒未曾亲历。但他光是听着，都险些将牙根咬碎。

要为阮如玉报仇，杀了信口胡言的许兆阳、卑鄙无耻的张济明，再拖一整个“新世界”给冷血自私的唐仲钰陪葬，将他的性命连同他最重视的脸面一起粉碎了，也不为过的。

可那女子没有。

并且，竟选择了截然相反的道路。

“我的复仇，不是杀了你。”阮露明平静地道，“而是救了你。”

唐仲钰恨恨地瞪着她，一副如临大敌的神情。

见状，阮露明轻“呵”了一声。

“毕竟，你根本还没有意识到自己的罪孽，未生丝毫的忏悔之心。让你就这样轻轻松松地死了，实在太便宜你。”她说，“我要把你从真凶手下救出来，让你好端端地活着。活着在这地狱般的浮世受种种苦难，活着睁大你的狗眼，看女子们是如何一个个觉醒并勇敢站立起来的。”

说完，再不看唐仲钰一眼，仿佛他只是一坨脏污碍眼的垃圾。

阮露明侧头问江寒：“接下来，我打算去找真正的凶手谈谈心。江老师，一起吗？”

当然。

江寒甚至觉得诧异，她怎会多此一问。

“‘福尔摩斯’要去的地方，天涯海角，‘华生’都会跟着的。”

他不会让他的“明”侦探独自坠入莱辛巴赫瀑布。决不会。

阮露明展眉一笑，忽然举枪扣动扳机。子弹出膛，在江寒惊愕间，准确地打断了两艘小艇之间的绳索。寒冬里冰冷的海上，女子甩了高跟鞋，跳上船沿，赤脚用力一蹬，轻盈地腾空跃起。

江寒脑中反应不及，身体却本能地动了，张开双臂迎上去。

准确地接住了大胆朝他这艘艇跃来的女子。

对方的身躯之轻，让他产生了一种错觉，仿佛自己接入怀中的只是一缕夜风，或一束月光。

“江老师还是这样容易为我紧张。”阮露明随手揽住江寒的脖颈，笑道，“你明知道，就算不接住我，我自己也不会摔倒的。”

江寒手里托着女子，又被女子环着脖颈，闹得面红耳热。他不敢接话，连忙把人放下了，望天望地，再回头望另一艘小艇上的唐仲钰。

绳索断了不过片刻工夫，另一艘救生艇已被洋流冲得老远。

“那艘艇上没有桨，看唐股东的造化，随他漂着吧。”阮露明弯腰捡起江寒为接她而着急丢开的船桨，往前一递，“我们回‘新世界’去，江老师。”

◇◇◇◇ 六 ◇◇◇◇

“这一系列案件，皆因阮如玉之死而起。”返回“新世界号”途中，阮露明说道，“最初的死者，并不是许兆阳。”

女子隐踪匿迹，离局月余，却对事件始末掌控无遗。

江寒想，也或许，恰恰因为暂时跳出了浓雾重重的谜局，她才能更清晰地俯瞰事件全貌而不受迷惑扰乱吧。

夜间的海上，呵气成冰。阮露明双脚冻得赤红，神情却丝毫无异。

任性的女明星本人不以为意，可江寒看不得她不拿自己当回事。

仅有的一件外褂，已脱了蒙着穆汉生的尸体了，江寒想了想，撕下长衫的一角做巾子，拢在掌心里焐暖了，盖住阮露明的脚。

阮露明坐在船沿没动，支着下巴瞧着江寒，任由他照顾自己。

“江老师，夜宫案那天江城港口发生的大爆炸，你还记得吗？”

怎会不记得？

那晚，他与阮露明在夜宫舞厅偶遇。女子说自己陪柳四爷谈生意，江寒提出想见见对方，她又称四爷因港口“有事”而先离开了。事故波及港口所设的电力局、水利局、邮务总局等多个重要机关，还炸死了电力局值夜的守门人。

“炸死，是警方的说法。实际上，他是触到了因爆炸而漏电的设备，被电死的。”

电力局的门房老人，才是围绕着阮如玉之死的连环杀人案的第一位受害者。

“第二位，许兆阳。他溺死在报社编辑部，可现场除了茶缸子里几口残茶之外没有一滴水，还特意写出一个‘露’字。由此可推，受害者的死法有着特殊的意义——说不定，对凶手而言，是某种仪式。

“接着，第三、第四位死者，都出现在今夜的‘新世界号’上。先被发现的张济明，被麻绳缠绕坠海，伤口出血引来了鲨鱼，被活活咬死。后被发现的穆汉生，在放映着《新女性》的影厅里吸入夹竹桃焚烧所生的毒雾而死。但其实，他们死亡的先后顺序却是反过来的。”

江寒一愣，脑中迅速梳理起当时的情形。

他查看船舱情况后回房，累得昏睡过去，被骚动声惊醒后，随人潮赶到水下餐厅，隔玻璃看见泡在海里的张济明时，对方仍在奋力求生。从船底冲上甲板途中，他看了表，长短针指向八点五十分。接着，张济明的尸体被捞出水。

换言之，张济明准确的死亡时间应在晚上八点五十分前后。

阮露明颔首：“而你们赶到影厅时，离九点整还差一些。穆汉生已死，《新女性》已放完了第一本拷贝。一本拷贝的时长，大约十分钟左右。”

影厅里的穆汉生，大概率死在八点五十分以前。

重新整理四位受害者的死亡顺序，提出他们各自的关键词，电、露、影、泡——阮露明顿了顿，道：“江老师，你听着有什么联想吗？”

江寒心头巨震。

《金刚般若波罗蜜经》卷末四句偈文道：一切有为法，如梦幻泡影，如露亦如电，应作如是观。

“门房老人，许兆阳，穆导演，张济明。如电，如露，如影，如泡……”江寒喃喃道，“如果说本将与‘新世界号’一同消亡的唐股东对应着‘如幻’，那么，还差最后一个‘梦’字。”

最后一位“如梦”者，会是谁?

江寒念头陡转，倒吸了一口凉气。

“是他自己?!”

凶手设计这盘谜局之初，便已将自己也算计其中。待完成了对其余五人的复仇，他就将终结自己的性命。

他根本没想活着离开“新世界号”。

“我猜也是如此。”阮露明举头眺望越来越近的“新世界”，目光渐沉，“他的‘剧本’，是在圣诞节的零点前引爆剩余全部炸弹，使‘新世界号’沉没，让全船的人给罪大恶极的唐仲钰陪葬。而他自己，也在其中。”

炸弹遍布“新世界”，还都藏得隐秘。女子说，她尽力搜寻，却实在来不及找齐并拆卸完毕。那可如何是好呢？她想了一个大胆的法子，反其道而行之。

新写一部张扬的“剧本”，与那人隐秘的“剧本”对抗。

她制成一批声响惊人却威力有限的小炸弹，置于船上不太要紧的地方，提前引爆。

接着，扮作寄送“犯罪预告”的人，露面挟持唐仲钰。

“我赌他本性纯善，良心未泯，虽为阮如玉复仇而开杀戒，却终究不忍无辜者白白送命——最该死的唐仲钰下了船，剩千余名宾客在这岌岌可危的‘新世界号’，他定然狠不下心。”

阮露明赌对了。

说话间，他们已穿过漂浮于“新世界号”周遭的无数小艇，以一叶孤舟回到了巨轮的阴影下。

阮露明仰头注视着仍然金碧辉煌的“新世界”。

“可他自己，一定还在船上。”

此时，已是深夜的十一点半钟。

船头的钟塔骤然敲响了一声。

应着钟声，沉寂已久的“新世界号”忽然又“轰隆”巨响起来。此番接连爆起的炸弹，与先前的不同，冒起冲天的浓烟烈焰。船上的电光顷刻便灭尽了，“新世界”彻底陷入黑暗。

伴着嘶哑的“吱呀”巨响，巨轮开始倾斜。

这等规模的船沉水，会造成巨大的漩涡。船边的一切都将被吸入漩涡中，为之陪葬。

江寒暗叫不好，下意识地连忙将救生艇往远离“新世界号”的方向疾划。

“江老师。”阮露明忽然唤他，问，“你什么时候猜到真凶身份的？”

“上船之前。”江寒沉默了一瞬，才回答，“昨夜。”

然后，彻夜未眠。

百般纠结，千般思索，终究还是决定登船。他想，不管是真是假，都该当面亲口要一个答案。

“这样啊。”阮露明近乎慨叹地应道，随即，做出了一个大出江寒意料的疯狂举动——只见她猝然站起，再度蹬住救生艇的边缘，朝着倾向水面的巨轮侧面的栏杆跃去。

不巧，小艇被洋流一激，骤然又远离了“新世界号”数米。

江寒大惊失色。

“阮小姐?！”

幸好，女子准确地抓住了栏杆，攥着一用力，撑得悬空的身体一翻，稳稳落在了甲板上。

江寒松了一口气。

女子固然任性大胆，肆意妄为，但既然她如此选择，那么无论前方如何的危险，他都必定毫不犹豫地跟着去。

江寒使小艇重又靠近“新世界”，丢了桨，也上了那摇摇欲坠的巨轮。

冷月如钩，凄凉地悬在船头那由十二根圆立柱构成的四层六角形的奶黄色尖塔顶端。

高塔之下，站着一个打扮得花蝴蝶般漂亮的英俊青年。

青年唇红齿白，穿一身纯黑镶缎戗驳领的燕尾洋服，衬衫翼领上系白领结，戴白手套，持玫瑰木配玳瑁手柄的直手杖。他笑盈盈地望着他们。

“师兄，阿阮，你们来啦。”

仍留在“新世界号”上的唯一的一人，是唐兴。

◇◇◇◇ 七 ◇◇◇◇

青年立于高塔之下，歪头注视着他们。

“想必我们彼此都有许多话要问，若师兄和阿阮不急，就由我先来，如何？”唐兴眉眼弯弯，笑道，“师兄……不，江先生，我很好奇，你是怎么开始怀疑我的呢？连江先生这般单纯善良的君子都起了疑心，我一定露出了很大的破绽。”

此间始末，说来却是讽刺。

“不，我从来没有怀疑过你。”江寒开口，声音发哑，“只不过察觉你有心事，为你担忧。想直问你，可又见你扮作无忧无虑的模样，似乎并不愿透露。我做师兄的，痛感自己没有尽到师兄的责任。恰巧一位老前辈将去渝城，可能与老师碰面，我便托他捎了一封信，信中提到了你的事。”

贺老先生冷眼看浮世，最是英明睿智。

江寒在长信的末尾问了关于唐兴的事，心想，或许恩师知晓纨绔师弟的些许隐情，能为他指点迷津。

却不料，身在渝城的贺老收到信函后急打电报来，道：

为师于你之后未再收徒，来信提及的“唐公子”不知何许人也，其中或有误会。

“师弟”竟是假的。

唐兴眨了眨眼：“师兄好心关怀我，却意外撞破了关键。世事巧合，可真有趣。”他话语一顿，声音放柔了，“看来，我实在大大地辜负了师兄……江先生。”

唐公子口中的“师兄”二字，江寒不忍再听。

好在，唐兴观察着他的表情，笑了笑，也不再唤。

他将目光移向阮露明，笑颜愈发地灿烂了。

“万幸，‘阿阮’我还是能叫的，对吗？”唐兴对阮露明一张口，一如既往地碎嘴，“阿阮，我好想你。你去哪里了？怎么光着脚呢？冷不冷呀？”

说着，脱下他那件燕尾洋服，朝阮露明走去。

“不丢了高跟鞋，跑得不够快，只怕赶不到唐公子面前。”阮露明站着没动，并不接唐兴递来的外套，“江老师已为唐公子解惑，现在轮到唐公子回答我的疑问了。”

"阿阮"的冷漠，唐公子从来都不畏惧的。

而"阿阮"有问，唐公子也从来都是知无不言，言无不尽，唯恐自己答得不够殷勤细致的。

唐兴顾自将衣裳披上了阮露明肩膀，略微倾身，亲昵缠绵地贴住她的额头："嗯。"

"许兆阳有罪，罪在他胡编乱造，推阮如玉落入舆论的深渊不得解脱。张济明有罪，罪在他年轻时仗势欺人，后来又贪婪吸血，恶意纠缠。至于唐仲钰的罪名嘛，暴力、出轨，因一己私心而耽误急救，万死难辞其咎。"阮露明无动于衷，甚至连眼都不眨一下，平静地道，"你杀害他们三人的动机，我很理解。可电力局的门房老人和穆导演，为什么？"

"真难得，还有阿阮不知道的事。"唐兴贴着阮露明的额，低叹道，"你不知道，当初阿阮……阮如玉姐姐，逃出唐家，曾差点成功了的。"

阮如玉虽长着一副菟丝花似的柔弱可怜相貌，精神却极坚韧。

平常不声不响，但真被逼到绝路时，便爆发出骇人的魄力来。

她逃离唐仲钰的决心之坚定，即使已被张济明骗走全部存款，随身只剩寥寥几块钱，还是毅然出走了。阮如玉有魄力，有决心，亦有头脑和胆识。离开新桥路沁园里的小洋楼后，一为隐瞒身份行踪，二为节省开支，她竟选择在江城北区的宝和弄——贫民窟深处的下等妓馆聚集地租了一间小屋藏身。

"宝和弄人员混杂，身份不明的贫困女子不计其数，小叔根本想不到那里。"唐兴颤声道，"如果阿阮不是善良……如果她不是善良，本可以逃掉，本可以活下去的。"

宝和弄距北区最脏污混乱的藩瓜弄不远。某天，阮如玉蒙面外出采买物资，路过藩瓜弄，遇见一个面黄肌瘦、衣衫褴褛的老头。老头因年前的大轰炸而家破人亡，孤身流落至此，生活凄惨，几欲自杀寻求解脱。

阮如玉及时阻止了他。

女子心软纯善。尽管自己也过得窘迫，还是极力节俭，照应老头的吃穿用度。

一来二去，两人熟悉了起来。一个孤苦的老者，一个流浪的女子，在江城最底层的角落，结成了祖孙般的情谊。

他们闲话家常，老头好奇地问，阮如玉一个妙龄女郎，怎会孤身漂泊？阮如玉信赖对方，也就毫不设防，坦白了自己与唐仲钰之间的种种。

“结果——结果！”唐兴猛地直起身，离了阮露明，大步后退，用力捂住自己的双眼，“那该死的老头，觉得夫妻吵架是家务事。妻子任性不懂事，丈夫来哄一哄，带回家去，就皆大欢喜，能和和美美地继续过日子了。他跑到小叔那里，泄露了阿阮的行踪。”

老头由此得到一份丰厚的报酬，有了电力局门房的体面工作，顺利摆脱藩瓜弄。

而阮如玉，本以为自己逃出生天，毫无提防地被唐仲钰抓回了“囚笼”中去。她终于被消灭了所有自立的希望，再也找不到任何逃生的通路，只能选择死亡。

“至于穆汉生，没什么可说的。”唐兴平复了急促的呼吸，但眼眶仍然血红，“那个软蛋，拍摄《新女性》时心仪阿阮，使了各种酸腐的法子传情达意。又是送夹竹桃盆栽，又是亲手制作‘不倒的女性’，骗得阿阮误以为自己又看见了希望，终于碰见一个有共同语言并能平等相处的伴侣。阿阮被从宝和弄抓回沁园里的小洋楼后，求穆汉生救救她，带她走——穆汉生怎么敢？”

他虽知性进步而富有才华，却终究只是一介懦弱书生。

一怕流言蜚语，二怕与公司股东作对，丢了饭碗。

可懦弱如他，偏偏又是“善良”的。因为“善良”，所以不忍心明确地拒绝女子，不忍当面看她绝望的表情。于是，便一味地躲着、拖着，拖得阮如玉在希望的虚影里逐渐被消磨掉了最后的精气。

“但我想，穆导演应是他们之中唯一一个清晰认识到自己的罪孽，并诚心悔过的。”阮露明随手扯下唐兴的燕尾洋服丢开了，道，“他知道自己因何而死，也……很乐意迎接死亡。”

他手握“不倒的女性”，死在夹竹桃的香雾之中，神态安详，嘴角竟带笑。

唐兴轻轻吁了一口气："不错。唯独穆汉生之死，不是我动的手。"

被下药迷晕了绑着手脚丢进影厅的穆汉生，醒来后很快明白了自己的处境。年轻的导演不惊也不慌，平静地提出，不如解开他，让他自己亲手点燃那束致命的定情之花——他已被愧悔折磨多年，早就期盼着接受审判的时刻到来。

他愿主动选择死亡。

佛曰，由爱故生忧，由爱故生怖。若离于爱者，无忧亦无怖。

"原来如此。"阮露明点了点头，"我还有最后一个问题。"

主动选择死亡的，应该还有另一个人。

"唐公子，最后的一'梦'，你打算怎么做呢？"

◇◇◇◇ 八 ◇◇◇◇

唐兴遇见阮如玉那年，刚刚十七岁。

他的母亲出自粤城最富贵的世家。云端上娇生惯养的千金小姐，偏偏看上了唐家的穷小子，毅然与之私奔。唐兴的父亲走运，靠变卖妻子逃家时携带的金银首饰做生意发了财。穷小子一夜间从贫困的谷底翻身成为人上人，很快便迷了心，开始四处拈花惹草，逐渐瞧不上失去家族倚仗的糟糠之妻，甚至动辄打骂她和年幼的孩子。

在如此黑暗悲惨的生活中，唐兴的母亲被逼疯了。

她乱刀砍死了丈夫，然后带着刚会走路的唐兴服毒自杀。

但好在，唐兴被迫服下的毒药不足致死的剂量。他侥幸活了下来，成了无父无母的孤儿。

唐仲钰继承了刚成形的唐氏产业，也收养了这个可怜的侄子。可他与兄长同样的自私冷血，所谓的收养，不过管一口饭、给一件衣衫罢了，根本谈不上关怀教养。

唐兴天资聪颖，小小年纪便认清了自身的处境。他揣着明白装糊涂，一边冷眼看唐仲钰把吸着亡母之血而起的唐氏生意越做越大，一边把不学无术、单纯愚蠢的纨绔公子角色扮演得惟妙惟肖。

非但不学无术，还到处惹是生非。

给日理万机的唐仲钰添乱，看小叔无情的铁面出现裂痕，可是他为数不多的乐趣之一。

十七岁那年春天，粤城街头的木棉花开得殷红如血之时，唐兴闲逛街头，撞到了一群混混儿。那帮粗鄙赖皮，见唐公子细皮嫩肉，穿着精致华丽的好衣裳，显然是一只好宰的肥羊，当即聪明地缠上了他。

这些富家阔少，都是纸老虎的胆量，随便吓唬吓唬，就能讹一大笔钱来。

混混们做惯了的，驾轻就熟。

未料唐公子是个例外。

非但不应他们的贪婪索求，眼底还亮起了嗜血的光芒，扬手一拳，打落了领头那赖子的门牙。

软的怕硬的，硬的怕横的，横的怕不要命的。

只可惜，唐公子再不要命，终究寡不敌众。

他起初占上风，但很快便筋疲力尽，被混混们伺机掀翻在地，反揍得遍体鳞伤。

就在唐兴以为自己将折在这帮粗鄙赖皮手中，自暴自弃地放弃对抗时，忽闻远处传来几声凶恶的犬吠，随即一道清亮的女声大喊："咬他们！"

市井游走的混混，只敢与文明人胡搅蛮缠，对听不懂人话的畜生则碰也没有胆量碰。一听犬吠，他们惊惧得立刻丢了唐兴，落荒而逃。

唐兴咬牙忍着痛，艰难地爬坐起来，极力睁大被血糊住的双眼。

淡红的视野里，一道纤细的身影消失在粤城街市口的汹涌人潮中。

唐兴悲观地想，萍水相逢，自己必定再也遇不见对方了。

但他错了。

几天后，唐仲钰主办宴会，为南迁避难的江城影坛人士接风洗尘。唐股东看不惯侄子即将成年却还整日游手好闲，想让他接触接触正事，硬把唐兴叫到了宴会现场。

唐兴不情不愿地去了，原打算露个面交差就溜，可意外地，发现了一道熟悉的身影。

原来，她是江城来的女影星。

原来，她有个极好听的名字，叫作阮如玉。

宴会现场响着缠绵的萨克斯风，贵客们来来往往。唐兴隔着人群遥望女子，既想凑过去问候道谢，又不好意思，久久地纠结踌躇。最后，反倒是阮如玉瞧见了他，主动走来："这么巧！你怎么样，伤好些了吗？"

唐兴两颊绯红，局促得直挠头："伤，哦，伤已不要紧了。对了，阮小姐，那些狗，是你养的吗？你从江城带来的吗？"

"叫我'阿阮'就好。"女子眨眨眼，朗声笑道，"哪有什么狗呀！"

她左右看看，见无人注意自己，抬手掩住嘴唇。唐兴正困惑着，只听女子掌心下传出"呜汪"一声，她放下手，俏皮地又眨了眨眼："怎么样，学得像吗？"

咦?!

唐兴既惊诧又想笑。一扯唇角，牵动了尚未结痂的伤口，疼得龇牙咧嘴。他连忙低头紧捂口鼻，懊恼自己露出了狼狈相，无意间一抬眸，与阮如玉对上目光，彼此又都觉得有趣，不约而同地一齐开怀笑出了声。

"明明是我先认识阿阮的，可她却爱上了小叔，与小叔在一起了。"唐兴叹道，"但那既然是阿阮的选择，我愿祝福她。我希望她得到幸福。"

哪怕他明知道，冷血自私的唐仲钰，不可能给阮如玉幸福。

然而，见了阮如玉的欢颜，他又不忍心戳破她眼中美好的幻象。

聪明的唐公子，自有办法——他变本加厉地表演一个任性妄为的纨绔，蒙着这假面，默默守护阮如玉。

唐仲钰在外欠下无数风流债，前女友们寄的恐吓信险些被阮如玉瞧见，唐兴便当信函是自己胡闹招来的诉状，团成团塞进嘴里吞了。

阮如玉以为唐仲钰是个温柔体贴的绅士，对他为达到商业目的而做的种种恐怖举动一无所知，唐兴便千方百计地阻止相关信息传入女子耳中。

后来，唐兴又听说，阮如玉在江城有一个无赖前夫。

当时战火稍歇，南迁影人即将返回江城，计划投资影业的唐仲钰决定与阮如玉同行。唐兴明白，以唐仲钰的专制独裁，绝不可能容得女友与以前的男人纠缠不清。他担心阮如玉，要赖大闹，以想见识第一等的洋气繁华都市为名，硬跟着两人去了江城。

“阿阮一回江城，张济明果然便来跟踪。他是个欺软怕硬的小人，被我狠揍几回，也就消停了。小叔租了沁园里的洋楼与阿阮同居，白天忙碌拓展江城的生意，晚上回家，似乎过得和睦。于是，我大意了。”

十七岁的唐兴，即将成年。

唐仲钰膝下无子，庞大的家业终究要交回长房手中。他不能再放任唐氏唯一的继承人成天痴傻胡闹，便打点了英国人在江城办的一家精英公学，把唐兴塞了进去。

唐兴天资非凡，痴傻不过伪装而已。公学的所谓精英课程，在他眼中都是无聊的小儿科。

可阮如玉劝他。

“去吧，诺亚。”女子拍拍他的头，笑着道，“你太孤单了，该交些同龄的朋友。”

唐兴最听阮如玉的话。他见张济明不再来骚扰，唐仲钰待阮如玉也还好，便放心地去了。

伊莎公学采取严格的军事化管理，学生入读寄宿，等于彻底与世隔绝。

唐兴过完一学期出来，迫不及待地找他日思夜想的阿阮。

既想看看阿阮在不见的大半年间过得怎样，胖了瘦了，心情如何，也想给她讲讲，自己乖乖听她的话，结交了许多优秀的伙伴，并被伙伴们带得产生了这辈子第一个正常的兴趣爱好——阅读推理小说。还想说，他听班上同学谈及，江城曾有个天才少年，小小年纪侦破末代朝廷的乡试舞弊案，现今留洋学医，待到对方回归祖国，他真想主动去认识一番，说不定能与之结为挚友。

千言万语，唠叨几昼夜也不够的。

可他一句也没能说得出。

外面的世界竟天翻地覆，他想见的人已化作一捧香灰。

胡编乱造的流言，现成的“真相”，传得满城风雨。唐兴不听、不看、不信，独自行动，迅速查清了阮如玉之死的来龙去脉。

他在终于理清一切的同时，也惊闻，火化了阮如玉遗体的唐仲钰即将返回粤城。

唐兴疯了似的追上码头，却只能眼睁睁瞧着唐仲钰所乘的轮船吐着浓烟向天际远去。

“之后三年，如你们所知，小叔一直驻留南方，找遍种种理由，与江城保持距离。”唐兴道，“三年间，人非物非，江城变了‘孤岛’。我独留此处，日夜思索，逐渐意识到，应对阿阮之死负责的，并不止小叔一人。”

他踽踽行于狂风暴雪中，手心里攥着的计划也如雪球般越滚越大。

只等唐仲钰回归。

“这时候，我来了。”阮露明淡淡接道。

唐兴轻叹：“我听说安华电影公司出了个‘阿阮’第二，突然想到——可以利用这第二个‘阿阮’，日后实施计划时转嫁嫌疑。于是，我假借小叔的名义，将你抢到了新华。”

顿了顿，他又自言自语似的道：“但也或许，我只是太想念了，想见见‘阿阮’罢了。”

再后来，便是江城人耳熟能详的那个故事了。

——唐公子学写剧本，跑到片场围观拍摄，对阮露明一见钟情。

“啪！啪！”

阮露明拍了两下手，面无表情地道："唐公子真好的计谋，一切都被你算透了。"

"不，阿阮。这一句，你说错了。"唐兴摇头，眼眶通红地望住她，青年整夜的笑颜都是假面，直至此刻，眼底才终于浮出一丝真切的哀伤，"我算计了所有人、所有事，唯独没能算透你。"

他计划万全，只待唐仲钰回归。却不料，将开局时，棋盘上最重要的一颗棋子突然消失了踪影。

"阿阮，你好可怕呀。"唐兴苦笑着道，"世间怎会有你这般机敏果敢的女子？"

阮露明耸了耸肩："世间这般女子比比皆是，只能说，唐公子对女子的认识还不够深刻。"

又是接连的"轰隆"巨响，船身剧震，倾斜得愈发厉害。

他们站在甲板上，若不扶握什么，几乎难以稳立。随着船体的歪斜，如钩的冷月偏离尖塔顶端，令人恍惚间乍一瞧，会误以为是弦月坠落了几分。

"也对。"唐兴叹道，"可真丢脸啊，我算不透阿阮，却反被阿阮算了个透彻。阿阮，你真敢赌我不忍滥杀无辜，带走了小叔，将一整个'新世界'的生死性命交给我决断？"

"我当然敢。唐公子，理智虽使我不能信你，但人终究是有情感的动物。"

——相识一场，情感使我愿意信你。

唐兴叹息："只可惜，我救得了人，救不了这'新世界'本身。"

他疏散了乘客，却来不及尽数拆除炸弹。崭新的"新世界号"，刚刚出航，便注定沉没。

水面之上，"轰隆吱呀"声不绝。而他们头顶的夜空中，几架带着浑圆殷红涂装的飞机嗡鸣着掠过，朝远处岸上的"孤岛"扑去。

"救了人，已足够了。只要人们还活着，迟早会建起另一个'新世界'。"

唐兴笑了："阿阮的话，我总深信不疑的。"

"但那另一个更新的'新世界'，我看不到了。阿阮，我回答你的问题，最后的一'梦'，我打算做给自己。"唐兴道。

"我对女子命运更深处的不幸无知无觉，竟以为阿阮姐姐平安，放心地抛下她走了。如此冷漠愚钝，做着自以为是的美梦，亦是罪孽。我已送走了所有的救生艇，理应独自留下来，为沉没的'新世界'陪葬。"唐兴唏嘘道，"只是没想到，阿阮和师兄——江先生，竟这么傻，居然回来送死。"

阮露明翻了个白眼："你才傻。"

唐兴眨了眨眼，没懂她的意思。

阮露明再翻一个白眼，一副被唐公子突然的愚笨气得不想说话的样子。江寒无奈，主动解释道："我和阮小姐返回，自然是划着救生艇来的。师弟……唐公子，快跟我们走吧。"

唐兴一愣后恍然，自嘲地笑了："瞧我，脑子竟转不过弯了！"他红着眼，看看江寒，再看看阮露明，迟疑地问，"我可以吗？"

——我这般的罪孽，可以活下去吗？

阮露明耐心告罄，一把扯过唐兴的胳膊，用力攥了攥："一死了之可太轻松了，算什么赎罪？我送走唐仲钰，便是要他活在这地狱般的浮世受苦受难，好好看看女子们是怎么站起来堂堂立于人世间的。你，也该看一看。"

爆炸虽已暂歇，但巨轮摇摇欲坠，正频频发出断裂之声。

阮露明一手拉着唐兴，一手招呼江寒："我们走！"

唐兴乖乖被女子牵着手，随她向小艇停泊处奔去。

三人来到船侧，江寒先跃上救生艇，解下小艇与"新世界号"相连的绳索。阮露明故技重施，把唐兴往艇里一踹，随即自己也跳了下去。

好在，女子没了高跟鞋，赤着脚，唐公子并不太痛。

虽不太痛，但他却泪流满面。

“出发吧。”阮露明道。

江寒拾起船桨，正要往外划，沉默已久的唐兴忽然失声惊叫：“等一等！”

他三两把胡乱抹干了脸上的泪，凝神谛听。阮露明和江寒一愣，也随他蹙眉细听——然后，他们都听到了。

夜风遥遥送来婴儿嘶哑微弱的啼哭声，以及女子颤抖的安抚之声。

声音传来的方向，是“新世界”。

——船上还有人?！

可救生用的小艇，只能承载三名成年人。

江寒不顾细想，当即丢了桨就要往“新世界”上冲，却有一道极大的力量，猛将他向后一拽。江寒毫无提防，狼狈地跌坐艇中，眼睁睁看着唐兴越过他，敏捷地朝“新世界”一跃。

擦肩而过的瞬间，唐兴低声说了一句话。

江寒愕然瞪大了双目。

“师弟！”

唐兴直奔船舱。从他身影不见到横抱着女子再度出现，不过短短三五分钟而已。江寒高悬着一颗心，却感觉过了亿万年之久。

早已虚弱不堪的女子，竟牢牢地将婴儿护在怀中。

唐兴扑到栏杆边，探出身子，扬声喊：“师兄，阿阮，接好了！”

他边喊着话，边将臂弯里的女子及其怀中婴儿向“新世界”外一抛。

江寒连忙迎上去。

女子虽清瘦，但自高空坠落的冲击力极大，几乎冲断江寒的胳膊。

江寒咬紧牙关，接稳了她和婴儿，在艇中安置停当，扭头想唤唐兴也快下来。

小艇乘上四名成年人虽勉强，但只要能撑得离开“新世界”周边，找其他救生艇匀一匀重量，总有办法的。

却不料，忽而又一阵“轰隆”，伴着尖塔上午夜零点的钟声响起。

“新世界”骤然侧翻，掀起惊涛骇浪。巨轮尖头入水，迅速向下沉去。

浮世里最恐怖的场景之中，青年却以一种极放松的姿态倚靠着栏杆，咧嘴笑着，朝他们挥了挥手。

那懒洋洋的悠然模样，与他曾经瘫在师兄客厅软椅上扯闲篇的样子别无二致。

江寒难以置信，使出生平最大的力气，徒劳地伸出手，嘶声呼喊：“师弟、师弟——”

另一边，阮露明果断拾起江寒丢下的船桨，迅速将小艇往远离“新世界号”沉没漩涡的方向划去。

庞大的“新世界号”载着青年，彻底消失在汪洋深处。

水面从漩涡狂卷恢复到平静无波，不过瞬息之间。

零点已过，圣诞降临。午夜的海上风平浪静，竟仿佛那“新世界”和那青年从未来过。

浮生不过一梦。

浮世不过一梦。

江寒精疲力竭，颓然跌坐在地，低头用力捂住了自己赤红的眼。

但他很快又放下手，举目将视线投向极远处——水天相接的尽头，藏匿于黑暗中以至于根本分辨不清的那条界线。

阮露明唤他：“江老师，你在看什么？”

“天真黑啊。”江寒哑声道，“太阳还会升起来吗？”

良久的沉默。

就在他以为对方不会回答时，女子终于开口。

“会的。”阮露明说着，亦将目光投向水天尽头，“太阳会一次又一次地从那里升起。并且，它每一次升起时所照亮的世界，都是新的。”

◇◇◇◇ 九 ◇◇◇◇

数月后，江寒寓所的小客厅。

早春时节，楼前的梧桐树已发了新芽，透过二楼的窗恰巧可见嫩芽青葱。极晴朗的早晨，窗外枝头上幼鸟啁啾，金色的阳光洒入屋内，照得厅里的老橡木软椅也暖热起来。

江寒端坐在左边的单人椅上，阮露明则斜倚着右边的单人椅。他们不约而同地空出了正中那张长椅，仿佛还该有一个人，眉眼弯弯地、懒洋洋地跷腿躺在那里。

阮露明手握一份新鲜出炉的《江城新报》，哼笑道："唐股东真好的下场。"

痛快！她丢下报纸，伸了个大大的懒腰。

"新世界号"沉没，诸事尘埃落定后，江寒撰写了《推理实录》系列的终章。

电力局门房老人、许兆阳、穆汉生、张济明、唐仲钰，几人既是此番连环杀人案的被害人，又是曾共同将无辜女子推向死亡深渊的罪人。文章将各人的罪孽一一数来，发表后立刻引起了轩然大波。

这一次，终于不是胡编乱造的狂欢。

木兰女士迅速撰文响应，推动了严肃深刻的讨论。从民众们茶余饭后的闲谈，到文艺界各类形式的创作，都逐渐正视女子的种种问题。

而几名被害人兼罪人中唯一仍活着的唐仲钰，被揭穿了虚伪的假面，再无容身之所。他甚至遭到"孤岛"当局警方的调查，被追究当年窜改阮如玉遗书之事。

舆论和法律的双重枷锁，将束缚他余生。

"话说回来，阮小姐。"江寒迟疑道，"我还不知，你与阮如玉小姐究竟有怎样的前缘？"

阮露明伸完了懒腰，又打呵欠。

她慢悠悠地道："江老师既然曾调查洛城西北山区的民俗，知道缩尾法，那想必也听说过三木村吧？"

洛城西北，荒僻野蛮，与外界文明不通。深山中的村落，原是叫三墓村。

此处重男轻女，生了女婴多会抛弃。村中有三处便于弃婴的地点，久而久之，形成了三座乱葬岗，三墓之名由此而来。过于阴森恐怖的名字，传着传着，传成了意味不明的三木村。

“女婴杀得多了，村里渐渐没有年轻女人了。几十年过去，大家终于反应过来，哎呀，糟了，要灭村啦。”阮露明轻描淡写得，像在说别人的故事，也像在说一个笑话，“他们聪明极了，马上想出了一个好办法。”

那办法，是从外头掳来了一个女孩。

女孩的名字，叫作阿露。

被囚禁于村落后山草屋中的阿露，成了三木村人共同的秘密。

阿露起初接受不了那般荒谬的恐怖，激烈抗争并试图逃离，甚至咬伤村长而被生生拔去了大半牙齿。可长期的虐待逐渐消磨了她的意志，她终于无力再反抗。

而想出了聪明办法的三木村人，仍不改问题的根本。阿露若生下男孩，便给“父亲”们各自带回家抚养，生下女孩，则还是抛弃。

“你——”江寒瞪大眼睛，连呼吸也忘了。

“三木村新生的孩子，都不知自己的母亲是谁。”阮露明淡淡道，“但我知道。”

那一年，阿露又生了一个女孩。按“习俗”，女孩是要被村长直接抱走扔掉的。可不知为何，已麻木顺从了多年的阿露突然爆发，拼死抱下了那孩子，留在身边。

在城里读过书的阿露，偶尔恢复神志，为女婴起名楹楹。

《说文解字注》中道：楹，亭也，亭亭然孤立，旁无所依也。

既然旁无所依，便索性毫不指望依靠，勇敢地自立吧。

看似冷酷的名，寄托的是悲惨的阿露最殷切的期望。

“我与母亲一起生活，母亲清醒时会教我写字，给我讲‘外面’的故事。我最爱听‘外面’的事情了……但如果村里人来找母亲办‘正事’，我就只能躲开。”阮露明说着，解下领巾，露出脖颈深处那道狰狞的红痕，“江老师，我差点杀人，并不止来到江城后遇见张绍斐那晚的一次。”

她日日见母亲遭受三木村人的兽行，终于忍无可忍，操起锄头就想杀了那正在行暴的男子。

可幼小的女孩，怎么伤得了身高体壮的成年男子？

她反被割喉，险些丧命。侥幸存活下来，留下了一道狰狞的伤疤。

楹楹一天天地长大，阿露则日益衰老虚弱，清醒的时候越来越少，常如野兽般发疯，甚至认不出自己搏命救下并亲手养大的女儿。楹楹痛极也恨极，一个计划逐渐在内心成形——她想屠尽地狱般的三木村，打破牢笼，让母亲回到"外面"自由的世界去。

她暗暗为自己的计划做着准备。

恰巧，阮如玉为拍摄影片《野草新花》而北上，途经三木村。

"当年，我十五岁，阿阮姐姐二十岁。"阮露明闭了闭眼，"我从未见过那般美丽纯善的女子，也忍不住想，母亲若非遭遇三木村的不幸，便该是她一样的模样吧？"

那是楹楹生命中唯一的一次任性。

她推迟了纵火烧村的计划，放纵自己享受了一段与阮如玉亲昵相处的日子，心想着，等阮如玉离开，再行动也不迟。

可命运真爱捉弄女子，偏偏就迟了那么几天——送别阮如玉后，楹楹回到后山草屋，发现母亲阿露已然死去。

楹楹悔恨万分。

若不是自己任性沉迷于和阮如玉做伴的好时光，耽误了计划，母亲便不会在绝望中结束生命。

楹楹赤着脚，背着母亲阿露的尸体，连夜爬上了村后最高的山峰。

那山头视野开阔，可以眺望见遥远的"外面"。

她葬了母亲，然后又徒步下山，独自走向距离三木村最近的城市，洛城。

"我独自在外流浪五年，女扮男装，加入洛城的帮会活动，'柳四爷'便是那时造的身份。"阮露明道，"我利用帮会组织和'柳四爷'的假面掩护，暗中救济洛城周边的孤苦女子。这是我对母亲的赎罪——我想，我总有一天能堂堂正正地去再见阿阮姐姐，告诉她，我错过了对母亲实施的拯救，已给了更多的女子。”

可她还没启程去见阮如玉，就先听闻了对方的死讯。

她惊愕万分，迅速赶到江城，新造了一个“阮露明”的身份，在“柳四爷”和“阿阮第二”双重身份的掩护下进入影坛，调查阮如玉之死的实情。

“其实，我与唐公子同样。”阮露明的目光落在那张空荡荡的长软椅上，顿了顿，才接着道，“起初，我也是想杀了唐仲钰的，只恨他一直躲在粤城，无从接触。但渐渐地，我明白了，母亲的死，阿阮姐姐的死，都不是单单某一个人的罪过。”

要为女子复仇，要改变女子的命运使其自由解放，也不是杀了某一个人便足够的。

“阮露明”三字之中，“阮”为纪念阮如玉，“露”随母亲阿露——唯独一个“明”字，是她取给自己的。

“世间黑暗绝望，但我希望所有女子终究都能获得自由平等的光明。”阮露明低声道，“路很长，我已独自走了很久了。江老师，再前面的路，你能与我一起走吗？”

江寒猛然想起“新世界号”沉没前，青年与他擦肩而过那瞬间所说的话。

“无论开端如何，我想我已是真的爱着阿阮了。但阿阮的未来，女子们的未来，我再也看不到，只能请师兄陪伴和见证了。”

“当然。”江寒深深吸了一口气，点头道。

寓所的门忽然被敲响，房东太太探进头来：“江先生，有您的一封信。”

来信者竟是被唐兴救下的那女子。

原来她苦于家庭暴力而毅然带着孩子逃婚，本想乘另一艘驶向南方港城的货轮，却因躲避夫家追捕，慌乱之中错上了“新世界号”。

若非唐兴的拯救，这个觉醒并决定独立走向社会的女子和她新生的孩子，就将死在黎明之前了。

女子信中写道，她已辗转抵达港城，找了一家工厂做工，薪水足够糊口及育儿，厂里的女工同志也给她提供许多扶助。只有一件事，还需请“明”侦探帮忙。

恳请“明”侦探，为她的孩子取一个最有希望的名字。

江寒握着信，不知不觉间已泪流满面。

最有希望的名字——他内心深处的想法，竟被阮露明说了出来：

“就叫‘诺亚’，如何？”

2022.3.14—6.12初稿完

2022.6.27午夜零时定稿